過香積寺
향적사를 찾아가다

향적사 어딘지 알지 못하여
구름 봉우리 속으로 몇 리나 들어간다
고목 우거져 사람 다니는 길 없건만
깊은 산 속 어딘가의 종소리
샘물 소리 가파른 바위에서 흐느끼고
햇살은 푸른 소나무를 차갑게 비치고 있네
해질녘 고요한 연못 굽이에 앉아
편안히 참선하며 잡념을 걸어 낸다네

不知香積寺　數里入雲峰
古木無人徑　深山何處鍾
泉聲咽危石　日色冷青松
薄暮空潭曲　安禪制毒龍

정한검 비검무

정한검 비검무 1

남궁훈 新무협 판타지 소설

초판 1쇄 찍은 날 § 2005년 9월 23일
초판 1쇄 펴낸 날 § 2005년 10월 3일

지은이 § 남궁훈
펴낸이 § 서경석

편집장 § 문혜영
편집책임 § 김민정
편집 § 서지현 · 최하나

펴낸곳 § 도서출판 청어람
등록번호 § 제1081-1-89호
등록일자 § 1999. 5. 31
어람번호 § 제2-0702호

주소 § 경기도 부천시 원미구 심곡1동 350-1 남성B/D 3F (우) 420-011
전화 § 032-656-4452 팩스 § 032-656-4453
http://www.chungeoram.com
E-mail § eoram99@chollian.net

ⓒ 남궁훈, 2005

ISBN 89-5831-745-0 04810
ISBN 89-5831-744-2 (SET)

정한검 비검무

남궁훈 新무협 판타지 소설

1

아검무사(啞劍武士)

도서출판 청람

목차

작가 서문

　무협이라는 신천지에 터전을 잡은 지 일 년. 한 해 농사를 그럭저럭 마무리하고 두 번째 씨앗을 뿌리게 되었습니다.

　첫 번째 농사는 운명과 천명이라는 씨앗이었는데, 그 열매의 모양은 마음에 들었지만 마지막 맛이 조금 텁텁해 아쉬움이 남았습니다. 운명과 천명이라는 씨앗이 고작 서른이라는 나이에 거둘 수 있을 만큼 쉬운 것이 아니라는 걸 느꼈지요. 새내기 농부의 첫 번째 농사는 뿌듯함 반, 아쉬움 반으로 기억될 것 같습니다.

　이번 농사는 복수라는 씨앗을 뿌렸습니다. 이 녀석은 하도 많은 사람들이 즐겨 심는 것이라 웬만큼만 정성을 들여주면 그럭저럭 먹음직한 열매를 맺지요. 농부의 입장에서 부담은 적지만 기대도 함께 적어지는 그런 녀석입니다. 헌데 씨앗을 뿌리고도 조금 걱정인 것이, 이번에 뿌린 씨앗이 다른 녀석들에 비해 조금 부족한 씨앗입니다. 다른 녀석들처럼 잘생기고 튼실한 녀석을 뿌렸어야 하는데… 뿌리내리기도 어렵고, 싹 틔우기도 힘이 든 그런 녀석이죠. 어쩌다 이런 녀석이 제 손에 들어왔는지 모르겠습니다.

　그래도 기왕 뿌린 것 열심히 키워서 맛있는 열매를 얻어야지 하는 심정으로 물을 줍니다. 맛있는 글. 달고 신 맛도 좋지만, 조금 씁쓸한 맛이 나는 그런 녀석을 기대합니다. 왜 그런 것 있지 않습니까? 뒷맛이 씁쓸하긴 한데, 그래도 단 열매만 먹다 보면 한 번씩 생각나는. 씁쓸해도 그 맛을 잊을 수 없는.

　사람들은 단맛을 좋아하는데 농부는 쓴맛을 원하니, 이번에도 풍작을 기대하긴 그른 건지도 모르겠습니다. 하지만 단맛이 넘쳐 나는 세상에 쓴맛 한 번 보여주는 녀석도 필요하지 않나 싶습니다. 그래서 정신 나간 척하고 쓴맛 나는 복수 한번 심어봤습니다.

정한검 비검무.

제가 심은 두 번째 씨앗은 세상의 쓴맛입니다.

정한검 비검무는 2005년 7월부터 인터넷 무협커뮤니티 '고무림 판타지(http://www.gomufan.com)' 에 연재되었던 '복수' 라는 글의 출간 작입니다. 보잘것없는 신인작가의 글에 아낌없는 사랑을 전해주신 고무림 판타지 독자 여러분들께 감사드립니다.

한국 장르문학의 발전을 기원하며, 함께 글을 쓰는 동료이자 다정한 형님, 아우님들이신 연무지회 회원 분들의 건필을 기원합니다.

그리고 아직 채 영글지 않은 신인작가의 글을 믿고 출간해 주신 청어람 출판사 임직원 분들께 감사의 말씀을 전합니다(특히, 불성실한 작가 때문에 맘고생 많이 하신 편집부 김민정 씨께 거듭 감사의 마음 전합니다).

변함없는 눈으로 남편의 뒷모습을 바라봐 준 사랑하는 아내에게 가슴 깊은 곳에서 우러나온 고마움을 전합니다. 사랑해요.

그리고 지금 이 글을 읽고 계신 모든 분들… 감사합니다.

2005년 가을. 남궁훈 올림.

무인은 검으로 말한다고 하지만…
…나는 검으로 말할 수밖에 없었다…….

第一章
삼년전

 년 전

복건(福建)의 여름은 무덥다. 가도 가도 끝이 없는 구릉과 병풍처럼 펼쳐진 산자락이, 바다에서 드는 바람을 막고 대륙으로 가는 더위를 잡는다. 지역의 차이는 있으되, 산간 내륙의 지방은 장강 이북의 여름만큼이나 덥고 습한 계절만이 일 년 열두 달 지속된다.

지형적으로도 내륙 쪽은 사람이 살기에 적절치 못하다. 복건의 내륙 마을들이 그나마 평지라 부를 수 있는 산기슭에 몰려 있는 이유다. 원체 지리적 여건이 안 좋다 보니, 복건의 마을들은 다른 지방의 마을들보다 생활도 낙후되고 문물도 귀했다. 복건 중부의 덕화(德化) 역시 고향을 떠나보지 못하고 뼈를 묻는 사람들이 태반일 정도로 교통이 열악했고, 그 때문에 외부 문물의 유입이나 타 지역과의 교류가 상대적으로 빈약했다.

그래도 덕화 사람들은 불평없이 살아갔다. 자신들의 열악한 생활을 비교할 대상이 없었으니, 자신들이 열악한 생활을 하는지조차 알 수가 없기 때문이었다.

그런 덕화에 외인이 찾아온 것이 얼마 만의 일인지 모른다. 사람들이 반가움 반, 신기함 반으로 몰려들기 시작했다. 비록 머리에 관을 쓴 관원이었지만… 마을에서 일어난 참상을 조사하기 위한 관부의 포졸들이었지만.

밖에서 들리는 사람들의 웅성거림이, 귓가에서 웽웽거리는 파리 소리마냥 신경을 긁어댔다. 무더운 여름. 지면에서 올라오는 후끈한 열기에 지쳐, 무슨 신기한 물건 보듯 몰려드는 사람들을 향해 짜증을 부릴 힘도 없었다. 하지만 아무리 궁금해도 포쾌들이 쳐놓은 금승(禁繩) 안으로 들어올 자는 없어 보였다. 사건이 발생한 지 한 달이나 지난 후 쳐놓은 금승 안으로 들어올 이유가 있을까마는.

"그러니까… 한 달 전 이곳 금가장(金家莊)에서 큰 불이 일었다?"

"예, 나리. 하루 반나절이나 불길이 잡히지 않았습죠."

역상의 물음에 답하던 늙은이가 고개를 조아렸다. 환갑은 오래전에 넘겼을 법한 노인의 공대에도, 역상은 가만히 고개를 끄덕일 뿐이었다.

"여기… 관부로 올라온 보고서를 보니 금가장의 가주 금학(金鶴)은 물론 가솔 서른두 명이 모두 불에 타 죽은 것으로 되어 있군."

"예, 나리. 금 가주님은 물론 집안일을 보던 장정들과 아낙들이 전부 떼죽음을 당했습지요. 그저 몇몇 죽어나간 일이라면 저희들끼리 어찌 장례를 치르고 넘어가려 했지만……."

노인의 답에 역상은 고개를 끄덕였다. 덕화는 작은 마을이 아니다. 삼백여 호나 되는 가호 수에, 나름대로 유지라 할 수 있는 자들도 있었다. 서른 명이 넘는 가솔을 거느릴 정도의 유지라면 성시로 나가도 제법 유세를 부릴 수 있을 것이다. 그런 장원에서 한 사람의 생존자도 없이 모두 죽었다면, 마을 안에서 해결할 수 있는 문제가 아니었다.

"음… 화재야 이상할 것이 없지만… 생존자가 아무도 없다는 것이……."

역상이 괴이하다는 듯 고개를 젓고 있을 때, 새까맣게 타버린 대들보 뒤에서 누군가가 걸어 나왔다. 그를 바라보던 역상이 입을 열었다.

"이봐! 뭐 건질 것 좀 있나?"

역상의 물음에 사내가 다가왔다. 깊게 눌러쓴 관모 아래로 굳게 닫힌 입술이 보였다. 고집스럽게 생긴 입술이 벌어지며 제법 굵은 사내의 목소리가 튀어나왔다.

"아무것도 없어."

"그렇겠지. 모두 타버렸다는데……."

"그게 수상해."

사내의 말에 역상이 고개를 들었다. 역상의 시선이 사내에게 향했다. 역상의 시선을 의식한 것인지, 사내는 눌러쓴 관모를 살짝 들어올리며 말했다.

"이 집에 불이 난 이유는 차치하고라도, 모두 죽었어야 할 이유가 없어. 그게 수상해."

호목 사내. 역상의 시선을 받던 사내는 사십대 초반의 장한이었다. 굵은 턱 선과 부리부리한 호목(虎目). 수염을 길렀다면 더 어울렸을지도 모르지만, 구릿빛으로 물든 맨 얼굴만으로도 충분히 사내다워 보였다.

"음? 용호(龍虎), 그게 무슨 뜻이야?"

용호라 불린 사내. 구릿빛 얼굴의 호목사내가 고개를 돌려 뼈대만 앙상한 안채를 바라보며 말했다.

"말 그대로. 서른세 명이 모두 타 죽은 것이 수상하다는 거지. 그게 말이 될 리가 없잖아."

"방화?"

역상의 조금은 놀란 듯한 물음에 용호가 웃으며 답했다.

"그리 놀랄 일도 아니지. 살인 후 증거 인멸(證據湮滅)을 위한 방화는 흔한 일이니까."

"방화라……."

역상은 고개를 돌려 자신에게 답하던 노인을 바라보았다.

"이보시오, 노인장. 혹시 금학이란 자가 누구에게 원한을 사거나 한 적이 있소?"

"아니오, 절대 그런 일 없습니다. 금 대인은 공명정대하고 인자하신 분이었습니다. 누군가에게 원한을 사다니요? 절대 그럴 분이 아닙니다."

"재물이라 불릴 만한 것도 불에 탄 흔적으로 남아 있으니… 도적들의 소행도 아닌 것 같고……."

역상은 노인의 대답에 다시금 용호를 보았다. 용호가 한 걸음 다가와 노인에게 물었다.

"한 달 전… 그러니까, 금가장에 변괴(變怪)가 있기 전, 마을에 들었던 외인이 혹시 있소?"

노인은 용호의 물음에 무엇인가를 골똘히 생각하는 눈치였다. 하나 마을로 들고 나는 길목이 뻔한 덕화였다. 외인이 들었다면 모를 수가 없었다. 노인이 고개를 가로저었다.

"흠… 이상하군. 하는 수 없지. 일단 사체들을 봅시다."

용호의 말에 역상이 인상을 찌푸렸지만, 노인의 뒤를 따라 걸음을 옮기는 용호의 모습에 하는 수 없이 자리를 털었다.

마을 사내 서넛이 관원들의 지시에 한 달 전에 가매장했던 시신들을 다시 파냈다. 새까맣게 타버린 시신들. 시신들의 부패는 매우 심했다. 주변에 석회를 뿌리고 들짐승이 손대지 못하게 제법 깊게 묻었지만, 시신의 부패를 막기에는 역부족이었다. 무더운 날씨 탓도 있었지만, 불에 탄 시신은 일반의 시신들보다 부패하는 속도가 훨씬 빠르다는 것이 더 큰 이유였다. 시신들을 파내던 장정들 역시 물에 적신 수건으로 얼굴을 감싸고서도, 수건 틈으로 맡아지는 악취에는 오만상을 찌푸릴 수밖에 없었다. 가지런히 놓여진 서른두 구의 시신. 역상이 고개를 갸우뚱거렸다.

"몸이 굽은 시신은 하나도 없군."

"죽은 자는 화염 속에서도 고통을 느끼지 못할 테니까."

용호와 역상의 말처럼 몸이 뒤틀린 시신은 없었다. 거의 반듯하다 할 정도로 깨끗하게 타버린 시신들은 방화의 심증을 단단히 굳혀주고 있었다. 그런 시신들을 바라보던 역상이 고개를 갸웃거리며 입을 열었다.

"서른둘? 금가장의 식솔이 서른셋이라 하지 않았소?"

역상의 물음에 노인이 놀라 다시금 시신을 세었다. 틀림없는 서른두 구. 노인이 자신도 이상하다는 듯 역상에게 답했다.

"허어… 거참. 금가장의 식솔은 분명 서른셋입니다."

노인의 답에 역상과 용호가 서로를 바라보았다. 살아남은 자가 있었다. 그렇다면…

"여자가 없군."

시신들을 살피던 용호가 나직하게 말했다.

"금가장에는 분명 여자가 열넷입니다."

용호의 말에 노인이 곰곰이 따져 보더니 자신의 무릎을 내려쳤다.

"맞습니다. 여자는 모두 열넷입니다. 금 대인의 며느님과 시비, 식모들과……."

노인의 말에 용호와 역상이 여인들의 시신을 하나둘 살펴보기 시작했다. 하나 까맣게 타버린 시신들의 윤곽만으론 누가 금 대인의 며느리이고 누가 그 집 식모인지 알아낼 방법이 없었다.

"음… 노인장, 금가장에 있었던 여인들의 이름과 신상을 좀 적어주시오."

용호와 역상은 분명 사라진 여인이 이번 일의 흉수이거나 깊은 관계가 있으리라 짐작했다. 하나 그 짐작이 짐작으로 끝날 것임도 짐작하고 있었다. 무식하면서도 가장 확실한 방법으로 증거를 없애 버렸으니, 금가장의 접화는 결국 포도아문(捕盜衙門)에 산적해 있는 미결 사건들 중 하나로 남게 될 것이다. 산을 내려가는 관원들의 발걸음이 가벼운 것을 보면… 아마 십중팔구 그렇게 될 것이다.

사람들이 내려가고 두어 명의 장정이 다시 시신을 구덩이에 집어넣기 시작했다.

"그나저나 안됐어."

"응? 뭐가?"

시신 하나를 구덩이에 내려놓은 사내 하나가 입을 열었다. 함께 시신을 들었던 사내가 무슨 뜻이냐는 듯 되물었다.

"그 왜 있잖아, 금 대인 댁 며느님."

"아!"

"…이 먼 곳까지 시집와서 이렇게 되시다니……."

"그러게 말이야……."

무언가 안타깝다는 듯한 사내들의 목소리가 이어지고 있었다. 자신들이 구덩이에 내려놓은 시신 중 그 여인이 있을지도 모른다 생각했는지, 흙을 퍼 덮는 손길이 조금은 조심스러워졌다.

"삼 년 동안 그 개망나니한테 그런 고초를 겪으시고… 끝내는……."

"금 대인이 풍으로 드러눕지만 않으셨어도 가만두지 않으셨을 텐데."

"그럼, 아무리 자기 자식이라 해도 그냥 두실 금 대인이 아니지. 에휴……."

흙이 덮인 자리 위에 작은 묘비를 다시 세워논 사내들이 삽을 어깨에 지고 산을 내려가고 있었다.

"그 댁 며느님, 참 고왔었는데……."

"예끼, 이 사람아! 그런 소리 하지 말게. 이미 돌아가신 분한테……."

"뭐, 말도 못하는가? 나는 그 벙어리 놈이 그렇게 부러울 수가 없던데."

"아, 그 며느님 몸종? 시집오실 때 함께 온?"

사내들의 목소리가 오솔길 너머로 조금씩 멀어지고 있었다.

"그놈도 참 어지간히 당했지. 아직도 그 일만 생각하면 치가 떨리네."

“그러게 말이야. 그 개망나니, 어떻게 생사람의 혀를.”

“말하지 말게. 내 혀가 뽑힌 것도 아닌데, 이가 갈릴라 하네. 에이, 개망나니 자식…….”

이미 산 아래로 사라지던 사내들의 목소리는 들리지 않고 있었다. 한여름 뜨겁게 내리쬐는 불볕에, 시신들을 파묻었던 자리는 언제 그랬냐는 듯 바짝 말라 있었다.

젖은 땅이 불볕에 말라가듯, 복건에서 일어났던 금가장의 겁화는 그렇게 조금씩 잊혀지고 있었다.

그리고 한 사내의 처절한 복수가 시작된 것은 그로부터 삼 년 뒤였다.

第二章

삼 년 후

무창(武昌)은 언제나 활기차다. 무창 거리에는 언제나 물건이 넘쳐 나고, 무창 사람들의 얼굴엔 활기가 넘쳐 난다. 무창을 통해 들고 나는 물동량만 하루 수십만 관(貫)이 넘는다. 수백 척의 배들이 양자강(揚子江)을 타고 오르내리다 반드시 거치는 천하에서 손꼽히는 물류 중심지가 바로 무창이었다. 또한 절강 항주 못지않은 부호가 많기로 소문난 곳 역시 이곳 무창이었다. 천하를 통틀어 지역의 구분 없이 통용되는 전표를 발행할 수 있는 거대 전장 세 곳 중 하나가 바로 무창의 은하전장이니, 무창의 자금 동원력이 어느 정도인지 능히 짐작할 수 있었다.

물류가 집중되는 도시였기에, 포구와 인접한 호동들에는 객잔과 주점이 즐비했다. 배를 타고 여행하다 하룻밤 묵어가는 손님들은 물론, 술 생각 나 들르는 선원들까지, 무창 토박이보다 외지인들을 더 많이 보게 되는 곳이 바로 이곳이었다.

호동을 잇는 길목에 자리해 있던 '황룡객잔' 의 문이 열린 것은 해가 지고 나서도 한참이 지난 술시경이었다. 여덟 개나 되던 객잔의 탁자에는, 수십 명의 사람들이 모여 왁자지껄 떠들며 술잔을 비워내고 있었다. 대부분이 거친 선원들이었기에 구석에 있던 사람들은 행여 그들과 부딪칠까 제법 눈치를 살피는 듯 보였다. 문이 열리는 소리가 났을 때만 하더라도 아무도 문 쪽에는 시선조차 주지 않았었다. 손님을 받기 위해 점소이가 달려나갈 때에도 관심을 보이는 사람은 없었고. 하지만,

"어서 오시… 입……."

밝은 목소리로 손님을 향해 인사하던 점소이의 말꼬리가 흐트러지자, 그제야 선원 한둘이 고개를 돌려 문가를 바라봤다.

"호오……."

한 사내의 입에서 작은 탄성이 흘러나왔다. 여인. 사내들의 땀 냄새와 술 냄새가 버무려져 진동을 하던 황룡객잔. 그곳의 문을 열고 들어온 사람은 다름 아닌 여인이었다. 물론 객잔에 여인이 들어선 안 된다는 법은 없었지만, 문제는 여인의 외모였다.

"히야……!"

"…꿀꺽."

뱃사람들의 헐떡임이 이상치 않을 만큼, 문을 열고 들어선 여인은 제법 아름다웠다. 갓 스물도 안 되어 보이는 외모. 어두운 실내와 대조적으로 보이는 하얀 피부. 넓은 이마에서 내려오는 높은 콧날과 콧날 아래 자리한 주사빛 입술. 가히 미인이라 불리기에 손색이 없는 외모였다. 단지 살짝 치켜진 눈꼬리가 그녀의 인상을 다소 차갑게 만들고

있었지만, 술 취한 사내들의 눈에 그런 것이 보일 리 없었다. 오히려 그녀의 미모를 받쳐 주듯, 여인의 굴곡이 드러나는 새하얀 경장이 그들의 시선을 잡아끌고 있었다.

"자리가 있나?"

차가운 인상만큼이나 단조로운 음성이었다. 점소이는 여인의 목소리에 놓았던 넋을 다시 잡아들였다. 여인이라 하여도 손님은 손님이었으니까.

"아… 죄송합니다. 지금은 자리가 다 차서… 아무래도 합석을 하셔야 할 듯한데."

점소이가 고개를 돌려 객잔 안을 둘러보았다. 몇몇 뱃사람들이 서로 엉덩이를 밀치며 억지로 자리를 만드는 모습이 보였으나, 그런 곳에 여인을 앉히느니 차라리 그냥 내보내는 편이 나았다. 객잔을 둘러보던 점소이의 표정이 밝아졌다. 그리고 여인에게 양해를 구하고는 객잔의 구석진 곳으로 걸음을 옮겼다. 점소이가 다가간 탁자에는 한 사람이 앉아 있었다. 검은 방갓을 깊이 눌러쓴 사내. 사내라는 것이 조금 걸리긴 했지만, 술 냄새 지독히 풍기는 뱃사람들보다는 묵묵히 술잔을 들던 사내 쪽이 훨씬 나았다.

"저… 죄송하지만, 합석을 좀 해도 괜찮겠습니까?"

점소이의 말에 사내는 대답이 없었다. 하나 잠시 후 끄덕여진 사내의 검은 방갓에 점소이의 얼굴이 밝아졌다. 점소이는 허리를 굽혀 감사하다는 말을 전하고는 서둘러 여인에게 다가갔다.

여인이 자리에 앉으며 주문을 했고, 사람들의 부러운 듯한 시선이 말없이 앉아 있던 사내에게 꽂혔다가 이내 사라졌다. 자리에 앉은 여인의 시선이 무의식적으로 면전의 사내에게 향했다. 합석을 허락해 주어 고맙다는 말이라도 하는 것이 예의이겠건만, 여인은 말없이 사내를 바라볼 뿐이었다. 방갓이라도 벗고 있었다면 말이라도 건네보았을 테지만, 얼굴도 내보이지 않는 상대에게 말을 건네는 것은 그녀의 자존심이 허락지 않았다. 말이 없는 것은 사내도 마찬가지. 여인의 시선을 느끼지 못했는지, 사내는 말없이 술잔만 들이킬 뿐이었다.

'기분 나빠.'

여인. 모용상아(慕容祥娥)는 내심 기분이 언짢아지고 있었다. 이런 허름한 주점에 와야만 했던 상황도 짜증스러운데, 기분 나쁠 정도로 조용한 사내의 존재가 그녀의 기분을 더욱 좋지 않게 만들고 있었다. 그리고 그런 모용상아의 기분을 최악의 상황으로 끌어내릴 사건이 그녀에게 걸어오고 있었다.

"헤헤, 이보, 소저. 자리가 넓어 보이는데 합석해도 괜찮겠소?"

등 뒤에서 들려온 목소리보다, 그녀의 후각을 자극하는 술 냄새가 먼저 당도했다. 모용상아는 아미를 찌푸리며 고개를 돌렸다. 흔히 있는 일이었지만, 매번 당할 때마다 기분이 나쁜 상황. 술 취한 사내 셋이 그녀의 뒤에서 이죽이고 있었다.

"물러가라."

모용상아의 입에서 한기를 품은 한마디가 흘러나왔다. 그녀의 날카로운 눈빛을 제대로 보았다면 흠칫 놀라 한 걸음 물러서는 것이 정상이겠지만, 사내들의 술기운 가득한 눈이 그녀의 안광을 알아차리길 바라는 것은 아무래도 무리였다.

"뭐야, 팅겨보는 건가? 그러지 말고 같이 앉지. 그냥 술이나 한잔하자는 것뿐인데."

얼굴이 붉게 달아오른 사내 하나가 은근슬쩍 모용상아의 옆으로 다가와 앉았다. 그 모습에 모용상아의 눈에서 불꽃이 튀었다. 하나 모용상아는 이런 사내들을 다루는 법을 알고 있었다. 사내가 앉자 모용상아가 일어났다. 그 모습을 바라보던 사내들은 뭐가 좋은지 연신 음탕한 미소를 흘릴 뿐이었다. 하나 그 미소가 굳어버린 것은 모용상아의 손이 움직인다 싶은 순간이었다.

쉬이익!

짜자자작!!

쉴 새 없이 오가는 모용상아의 손에, 자리에 앉아 있던 사내의 얼굴이 사정없이 돌아가고 있었다. 경쾌한 타격음이 주루에 울려 퍼지고 있었고, 사내가 바닥으로 떨어지는 소리와 함께 적막이 흘렀다.

쿵!

바닥을 구르던 사내가 몇 번 꿈틀거리더니 이내 정신을 잃었다. 그 사내의 얼굴은 피가 베일 정도로 부어 있었다. 워낙 창졸간에 일어난 일이라, 함께 다가섰던 사내들은 아직까지도 상황을 파악하지 못하고 있었다. 그런 사내들의 정신이 번쩍 든 것은 모용상아의 차가운 목소리가 들리고 나서였다.

"물러가라. 파렴치한들 같으니라고."

차가운 일갈에 어울리는 차가운 표정이었다. 사내들의 얼굴이 수치심으로 벌겋게 달아올랐지만, 쉽게 발끈하지도 못하고 있었다.

'강호인이다.'

보통 이렇게 따끔한 맛을 보여주고 나면, 성질을 못 이겨 달려들거나 꼬리를 말고 달아나는 것이 정상이었다. 이대로 달아나 버린다면 다행이고, 달려든다 하더라도 나쁘진 않았다. 그때는 정말로 베어버리면 그만이었으니까. 하나 예상이라는 것은 왕왕 틀리기도 하는 법. 모용상아는 이곳이 본가와는 수천 리 떨어진 무창이라는 것을 인지했어야 했다.

"뭐야……."

"이것 보게?"

주루의 이곳저곳에서 몸을 일으키는 사내들의 모습이 모용상아의 시야에 잡혔다. 당혹스럽게도 사내들의 눈에서는 일말의 두려움도 찾아볼 수 없었다. 하나둘이 아니었다. 주루에 있던 거의 모든 사내들. '나 거친 뱃사람이오' 라고 이마에 써 붙인 듯한 험상궂은 인상의 사내들만 이십여 명 가까이 자리에서 일어서고 있었다. 모용상아의 안색이 굳어졌다. 제아무리 무공을 익힌 그녀라 하여도 이십여 명의 장정은 쉽지 않은 상대였다. 게다가…

'저것은?

한 사내의 어깨 위로 살짝 드러난 문신. 검은 용의 꼬리가 어깨 아래로 이어진 것이 모용상아의 시선을 사로잡았다.

'저 흑룡 문신은 무창 흑룡채의 표식. 이들은 동정수로채(洞庭湖水路寨)의 사람들이었구나.'

모용상아의 시선이 굳어져 갔다. 쓰러진 사내를 안고 물러서던 사내들의 안색은 겁에 질려 있었다. 아마 그들은 흑룡채의 수적들이 아니었을 것이다. 하나 수적들에게 좋은 빌미를 제공한 것만은 분명했다.

"감히 여기가 어디라고 계집이 손찌검을 하고 지랄이냐."

"보아하니 타지에서 굴러 들어온 계집이구먼. 아무래도 무창에선 계집이 어찌 행동해야 하는지 가르쳐 줘야 할 듯싶은데."

저마다 한마디씩 내뱉으며 다가오는 사내들. 모용상아를 바라보는 그들의 눈빛은 한 마리 어린 양을 바라보는 늑대 무리와도 같았다. 비록 수적의 무리라 하지만 나름대로 일초반식의 무공이나마 익힌 자들이었다. 그런 자들이 자그마치 스물. 아직 무공의 화후가 일천한 모용상아로서도 긴장하지 않을 수 없었다.

"예의범절을 가르쳐 주는 데에는… 그것만큼 좋은 것이 없지. 흐흐."

"그럼, 그럼. 저년의 손찌검만큼 혹독하게 다뤄줘야 하겠어. 후후."

사내들은 음욕을 감추지 않으며 다가오고 있었다. 모용상아의 눈이 조금 떨리고 있었다. 이곳은 무창이었고, 무창의 뒷골목, 아니, 양자강이 이어진 곳에서는 저들이 왕이었다. 저들과 부딪혀 빠져나간다 하더라도, 그 후부터 수로를 이용할 생각은 버려야 했다. 도망칠까 생각도 해보았지만, 객잔의 가장 구석진 곳에 자리한 것이 화근이었다. 그리고 이런 파락호들에게 등을 보이며 달아나는 것은 그녀 자신이 용납하지 못했다.

"물러서라! 다가오면… 베겠다."

모용상아의 입에서 나지막하지만, 단호한 음성이 들려왔다. 그 목소리를 들은 사내들이 서로를 한번 쳐다보고는 이내 박장대소하기 시작했다.

"뭐? 푸하하하."

"클클클. 가소로운 년. 네년, 두 발로 걸어나갈 생각은 하지도 말아라. 감히 흑룡채의 어르신들을 우습게 본 대가를 치러야겠다."

한 사내가 성큼 걸어 나오며 모용상아의 머리채를 향해 손을 내뻗었다. 여인을 제압하는 가장 비열한 수단이었지만, 가장 효과적인 방법이기도 하였다. 하지만 모용상아는 깎아놓은 목석이 아니었다.

슈각!

"허업?!"

모용상아의 손끝에서 번쩍인 섬광에 사내는 다급히 손을 거두고 말았다. 하나 팔뚝을 뱀처럼 휘감은 혈 선이 선명했다.

"지금 것은 경고다. 다시 한 번 다가서면… 정말로 베어버리겠다."

어느 틈에 빼어 들었는지 모용상아의 손에는 한 자루 연검이 들려 있었다. 상대가 수적들이라곤 하지만, 함부로 목숨을 취할 수는 없었다. 오히려 팔뚝에 엷은 흔적만을 남긴 자신의 한 수를 보고 알아서 물러나 주기를 바랐다. 하나 사내들은 거칠었다. 팔뚝의 상처 따위는 상처라 부르기도 민망해할 그런 사내들이었다. 타는 불에 기름을 끼얹은 꼴. 팔뚝을 쓰다듬으며 그녀의 허리를 바라보던 사내가 이 가는 목소리로 입을 열었다.

"제법 매섭구나. 하지만… 허리띠까지 풀고 덤비는 계집을 그냥 보낸다면 흑룡채의 사내라 할 수 없지. 흐흐흐."

사내의 말에 모용상아의 볼이 살짝 달아올랐다. 사내의 말처럼 그녀의 연검은 허리춤에 숨겨져 있었다. 빼어진 연검을 보고 허리띠를 풀었다고 말하니, 모용상아로서는 일말의 수치심을 느낄 수밖에 없었다.

"이… 더러운 자들……."

팔뚝에서 피를 흘리던 사내의 뒤로 대여섯 명의 사내가 다가섰다. 그들의 손에는 모용상아의 연검만큼이나 날이 선 무기들이 들려 있었다. 분수자(分水刺)와 분수도(分水刀). 누가 수적 아니랄까 봐 사내들이 들고 있는 병기는 하나같이 수중에서 사용하는 기형 병기들이었다. 눈짓을 교환하던 사내들이 일시에 달려들었다. 모용상아 역시 그들의 모습에 눈빛을 굳히며 검을 치켜올렸다. 한데 그 순간…

“허억?!”

사내들에게 검을 뿌리려던 모용상아의 몸이 움찔하며 멈춰 버렸다. 그 모습에 달려들던 사내들도 걸음을 멈출 수밖에 없었다.

“뭐… 뭐야?”

모용상아의 뒤. 그녀의 마혈에 손을 올리고 있던 자는 다름 아닌 검은 방갓의 사내였다. 모용상아의 눈에는 경악과 분노가 일그러지고 있었다. 존재감을 느낄 수 없었던 사내였기에 방심하고 말았다. 설마 그도 흑룡채의 사람이었을 줄이야. 하나 흑룡채 사내들의 목소리에 방갓 사내가 흑룡채의 식구가 아님을 알 수 있었다.

“이봐, 넌 누구냐? 왜 남의 싸움에 참견하고 나서는 거지?”

“흐흐, 뭐… 저놈도 이년 속살 맛이 보고 싶었나 보지. 덕분에 일이 수월하게 되었으니… 차례를 양보해 주도록 하지.”

사내들의 음담패설에 모용상아는 정신이 아득해짐을 느끼고 있었다. 마혈이 제압된 이상 손끝 하나 움직일 수가 없었다. 그리고… 상상조차 하기 싫은 일들이 머리 속에 떠오르고 있었다.

“제발…….”

아혈은 제압당하지 않았는지, 그녀의 입에서는 애처로운 목소리가 흘러나오고 있었다. 모용상아의 눈에서 흐르는 눈물이 바닥으로 떨어져 내리고 있었다. 그 눈물이 강이 되어 사내들의 걸음을 막아주었으면 했지만, 상대는 강 위에서 살아가는 수적들. 그녀의 눈물만으로는 막을 길이 없었다. 벌써 몇몇 수적이 객잔의 문단속을 하고 있었다. 객잔에 있던 점소이와 일반인들은 수적들의 서슬 퍼런 분수자에 질려 바들바들 떨고 있었다. 무창의 한 주점 안에서 천인공로할 겁간이 이루어지려 하고 있었지만, 그것을 막을 길은 없어 보였다. 모용상아의 눈빛이 다가오는 사내들의 모습으로 인해 암울하게 죽어가고 있었다. 그런 모용상아에게 다가온 구원은 다름 아닌 그녀의 등 뒤에서였다.

'걱정하지 마시오.'

그녀의 등 뒤로 스쳐 가듯 써 내려가는 손길. 그 손길은 분명 그렇게 말하고 있었다. 등으로 전해진 이야기에 모용상아의 눈이 커졌다. 자신을 제압해 놓고서는 걱정하지 말라니? 흑룡채와 한패거리가 아니었단 말인가? 쉽게 안심할 만한 상황은 아니었지만, 섣불리 입을 열어 위기를 자초하지는 않았다. 지금은 지푸라기라도 잡아야 했기에, 목구멍까지 치밀어 오른 궁금함을 밀어 내릴 수밖에 없었다. 다가서던 수적들에게 그런 모용상아의 변화가 눈에 들어올 리 없었다. 그저 아름다운 여인 하나가 손가락 하나 까딱치 못한 채 자신들의 손길을 기다리고 있다는 사실만이 중요할 뿐이었다.

"고것 참……."

"에라, 모르겠다!"

조금씩 거리를 좁히던 사내들 중 하나가 부리나케 달려들었다. 무엇이 급했는지 모용상아의 면전에 다다랐을 때는, 사내의 상의가 거의 벗겨져 있는 상태였다. 사내의 수북한 가슴털이 시야를 매우자, 모용상아는 그만 눈을 질끈 감아버렸다. 한데…

"크어억!"

외마디 비명과 함께 모용상아의 얼굴로 뜨거운 무엇인가가 점점이 뿌려졌다. 그리고 자신의 오른쪽 겨드랑이 사이로 느껴지는 무언가의 느낌에 놀라 눈을 뜨고 말았다. 하나 자신의 가슴에 밀착된 사내의 느낌보다는, 자신의 겨드랑이 사이로 빠져나온 검에 더욱 놀랄 수밖에 없었다. 검은 정확히 달려들던 수적의 심장을 꿰뚫어 버렸다. 부들거리던 사내가 절명하며 쓰러졌다. 사내가 뒤로 넘어가자 검을 든 손이 살짝 비틀렸다. 모용상아는 자신의 코앞에서 들리는 살갗 찢는 소리에 온몸에 소름이 돋음을 느꼈다.

'죽… 죽었어……..'

모용상아는 아직 살인의 경험이 없었다. 그녀가 배운 무공은 어디까지나 호신을 위한 것. 이런 낭패한 상황까지는 이르러 본 일이 없었다. 그런 그녀의 눈앞에서 사람이 죽었다. 눈앞이 어질했지만, 그것은 시작에 불과했다.

"뭐야?!"

"이… 이런 쌍! 저 새끼, 계집과 한패다! 죽여!"

성난 수적들이 눈에 불을 켜고 달려들기 시작했다. 주점의 탁자와 집기들을 밟고 달려오던 수적들. 그들은 모용상아를 향해 독아를 번뜩이고 있었다. 미친 듯이 달려드는 수적들의 모습이 모용상아의 시야를 가득 메웠다. 그때, 외마디 비명도 지르지 못한 채 입만 벙긋거리던 모용상아의 앞으로 검은 장벽이 펼쳐졌다. 순식간에 펼쳐진 장벽은 넓고 높았다. 모용상아도 여인으로서는 결코 작다 말할 수 없었지만, 발끝을 들고 선다 해도 그 장벽에 머리 하나는 모자랄 듯싶었다. 그런 장벽이 움직이고 있었다. 검은 장포가 모용상아의 시야를 가리고 있었지만, 그 움직임 사이로 간간이 보이는 주루의 상황은 처참함 그 자체였다.

수적들의 분수자가 방갓사내를 향해 날아들었지만, 사내의 장검이 만들어내는 폭풍 앞에선 무용지물일 뿐이었다. 사내는 모용상아의 앞에 선 채 밀리거나 앞서 나가지 않았다. 오로지 모용상아의 앞 한 걸음 안에서 모든 움직임을 절제하고 있었다. 그러한 움직임에도 수적들은 사내가 쳐놓은 검의 장벽을 넘지 못하고 있었다. 사내의 앞에 벌써 다섯 구의 시신이 놓여 있었다. 목과 심장. 죽은 시신들이 피를 뿜어내고 있는 곳은 모두 치명적인 사혈들. 그 잔인한 손속에 치를 떨던 수적들이 잠시 거리를 벌렸다. 그리고 꾀를 낸 수적 다섯이 동시에 상하좌우 중의 다섯 군데로 동시에 분수자를 찔러 넣었다. 제아무리 검을 빨리 휘두르더라도 다섯 방위의 공세를 모두 막아내지는 못할 것이라는 얄팍한 생각이었다. 물론 수적들의 얄팍한 합공은, 방갓사내의 결코 얄팍하지 않은 반격으로 인해 무산되고 말았다.

쉬에엑!

"크아악!"

"헉?! 저건 검기?"

사내의 검에서 새파란 기운이 뿜어지며 좌우에서 날아들던 분수자와 함께 수적들의 팔을 갈라놓았다. 팔뚝을 자른 것이 아니라, 도를 잡은 손에서부터 팔뚝까지를 대나무 가르듯 갈라놓았기에, 그 흉측함은 이루 말할 수가 없었다. 졸지에 네 개의 팔을 갖게 된 수적들이 비명을 지르며 나가떨어졌다. 횡으로 그어지던 사내의 검이 다시금 빛무리를 뿌렸다. 풍차를 돌리듯 검을 회전시키자 세 자루의 분수자가 주인의 손을 손잡이에 매단 채 허공을 날았다. 손목에서 뿜어지는 피 화살이 주점의 사방으로 흩뿌려지고 있었다. 삽시간에 열 명의 수적이 목숨을 잃거나 병신이 되어버렸기에, 남아 있던 다른 수적들은 서로의 눈치를 보며 함부로 다가서지 못하고 주춤 물러섰다. 눈치 빠른 수적 하나가 주점 밖으로 빠져나갔다. 비록 열 명이 죽었다곤 하지만, 이곳은 흑룡채의 영역. 일각도 되지 않아 수십 명의 수적과 파락호들이 떼를 지어 나타나게 될 것이었다. 남은 열 명의 수적은 검은 방갓사내를 향해 분수자를 내밀면서도 함부로 다가서지 못했다. 검기를 다루는 고수는 쉽게 맞닥뜨릴 수 없는 상대였다. 이대로 달려든다면 제아무리 날고 기는 수적들이라 하여도, 여벌의 목숨이 없는 이상 죽은 동료들의 뒤를 따르는 수밖에 없었다. 그저 더 많은 동료들이 달려올 때까지 기다리는 것이 상책이었다.

하나 검은 방갓사내는 바보가 아니었다. 말없이 돌아선 사내의 팔이 마혈이 제압되어 있던 모용상아를 어깨에 들쳐 멨다. 그리고 다시금 뒤를 돌아 객잔의 문으로 걸어나갔다. 그 모습에 움찔한 수적 하나가 이를 악물고 달려들었지만, 내려치던 분수자가 다가가기도 전 방갓사내가 휘두른 검에 복부가 베이며 저만치 나가떨어지고 말았고, 갈라진 복부에서 내장들이 쏟아져 나와 바닥을 적시고 있었다. 그 흉험한 일수는 사내의 의도대로 수적들의 발걸음을 잡는 데에 효과가 있었다.

수적들은 감히 사내의 앞을 막지 못했다. 남은 수적들이 모두 달려든다면 동료들이 올 때까지 발걸음을 잡을 수 있을지도 몰랐지만, 그것은 십중팔구 자신의 목숨과 맞바꾸어야만 가능한 일. 수적들은 떨리던 분수자가 제멋대로 움직이지 못하게 붙잡고 있을 수밖에 없었다. 자신들이 상대하기엔… 검은 방갓의 사내는 너무나 강한 고수였다. 주점 밖으로 나서던 사내의 등을 향해 분수자를 날리고도 싶었지만, 내장을 모두 쏟아내고도 꿈틀거리는 동료의 모습에 일찌감치 포기하고 말았다. 물론 사내를 놓친 대가로 채주에게 불벼락을 맞긴 하겠지만, 개죽음을 당하는 것보다야 백배는 나을 테니까.

이각이나 지나 버린 후에야 사십여 명에 가까운 흑룡채의 수적들이 도검을 들고 들이닥쳤다. 하지만 검은 방갓사내는 이미 어디론가 사라지고 난 후. 흑룡채의 수적들이 눈에 불을 켜고 인근의 수로와 호동들을 샅샅이 뒤졌지만 사라진 사내와 계집의 흔적은 어디에도 없었다. 그렇게 땅으로 꺼진 듯 사라졌던 방갓사내가 모습을 드러낸 곳은 무창 외곽의 한 공자묘에서였다.

"이젠… 풀어주세요."

수적들을 향해 차갑게 말하던 그 목소리가 아니었다. 목소리뿐 아니라 인상마저 달라져 있었다. 차갑고 냉막해 보이던 표정은 온데간데없고, 두려움 반 수치심 반으로 붉어진 모습이었다. 그녀의 차가운 표정은 귀찮음과 번거로움을 피하기 위한 방편이었을 뿐, 기실 모용상아는 무가의 여식임에도 강호의 여걸과는 거리가 멀었다. 그저 보고 들은 풍월이 있어 그리 행동한 것일 뿐. 천성이 유약한 모용상아의 목소리에는 일말의 두려움마저 어려 있었다.

마혈이 짚인 상태에서도 그녀의 몸은 간간이 떨려오고 있었다. 그렇게 처참하게 사람이 죽는 모습은 본 적이 없었다. 자신의 세가에서 일어난 비무나 타지 도전자들과의 싸움에서도, 이런 식의 죽음은 본 적이 없었다. 그녀가 알고 있던 강호의 예절과 격식은 비무뿐이 아니라, 비무 후의 죽음에도 갖추어져 있었다. 아무리 죽음이 모두 다 같다 할지라도, 이런 도살장 소 잡듯 사람을 베어내는 모습은 쉽게 받아들이기 힘든 모습이었다. 그러니 지금 자신 앞에 서 있는 사내가 피에 굶주린 살귀처럼 보이는 것도 무리가 아니었다. 그런 살귀가 다가오고 있었다. 잊었던 떨림이 다시금 세차게 그녀를 휘감고 있었다. 하나 사내는 말없이 그녀의 혈을 풀어주었다. 굳었던 몸이 갑자기 풀린 탓인지 모용상아의 두 다리에 맥이 빠지며 그대로 주저앉고 있었다.

턱!

그런 모용상아의 허리로 사내의 굵은 팔이 감겨왔다. 모용상아의 얼굴이 달아오르며 꿈틀거렸지만, 온몸이 저릿해 몸의 중심을 잡는 것만도 벅찬 상태였다. 얼마간 그렇게 사내의 품에 안겨 있던 모용상아가 그의 품에서 빠져나왔다. 잠시 머뭇거리던 모용상아가 자신도 무가의 여식이라고 시위하는 듯 포권으로 감사의 말을 전했다.

"도와주셔서 감사합니다."

방갓 아래로 보이던 사내의 입술이 살짝 말려 올라갔다. 그것을 조소라 느낀 모용상아의 얼굴이 조금 굳어졌다. 하지만 누가 뭐래도 그녀는 무가의 여식. 비록 무림의 위명이 자자한 사대세가에는 끼지 못하지만 하북에서는 나름대로 명성을 날리고 있던 모용세가의 차녀였다. 지금 자신이 어떤 행동을 취해야 하는지 모를 수가 없었다.

"저는 하북 모용세가의 모용상아라고 합니다. 은인의 존대성명을 가르쳐 주신다면 이 은혜는 차후 반드시 갚겠습니다."

제법 똑 부러지는 목소리였지만, 한참이 지나도 화답은 들리지 않았다. 그의 눈을 마주하지 않았던 모용상아는 사내의 침묵이 자신에 대한 무시라고 생각했다. 화답까지는 하지 않더라도, 하다못해 괜찮다라는 말 한마디 하는 것이 뭐가 그리 어려운 일인가? 모용상아는 사내의 침묵을 무시라 여겼다. 그리고 은혜를 입은 강호인의 행동이 정해져 있던 것처럼, 무시를 당한 강호인의 행동 역시 정해져 있었다. 모용상아도 분명 강호의 여인이었다.

"아무 말씀이 없다는 것은… 모용세가를 무시하는 건가요?"

여인의 변화는 종잡을 수가 없다. 얼굴 가득 자리했던 두려움 대신, 무시당한 것에 대한 불쾌함이 자리했다. 자신의 가문을 밝히고 이름까지 밝혔음에도, 겸양의 예절은커녕 자신의 이름조차 밝히질 않다니. 하나 그녀의 발끈함을 바라보던 사내는 다시 한 번 가는 미소를 지어 보이곤 뒤돌아서 버렸다. 그의 뒷모습을 바라보던 모용상아의 두 눈이 당혹스러워하고 있었다. 하나 이내 입술을 지그시 깨물곤 사내가 사라진 공자묘 밖으로 나섰다. 사내는 빠르지도, 느리지도 않은 걸음으로 공자묘를 빠져나가고 있었다. 무창 외곽 마을의 불빛과 그리 멀리 떨어지지 않은 곳이었기에, 발걸음의 방향만으로도 사내가 다시금 무창으로 되돌아가려 한다는 것을 알 수 있었다. 사내를 바라보던 모용상아가 다급히 달려가 사내의 앞을 가로막았다.

"지금 가면 안 돼요! 잘 모르시나 본데, 아까 당신이 벤 사람들은 동정수로채의 사람들이에요. 동호(東湖)에 근거지를 두고 있는 흑룡채라는 수적들이란 말이에요. 지금쯤 무창이 발칵 뒤집혔을 거예요. 다시 돌아가면……."

구원의 은혜 때문이었을까? 모용상아는 방갓사내의 앞에 서서 발걸음을 붙잡고 있었다. 방갓이 조금 들렸다. 모용상아는 그런 사내의 움직임에 흠칫 놀라며 한 걸음 물러섰다. 은혜를 입기는 했지만, 분명 아직은 두려운 사내였다. 하나 사내는 아무 말이 없었다. 사람이 사람을 무시하는 방법 중 가장 흔한 것이 눈길을 주지 않는 것이었고, 가장 불쾌한 것이 바라보면서도 입을 열지 않는 것이다. 모용상아의 표정이 굳어져 갔다. 수치심에 얼굴이 벌게질 단계는 이미 지났다. 구원의 은혜 역시 그녀의 뇌리에서 이미 사라져 있었다.

"…정말… 이렇게 사람을 무시해도……."

굳게 쥐어져 있던 두 손이 부르르 떨렸다. 깨물린 입술 사이를 비집고 나오던 목소리는 결국 그 끝맺음도 맺지 못했다. 사내를 바라보던 모용상아의 신형이 옆으로 물러섰다. 잡고 있던 사내의 발목을 놓아버렸다. 가든지 말든지, 죽든지 말든지…….

'나는 최선을 다한 거야. 이 사람이 나에게 도움을 주었듯, 나도 이 사람에게 위험을 알렸으니. 경고를 무시하고 위험을 자청하는 것까지 책임질 수는 없잖아?'

모용상아는 고개를 돌려 공자묘를 바라보고 있었다. 그런 모용상아의 귓가로 발걸음 옮기는 소리가 들렸다. 사내의 발걸음 소리가 작아지는 만큼 모용상아의 심장 뛰는 소리는 커져만 갔다.

'위험한데… 위험한데…….'

그를 붙잡고 싶은 마음 따윈 없었다. 위험하다 해도 자신이 있으니 다시 돌아가는 것. 잔인한 손속만큼이나 실력도 있으니 그리 쉽게 죽지는 않을 것이다.

'결국은… 죽겠지.'

제아무리 고강한 무공을 가진 자라 하여도, 한 손이 열 손을 감당하지 못하는 법이었다. 비록 수적의 무리라 하나 흑룡채는 엄연한 강호의 방파. 정확한 문도 수를 알 도리는 없었지만, 방갓사내의 목숨을 취하기에 부족하지는 않을 것이다. 물론 흑룡채에도 고수가 있을 것이다. 일일이 외호를 외울 수는 없었지만, 흑룡채의 채주가 무창에서 알아주는 고수라는 이야기를 들은 것도 같았다. 위험하고 당당한 사내였지만… 그는 혼자였다.

'난 몰라. 분명히 경고했다구.'

스스로 다짐하듯 뇌까린 모용상아였지만, 그녀의 고개는 무의식적으로 발걸음 소리가 사라진 길을 향하고 있었다. 사내의 그림자는 이미 사라지고 없었다. 그래도 자신을 구해준 은인이었는데, 너무 쉽게 포기한 것이 아닌가 싶기도 했다. 하나 자신을 무시하던 사내의 태도를 다시 떠올리니 안타까움의 눈빛은 지워지고, 새침한 콧방귀가 대신 들려왔다.

"난 몰라. 난 내 할 일을 다 했다구. 분명히 위험하다고……."

사내가 사라진 길에서 시선을 옮기던 모용상아의 고개가 멈추어 섰다. 그리고 잠시 멈추어졌던 고개가, 그녀의 시선이 미처 따라잡지 못했던 곳으로 천천히 되돌아가고 있었다. 때마침 구름 속에서 만월이 고개를 내밀지 않았다면 보지 못했을 것이다. 달빛이 그 사내가 서 있던 자리를 비추지 않았더라면, 아쉬운 시선을 숨기기 위해 잠시 땅을 바라보지 않았다면 결코 발견하지 못했을 것이다.

"이… 건……?"

모용상아의 걸음이 멈춘 곳. 풀 한 포기 없던 그곳에 만들어진 작은 고랑들. 손바닥보다 조금 크게 쓰여 있던 것은 분명 글자였다.

감(感).

모용상아의 눈이 바닥에 쓰여 있는 글자에서 떠나질 못하고 있었다. 가늘게 파인 골을 보니 허리에 차고 있던 검을 내려 쓴 것 같았지만, 그가 검을 놀리는 것을 눈치채지도 못했다. 모용상아의 눈빛이 시시각각 변했다. 그리고 그 눈빛의 결정을 따라 그녀의 신형이 길가를 내달리기 시작했다. 무창으로 이어져 있던 그 길. 그 사내가 사라진 길이 이어져 있던 어둠 속으로, 모용상아의 신형이 소리없이 빨려들고 있었다.

이미 축시가 가까워오던 시각. 어둠에 동화되어 버린 무창은 고요하기만 했다. 그런 무창의 적막함 사이를 달리던 모용상아의 입술은 굳게 닫혀 있었다. 그리고 그렇게 찾아 헤맨 방갓사내를 다시 만난 것은, 다름 아닌 자신이 도망쳐 온 황룡객잔에서였다. 그 사내는 그곳에 있었다. 수십 명의 수적들에게 둘러싸인 채… 말없이 그렇게…….

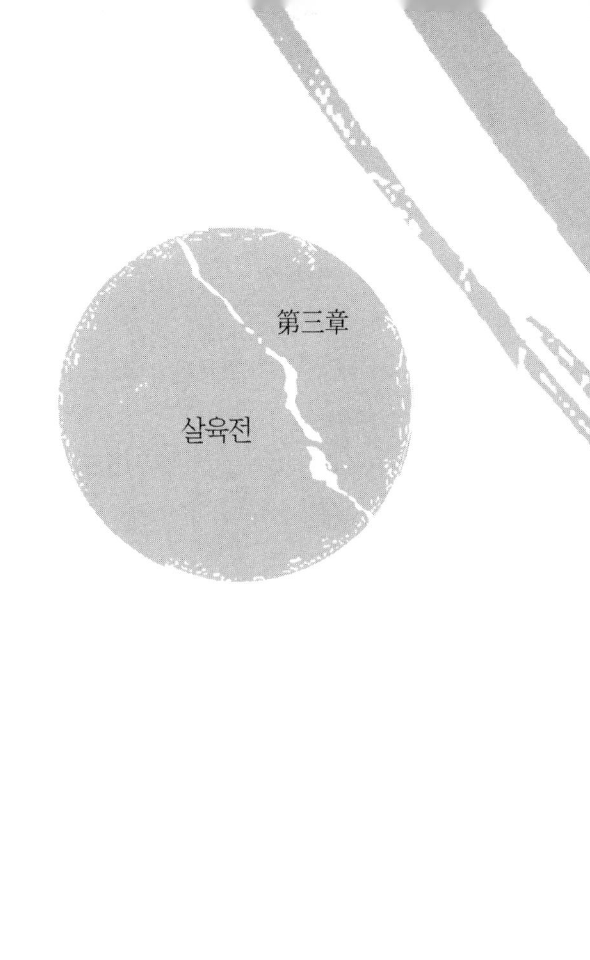

第三章
살육전

"저자냐?"

"맞습니다, 부채주님. 저놈이 틀림없습니다."

황달의 물음에 옆에 서 있던 수적 하나가 이 가는 소리로 답했다. 수하의 답을 듣는 와중에도 황달의 눈은 사내의 검은 방갓만을 바라보고 있었다.

처음 수하 하나가 호들갑을 떨면서 나타나는 모습에, 무당파 인물들과 부딪히기라도 한 줄 알았다. 하나 상대가 무당파가 아닌 정체 모를 괴인 하나라는 말에는 그 수하의 목을 쳐야 할지 말아야 할지를 고민할 수밖에 없었다.

동정수로채는 녹림산채, 장강수로채와 함께 명색이 삼대녹림의 하나였다. 그것은 어지간한 대문파가 아니라면 쉽게 겁먹을 필요가 없다는 뜻이었다. 한데 타지도 아닌 안방과도 같은 무창에서 괴인 하나의 무위에 놀라 허겁지겁 달려왔다니, 분노보다는 어이가 없었다. 하나 단 몇 합 만에 열 명에 달하는 수하가 도륙되었다는 말에는 호기심이 동했다. 별일 아니라 생각하면서도 웃어넘길 수만은 없었다. 어떤 천둥벌거숭이 같은 자가 무창에서 흑룡채와 시비를 벌이는지 궁금했다. 그리고 멍청하다 해도 수하는 수하. 죽은 열 명의 혈채도 받아내야 했다. 아랫것들이 그것을 못하겠다고 달려왔으니, 윗사람 된 도리로 보고 있을 수만은 없었다. 그리고 황룡객잔에서 가장 가까운 곳에 있는 윗사람이 바로 황달 자신이었다.

'얼핏 보아선 외문무공과 어울리는 자. 하나 수하들은 저자가 아주 빠른 검을 구사했다고 했다. 저 큰 손에서 펼쳐지는 쾌검이라……'

황달의 앞에 말없이 서 있는 사내. 키가 팔 척에 가까워 보일 만큼 기골이 장대한 것이, 주변을 둘러싸고 있는 수하들보다 머리 하나는 더 있어 보였다. 자신의 수하들이 그의 커다란 주먹에 피떡이 되었다면 차라리 수긍하기 쉬웠으련만, 사내의 허리에 걸려 있는 장검이 눈에 거슬렸다. 보통의 장검보다 반 자는 길어 보였고, 두 치는 두꺼워 보였다. 도였다면 그 흉포한 모습에 인상이라도 찌푸려 주겠지만, 언월도만한 검이라니… 눈앞의 사내는 어느 것 하나 정상적인 것이 없어 보였다. 그것이 황달의 뒷덜미를 긁고 있었다.

황달의 명을 기다리던 흑룡채의 수적들은 의아해하고 있었다. 사내는 독 안에 든 쥐다. 이곳으로 몰려온 흑룡채의 수적들만 사십여 명. 도합 오십여 명에 달하는 인원이 사내 하나를 포위하고 있는 형국이었다. 흑룡채의 부채주 황달이 나설 것도 없어 보였다. 그저 명령만 내리면 끝날 일. 하나 무슨 이유인지 황달은 사내가 모습을 바라보면서도 명을 내리지 않고 있었다. 부채주의 침묵이 첫 번째 의아함이었다.

두 번째는 다시금 나타난 방갓사내. 설마 그가 이곳으로 되돌아올 것이라고는 상상도 못했다. 무창 일대를 수색하기 위해 다급히 움직이던 자신들을 허둥지둥 다시 집결하게 만든 사내. 그리고 그 두 번째 의아함이 서서히 분노로 바뀌고 있었다. 저 뻔뻔스러운 자는 감히 동정수로채의 일채인 흑룡채를 두려워하지 않고 있는 듯했다. 그리고 황달의 생각도 수하들과 그리 다르지 않았다.

"그대의 이야기는 들었다. 내 수하들의 장난에 조금 지나친 훈계를 해주었다지? 이곳으로 되돌아온 것은 그 훈계가 모자랐다는 뜻인가?"

황달의 목소리는 덤덤했다. 제아무리 꺼림칙한 느낌의 사내라 할지라도 그는 혼자였다. 사십 대 일의 일방적인 우세 속에서도 긴장할 만한 담이었다면, 흑룡채의 부채주 자리는 진즉에 다른 이의 손으로 넘어갔을 것이다. 물론 자신의 무공에 대한 자신이 없었다면, 십여 명의 수하를 삽시간에 도륙했다는 자를 두고 이렇듯 노기를 감추지는 못했겠지만. 황달의 무미건조한 목소리에도 사내는 아무 말도 없었다. 그 모습을 바라보던 황달이 입을 열었다.

"입이 무거운 친구로군. 저 무거운 입에서 사과를 받아내는 것은 어려울 듯하니……."

말을 잇던 황달의 입꼬리가 살짝 말려 올라갔다.

"…혈채만 받아내는 것으로 만족하지."

"우와아아!!"

"죽여라!"

황달의 말이 끝나기가 무섭게 십여 명의 수적이 고함을 지르며 달려나갔다. 그 사내가 나타났을 때부터 짜여진 각본. 달려가는 수적들의 손에는 당파가 들려 있었다. 수적질을 할 때 쓰는 것인지, 갈고리처럼 생긴 당파의 예리한 날이 일 장이나 되는 긴 장대 끝에 달려 있었다. 달려들던 수적들의 당파가 휘둘려졌다. 대나무도 아닌 것이 부러질 듯 휘어지며 귀청 찢는 호곡성을 뿌려댔다.

휘이잉!

다섯 자루의 당파가 횡으로 그어지고, 남은 다섯 자루의 당파가 수직으로 내리 꽂혔다. 죽은 열 명의 수적과 비슷한 방법인 것을 보면, 고수들을 상대할 때는 그렇게 하라 교육이라도 받은 모양이었다. 하나 이번에는 승산이 충분했다. 거리. 사내의 손에서 뽑힌 삼 척 반의 거검으로도 일 장 가까이를 격하고 사방에서 내려쳐지는 당파를 모두 막아내는 것은 불가능했다. 하나 방갓 아래로 보이던 사내의 눈빛은 동요가 없었다. 만약 달려들던 수적들이 그 눈빛을 볼 수 있었다면 무언가 잘못되었다는 것을 깨달았을지도 몰랐지만, 그들이 그것을 깨달은 것은 휘둘린 거검과 당파가 마주치며 낸 굉음이 울린 후였다.

카강!

사내의 거검이 횡으로 짓쳐들던 당파 하나를 막아갔다. 남은 아홉 자루의 당파를 무시한 무모한 반격이었지만, 이어진 상황은 결코 무모하지 않았다.

"허엇?!"

당파와 마주친 사내의 검이 당파를 타고 올랐다. 거리를 좁히며 당파의 갈고리에 자신의 거검을 걸고는 당파와 함께 원을 그렸다. 당파를 잡고 있던 사내의 손아귀가 찢어졌다. 핏물을 머금은 당파는 거검의 검로를 따라 더욱 세차게 휘몰아쳤다. 그리고 그 당파가 휘둘린 공간 안에서 횡으로 그어지던 당파들은, 거검과 어우러진 당파의 회전에 말려 기세를 잃고 말았다.

타다다닥!

동료의 당파와 부딪친 네 자루의 당파가 허공을 갈랐다. 그리고 사내의 거검에 매달려 있던 당파가 회전의 여력 그대로 날아가 장내를 관전하고 있던 한 수적의 가슴을 꿰뚫어 버렸다. 수적들의 시선이 피를 토하며 쓰러지는 동료에게 쏠린 순간, 당파를 뿌리친 사내의 신형이 바닥을 차고 올랐다.

쐐애액!

장대한 체구에 어울리지 않는 기쾌한 몸놀림이었다. 횡으로 그어진 당파가 사내의 방위를 점하고 날아들었다면, 위에서 내려쳐진 당파들은 사내라는 한 점을 향해 떨어져 내리고 있었다. 사내는 당파들이 노리던 그 점을 향해 검을 뿌렸다. 검극의 미세한 떨림이 무수히 많은 검의 잔상들을 만들어내고 있었다. 그리고 그 잔상의 벽과 맞부딪친 당파들이 현란한 불꽃과 함께 사방으로 튕겨져 나가고 있었다. 창대가 부러지며 중심을 잃은 수적 하나가, 부러짐의 반동으로 내리 꽂힌 자신의 당파 날에 목줄이 꿰뚫려 버렸다. 부르르 떨던 그 수적의 몸이 바닥으로 쓰러질 때까지 바닥에 내려선 사내는 움직이지 않고 있었다.

어둠에 동화되어 있던 모용상아의 존재를 알아챈 사람은 없었다. 처음 사내의 모습을 발견했을 때만 하더라도, 은혜를 갚는다는 심정으로 뛰쳐나갈 마음 정도는 가지고 있었다. 하지만 지금은 흑룡채 무리의 포위망과 십여 장이나 떨어진 건물 뒤에서 고개만 내밀어 상황을 살피는 것만도 버거웠다.

'휴우… 살벌해.'

잠시 상황을 지켜보려 했건만 모용상아는 자신도 모르게 상황에 몰입해 버리고 말았다.

"횡으로 그어지던 당파를 막은 것은 칭찬해 줄 만해. 하지만 위에서 내려쳐지는 당파를 향해 몸을 날린 것은……."

모용상아의 혼잣말이 말꼬리를 흐렸다. 하지만 그녀가 흐린 말의 나머지를 듣고 싶어 하는 사람이 있었다.

"무모했다는 것이냐?"

"응. 너무 무모했… 아?!"

무심코 대답하던 모용상아가 다급히 고개를 돌렸다. 그녀의 눈이 놀라 크게 떠졌고, 반가움 어린 목소리가 그녀의 입에서 흘러나왔다.

"오빠!!"

어둠 속에서 모습을 드러내고 있던 사내가 한 걸음을 내디뎠다. 사내는 달빛 아래로 드러나며 본래의 색을 되찾은 백의경장이 무색하리만치 헌헌장부(軒軒丈夫)였다. 단아한 이목구비와 선이 뚜렷한 얼굴. 눈앞의 모용상아도 미인이었지만, 사내에 비한다면 많이 부족해 보일 만큼 잘생긴 사내였다. 물론 그의 외모만큼이나 그의 몸에서 풍겨 나오는 기도 역시 예사롭지 않았다.

사내에게 달려간 모용상아가 그의 가슴을 때렸다. 그의 가슴이 아프지 않을 만큼, 자신이 속상해했다는 것을 알아차릴 수 있을 만큼만.

"왜 이제야 온 거야?"

뚱한 표정과는 달리 모용상아의 눈에는 야릇한 정감이 흐르고 있었다. 그리고 그녀를 마주 바라보고 있던 사내 역시 그런 그녀를 바라보며 정겹게 웃어주고 있었다.

"쯧쯧, 또 오빠라고 부르는구나."

"핏, 아무도 없는데 뭐……. 그보다 왜 이리 늦었는지부터 설명해 보시지?"

황룡객잔에서와는 전혀 상반된 새침한 표정. 모용상아는 다른 사람이 되어 있었다.

"아… 장 호법님과의 이야기가 생각보다 길어졌거든. 일단 약속 장소만 정하고 오는 길이다."

"음… 그랬구나."

사내의 말에 모용상아의 표정이 시무룩해졌다. 그런 모용상아의 귓가로 사내의 부드러운 목소리가 들려왔다.

"미안하구나. 몇 해 전 무창에 들렀을 때만 해도 황룡객잔이 저런 곳이 아니었거늘……."

사내는 모용상아가 황룡객잔으로 되돌아온 이유가 자신을 찾기 위함인 줄 알고 있었다. 모용상아는 내심 뜨끔했지만, 배시시 웃으며 그런 속내를 숨겼다.

"그래? 그건 그렇고 다른 사람들도 다 잘 있어?"

모용상아의 물음에 답하려던 사내의 시선이 멈칫하더니 모용상아의 눈을 벗어나 한곳으로 향했다. 모용상아 역시 고개를 갸웃하며 사내의 시선을 따라갔다.

'아… 내 정신 좀 봐.'

모용상아는 자신의 머리를 쥐어박고 있었다. 사내의 시선이 향한 곳, 그곳에서는 이미 난전이 벌어지고 있었다. 수십 명의 수적들이 저마다의 병기를 휘두르며 검은 방갓사내에게 달려들고 있었다.

"대단하구나."

"엉? 뭐가?"

모용상아는 짐짓 모르는 척하며 사내에게 물었다. 사내는 장내에서 시선도 떼지 않은 채 모용상아의 물음에 답하고 있었다.

"아까 네가 저 사내의 판단이 무모하다 했었지? 하나 그건 그렇지 않단다. 저 사내는 그 순간 가장 효과적인 대응을 한 것이다."

"효과적인… 대응?"

"그래. 기실 저 사내의 첫수는 당연한 선택이었다. 횡과 종의 연수 합격에서 횡을 먼저 제압함은 그리 대단한 판단이 아니다. 몇 번의 실전만 겪어보아도 알 수 있는 것이지. 하나 저 사내의 두 번째 수. 보통은 수세를 취한 후 공세로 역전하는 것이 일반적인 대응이다. 너라면 수직으로 내려쳐지는 공세를 어떤 식으로 상대하겠느냐?"

사내의 갑작스런 물음에 모용상아는 미간을 살짝 찌푸렸다. 딴에는 제법 고민한다는 듯한 표정이었지만, 그리 고민할 필요가 없는 그녀였다.

"저렇게 여러 곳에서 공격해 온다면 일단 맞받아치기 위해 수세를 취하는 게 당연한 거 아닌가?"

위에서 내려치는 힘과 아래에서 올려치는 힘. 그것도 위에서 내려치는 힘이 다수라면 더 생각해 볼 이유가 없었다. 하지만 백의사내는 고개를 저었다.

"그래, 당연하지. 그렇게 당연한 반격을 하지 않았기에 대단하다고 하는 것이다."

"그게."

"싸움은 흐름이다. 네가 당연하다고 하는 그것은 그런 흐름을 따른 것이다. 하나 이기고자 한다면 그런 고정된 틀에서 벗어나야만 한다."

"허를 찌른다는 뜻?"

"그래. 하지만 초식의 허초와는 다른 의미지. 우리 모용세가에서도 실초와 허초를 구분하여 가르치지만, 기실 허초와 실초를 구분 지어 사용하는 사람은 하수다. 허초에서 실초로, 실초에서 허초로. 초식을 천 번 만 번 연습시키는 이유는 다름이 아니다. 능숙하게, 몸이 기억할 수 있을 만큼 능숙하게 익히고 있어야만 자연스러운 허실의 변환이 가능하기 때문이다."

모용상아는 무언가 알겠다는 듯 고개를 끄덕였다. 사실 머리로는 이미 오래전부터 알고 있는 것이었지만, 몸이 마음을 따라주지 않는 수많은 사람들 중 하나에 속해 있는 모용상아였다. 그런 모용상아가 정말로 뭔가 알았다는 듯 손뼉까지 치며 입을 열었다.

"아! 그럼 저 사람이 대단하다고 한 이유가."

"그래. 공격의 허를 정확히 짚어냈다. 제아무리 사방에서 몰려드는 공세라 하더라도 목표는 하나다. 그렇게 본다면 저 사내는 벽을 등을 지고 공세를 맞이하는 것과 다름없는 상태지. 불리한 듯 보이지만, 그렇지 않을 수도 있다."

"저 사람처럼?"

"그래, 저 사람처럼. 반격을 위해 수세를 취할 수도 있었겠지만, 저 사람은 수세를 취하지 않고도 상대의 공세를 무력화시킬 한 점을 찾아낸 거다. 하나 제아무리 그 허점을 찾았다 해도 실제 행동하기는 어려운 것이지. 그래서 저 사람의 한 수가 대단하다는 것이다. 자신의 판단과 실력을 믿고 있다는 뜻도 되고. 저런 사람이라면… 저기 있는 수적들은 그에게 적이 아니라 대련 상대일 뿐이다."

백의사내와 모용상아는 같은 곳을 바라보고 있었다. 하지만 두 남녀의 시선 속에서 검은 방갓사내는 각기 다른 표정으로 그려지고 있었다.

‘대단하군. 실전 감각이 탁월한 사내다.’

‘다행이다. 괜한 걱정이어서…….’

두 남녀의 조용한 시선과는 달리 전장에서 부는 피바람은 그칠 줄을 모르고 있었다. 많은 사람들이 쓰러져 있었고, 쓰러지고 있었다. 검은 방갓사내의 검은 무자비하다 할 만큼 잔혹했고, 잔혹하리만치 냉정했다.

황달의 인상은 무표정한 얼굴 그대로였다. 하나 그의 두 눈에 떠오른 감정만큼은 처음과 판이하게 달랐다.

‘이대로 두면 모두 죽는다…….’

벌써 스무 명 가까이 피를 흘리며 쓰러져 있었다. 그리고 피 흘린 자 중 살아남은 자는 거의 없었다. 철저히 사혈만을 노렸고, 지독하리만치 정확하게 원하는 곳을 베어냈다. 수적들의 표정이 분노에서 두려움으로 바뀐 지 이미 오래였다. 자신들은 흉신악살을 만난 것이다.

“모두 멈춰라! 물러서라!”

황달의 외침에 수적들이 다급히 물러서기 시작했다. 마치 왜 이제야 물러서라 했냐고 따지는 듯 재빠른 후퇴였다. 방갓의 사내는 그런 수적들을 뒤쫓지 않았다. 그저 처음처럼 그 자리에 못 박힌 듯 서 있을 뿐이었다.

“…당신은 누구요?”

황달의 무표정한 얼굴과 어울리지 않게 그의 음성은 작게 떨리고 있었다. 하나 수적들 중 누구도 그를 비난의 눈초리로 바라보지 않았다. 그나마 흑룡채의 사람들 중 두려움에 떨고 있지 않은 사람은 그뿐이었으니까. 수적들도 알고 있다, 눈앞의 사내는 자신들의 부채주보다 윗줄의 고수란 것을. 그리고 자신들의 부채주보다 훨씬 잔혹한 자라는 것을.

황달은 사내의 대답을 기다렸다. 정체를 알아야 사과라도 하고 물러나 후일을 도모할 수 있을 것이었기에. 하나 사내의 입은 열리지 않았다. 단지…

'뭐, 뭐야, 저 사람?

모용상아의 눈이 동그랗게 떠졌다. 잔혹하고 위험한 사람일지라도 자신을 구해준 사람이었기에 나쁘지 않은 감정을 가지고 있었다. 하나 지금 저 사람의 모습을 보니 없던 정도 떨어질 것만 같았다.

그는 물러가라 하고 있었다. 조용히 들어 올린 손끝으로.

"이… 비천한 수적들 따위와는 말도 섞고 싶지 않다는 뜻이오?"

처음으로 황달의 얼굴에 감정이랄 수 있을 만한 것이 떠올랐다. 극심한 모멸감. 그리고 그것은 불길처럼 번져 나가 남은 이십여 명의 수적들 얼굴 위로 옮겨가고 있었다.

"내 비록 도적이라 손찌검받는 수적. 하나 강호에 나와 이런 수모는 일찍이 받은 적이 없소. 고개를 숙이고 싶었으나… 목숨을 버리기로 하겠소."

황달이 한 발 나서며 비장하게 말했다. 그의 손에는 한 자루의 당파창이 들려 있었다. 팔 척 길이의 당파창. 하나 다른 당파들과는 달리 날의 모양이 삼지창과 닮은 모습의 당파창이었다. 황달이 들고 나선 당파창의 이름은 '흑룡조(黑龍爪)'. 병기의 이름이 외호가 되어버렸을 만큼 그의 당파창술은 동정수로채 내에서도 제법 이름이 높았다. 황달의 당파는 장창이다. 어지간한 거리라면 싸움의 와중에 휘말려 버릴 수도 있었기에 방갓사내를 둘러싸고 있던 수적들이 스스로 거리를 벌렸다. 그들이 만들어놓은 공간 안에 두 사람이 마주 섰다.

"오빠, 혹시 저 사람 알아요?"

"흑룡채에서 저런 삼지당파창을 쓰는 사람은 한 사람뿐이다. 흑룡조 황달. 흑룡채의 부채주지. 저자가 정말 황달이라면……."

"흑룡조 황달? 저 사람, 대단한 고수인가요?"

모용상아의 물음에 백의사내가 피식 웃었다. 말도 안 되는 소리를 들었을 때 나오는 흔한 반응이었다.

"흑룡채가 무창의 밤을 지배한다곤 하지만 그건 어디까지나 동정수로채라는 연합의 구성원이기 때문이지, 흑룡채 하나만 놓고 본다면 강호의 군소방파 정도로 봐주기도 힘들다. 흑룡조 황달의 이름이 제법 알려진 것도 그의 무공 때문이 아니라 동정수로채 중 흑룡채의 부채주이기 때문이다. 물론 한 수로채의 부채주이니 제법 실력은 있겠지만."

"그럼… 저 남자랑 비교한다면?"

모용상아의 물음에 잠시 생각을 하던 사내가 입을 열었다.

"글쎄다. 함부로 말하기 어렵구나. 나도 소문이 그렇다는 것이지 직접 황달이라는 자의 무위를 본 적이 없고, 저 사내 역시 진신의 무위가 어느 정도인지 보질 못했으니 승패를 가늠하기가 어렵구나."

"칫, 오빠 정도의 고수면 한눈에 알아볼 수 있어야 하는 거 아닌가?"

모용상아의 핀잔에 백의사내가 어이없다는 듯한 표정으로 바라보았다. 하나 이내 고개를 저으며 설명하기 시작했다.

"나 정도의 인물은 강호에 지천으로 널려 있다. 그리고 어찌 겉으로 보이는 것만으로 그 사람의 내면을 파악할 수 있단 말이냐? 스스로의 능력도 확인하기 어려운 법이다. 내관조차 힘이 든 일인데 어찌 다른 이의 능력을 쉽게 확인할 수 있겠느냐."

"아버지나 장 숙부님은 딱 보면 아시던데."

"사부님이나 장 호법님의 경지는 나와 비교할 수조차 없다. 그분들이라면 능히 사람의 외기를 느껴 미루어 짐작하실 수도 있겠지만, 그것도 짐작일 뿐 예상과 다른 경우도 많은 법이다."

백의사내의 말에 모용상아가 살짝 입을 내밀었다. 결국 자신이 듣고 싶어 했던 답은 얻어내지 못했기 때문이다. 그런 모용상아를 바라보던 백의사내가 입을 열었다.

"저 사내가 걱정되느냐?"

"에? 설마……."

모용상아는 고개까지 도리질 치며 부정했다. 하지만 마음속에서는 전혀 다른 걱정을 하고 있었다.

'휴우… 이럴 줄 알았으면 저 남자에게 도움을 받았다고 말하는 편이 나았을 것. 이제는 도와주고 싶어도 도와줄 수가 없네… 어떻게 하지?'

비록 손짓으로 상대를 물러가라 한 건방진 행동에 많이 실망스러웠지만, 그렇다고 그의 행동으로 인해 자신이 진 빛이 상쇄되는 것은 아니었다. 모용상아의 모습을 짐작한 것인지, 그냥 해보는 소리인지 두 사내의 대치를 바라보던 백의사내가 조용히 입을 열었다.

"함부로 예상할 수는 없지만, 다만……."

"다만?"

모용상아의 고개가 돌아가며 백의사내의 다음 말을 기다렸다. 그런 모용상아를 바라보던 백의사내가 살짝 얼굴을 굳히며 입을 열었다.

"…어느 쪽이든 목숨을 부지하기는 힘들 거다."

사내의 말에 놀란 모용상아의 눈이 검은 방갓사내를 좇았다.

방갓사내는 말없이 검을 잡아갔다. 그의 거검을 바라보는 황달의 눈에는 긴장이 어리고 있었다. 사내의 실력은 충분히 알았다. 자신의 실력도 알고 있었다. 싸우면 진다.
'하나, 이런 수모를 겪고 물러설 수는 없다. 흑룡채 전체와도 싸울수 있는 자. 내 한목숨으로 이자의 발목을 잡을 수만 있다면.'
황달은 조금씩 방갓사내와의 거리를 좁혔다. 황달은 흑룡채를 아꼈다. 수적이 되지 않았다면 어느 뒷골목 파락호로 남았을 것이다. 남들이 손가락질하는 수적이었지만, 그런 흑룡채의 부채주 자리는 그가 올라갈 수 있는 최상의 자리였다.
'개똥밭에 굴러도 이승이 좋다지만… 다시금 개똥밭을 구르느니…….'
부채주라는 자리에 올라보니 산다고 다 사는 게 아님을 알 수 있었다. 패배를 인정하고 물러서는 것은 무리를 거느리는 자로서 충분히 있을 수 있는 일이다. 하지만 강호인으로서 모욕을 받은 것은 다르다. 비겁한 자를 따를 자는 없다. 적어도 흑룡채에서는 그런 비겁자를 부채주로 인정하지 않는다.
'…그렇게 사느니…….'
조금씩 다가서던 황달의 발이 땅을 찼다. 재빠르게 다가서던 황달의 당파창이 바닥을 긁으며 방갓사내의 가슴 어림을 향해 그어졌다. 방갓사내의 검이 반원을 그리며 당파창을 맞받아 쳤다.
차창!
두 사람의 병기가 부딪치며 불꽃을 튀겨냈다. 방갓사내는 당파창의 창목을 노렸지만, 황달의 노련함은 여느 수적들과는 달랐다. 손목을 비틈과 동시에 당파창을 끌어 창목이 날아가는 것을 막아내었다. 하나 거검의 위력이 생각보다 강해 당파창이 세차게 휘고 말았다. 순간적인 틈이 벌어졌지만, 황달은 미리 알고 있었다는 듯 당파창을 회전시켰다. 휘어지던 당파창이 회전하니 방갓사내는 크게 회전하는 원형의 칼날과 맞닥뜨린 꼴이 되었다. 하나 능숙한 공세와는 달리 상황은 황달에게 그리 유리하지만은 않았다. 방갓사내가 그 당파의 원을 향해 검을 휘둘러 쳐내며 서너 걸음이나 물러섰지만, 매섭게 달려든 황달의 당파는 방갓사내를 물러섬 이상의 우위를 차지하지 못하고 있었다.

'젠장, 물러서는 발걸음에 요동이 없다.'

물러서게 한다고 다가 아니다. 당파창의 끝은 사내의 목과 어깨, 심장, 복부 등을 노렸지만, 사내의 거검은 한 치의 빈틈도 만들어내질 않고 있었다. 오히려 당파의 움직임을 관찰이라도 하는 듯 차분히 대응만을 하고 있을 뿐이었다. 당파창의 공세는 현란했다. 팔 척에 달하는 긴 거리와 그 거리에서 얻어지는 넓은 공격 범위. 사내의 검이 반격을 하기엔 당파창의 공격 범위가 너무나 넓었다. 당파에 달린 세 개의 날도 신경이 쓰였다.

방갓사내와 황달의 접전을 바라보던 수적들의 표정에는 득의의 표정이 가득했다. 사내는 황달의 공격에 변변한 반격 한 번 못한 채 연신 뒷걸음질만 치고 있었다. 저 괘씸한 놈의 목이 떨어지는 것은 시간문제처럼 보였다.

하지만 그의 생각은 조금 달랐다.

"아니, 황달은 다르게 생각할 것이다."

모용상아의 이야기에 백의사내가 답했다.

"지금 황달의 공격에 반격 한 번 못하고 있는데?"

모용상아가 이상하다는 듯, 그리고 뭔가 초조하다는 듯한 표정으로 말했다. 그러자 백의사내 역시 모용상아가 이상하다는 듯, 좀 자세히 보라는 듯한 목소리로 답했다.

"공세가 효과적이지 못하다. 지금은 쉼없이 몰아치고는 있지만, 엄밀히 말하자면 황달은 사내를 몰아치는 것이 아니라 사내의 검을 몰아치고 있을 뿐이다."

"그게 무슨 뜻이야?"

"사내의 수비를 전혀 뚫지 못하고 있다는 것이지. 수십 수백 번을 내려친다 해도 넘어가지 않을 나무가 있다. 그래, 사내의 선. 황달은 그가 그어논 선 안으로 한 발자국도 들어서지 못하고 있다. 두 사람의 차이는 분명해졌다. 저 사내가 선 밖으로 나오는 순간, 싸움은 끝난다."

백의사내의 말에 모용상아의 얼굴에 작은 안도가 어렸다. 전장을 바라보던 모용상아의 변화를 백의사내는 놓치지 않았다.

'저 사내와 상아, 두 사람 사이에 뭔가가……'

하지만 백의사내의 생각은 거기서 멈춰야 했다. 검은 방갓의 사내. 그가 자신이 그어논 선 밖으로 한 발을 내딛고 있었다.

황달의 당파창이 기세 좋게 떨어지고 있었다. 마치 하늘에서 내리꽂히듯 방갓사내의 머리를 향해 쇄도하고 있었다. 하나 방갓사내는 움직이지 않고 있었다. 검마저 아래로 늘어뜨린 채 고개도 들지 않고 있었다. 그 모습을 바라보던 수적들의 얼굴이 통쾌함으로 물들고 있었다. 갈라진 검은 방갓 사이로 뿜어져 나올 붉은 피를 상상하면서. 하지만 모두의 뇌리에 그러한 생각이 떠올랐던 그 순간, 황달은 볼 수 있었다.

'혁?!'

방갓사내의 고개가 들렸다. 그리고 그의 검도 함께 들렸다.

쉬이익!

사내의 머리에 작렬하려던 당파창이 목표를 잃고 말았다. 근소한 차이. 정말 연 꽃잎 한 장만큼의 차이로 사내의 몸이 비틀렸다. 그리고 그 비틀림을 따라 움직인 거검이, 바닥에 내리 꽂히던 당파창을 거슬러 오르고 있었다.

촤아악!

"크어억!!"

바닥으로 내려서던 황달이 피분수를 뿜으며 무릎을 꿇었다. 검은 방갓사내의 피 묻은 검을 뒤로한 채. 그들을 둘러싸고 있던 모든 것이 정지해 있었다. 그리고 그런 정적이 깨진 것은, 자신의 피로 흥건히 젖은 바닥으로 황달이 고개를 파묻은 후였다.

털퍼덕.

황달이 쓰러지자 방갓사내가 몸을 일으켰다. 그리고 자신의 검에 묻어 있던 황달의 피를 바닥에 뿌렸다. 싸움은 끝났다.

"정확히 가슴을 노렸다. 가장 많이 노출되어 있었고, 치명적이었던 곳."

백의사내의 말에 모용상아는 아무 말도 없었다. 자신도 보았으니 설명을 들을 필요는 없었다. 하지만 그녀의 눈은 떨리고 있었다. 자신의 눈앞에서 팔이 갈라지던 수적의 모습도 역겨웠지만…

‘심장을 찌른 후… 왼쪽 가슴을 통째로 베어냈어…….’

욕지기가 치밀었다. 십 장 가까이나 되는 먼 거리였지만, 황달의 가슴 어림에서 일어난 균열은 보지 못할 수가 없었다.

“잔혹하군. 하지만 대단한 실력이라는 것만은 인정할 수밖에 없구나. 정확히 필요한 만큼 움직여 피했고, 정확히 자신이 원하는 부위를 찔렀다. 게다가 검을 뽑지 않고 베어냈다. 그럼에도 황달의 신형이 뒤틀리지 않았다는 것은 애초에 그럴 의도로 찔렀고, 빠르게 베어냈다는 것. 가히 살성이라 불러도 손색이 없을 자로구나.”

모용상아는 백의사내의 말을 듣고 있지 않았다. 그녀의 떨리는 시선은 이미 오래전에 방갓사내의 뒷등에 고정되어 있었다.

방갓사내를 막아서는 수적은 없었다. 처참하게 죽은 황달의 시신은 더 이상의 싸움이 무모한 것임을 확실하게 말해 주고 있었다. 수적들은 아무 말이 없었다. 그저 죽은 동료들의 시신을 바삐 수습하고 있을 뿐이었다. 사내는 그런 수적들을 뒤로한 채 황룡객잔으로 들었다.

사내가 객잔으로 들어간 후 수적들은 모두 사라졌다. 그들이 남긴 흔적이라고는 바닥을 적신 흥건한 핏자국들과 며칠 후 세상에 퍼질 동정수로채 제일공적이라는 이름뿐이었다.

객잔 안에는 아무도 없었다. 방갓사내는 조용히 걸음을 옮겨 이층으로 향했다. 자신이 머물던 방은 그대로였다. 사내는 그 방의 한곳으로 걸어갔다. 그리고 자신이 황룡객잔으로 다시 돌아와야 했던 이유를 꺼내어 들었다.

‘…미안해요, 혼자 남겨두어서…….’

사내는 꺼내 든 짐 꾸러미를 말없이 바라보다 이내 어깨에 걸쳐 멨다. 그리고 다시 말없이 황룡객잔을 빠져나왔다.

　모두가 사라진 거리는 황량하기까지 했다. 한동안 길가 곳곳에 뿌려져 있던 핏자국을 바라보던 사내가 걸음을 옮겼다.

　그리고 어둠 속으로 빨려들 듯 그렇게 사라져 갔다.

第四章
미안해요

그 걸음이 어디로 향하는지는 알 수 없었지만, 조용히 나타난 두 사람의 인영이 누구를 바라보고 있는지는 알 수 있었다.

"저 짐을 찾기 위해 다시 돌아온 거였구나."

"다시 돌아왔다고?"

백의사내의 말에 모용상아는 말없이 고개를 끄덕였다. 백의사내는 방갓사내가 사라진 어둠을 바라보다 모용상아에게 물었다.

"저 사람, 아는 사이더냐?"

"…도움을 받았어. 큰 도움을……."

"왜 미리 이야기하지 않았느냐?"

"……."

모용상아는 말이 없었다. 백의사내는 조용히 모용상아를 바라보고 있었다. 굳이 다그쳐 듣고 싶지는 않았다. 모용상아는 한참 후에야 입을 열었다.

"저 사람… 말을 못하는 사람이었나 봐."

"음?"

"나를 구해주고 다시 돌아가려 하기에 가지 말라고 했더니 말없이 나를 바라보기만 했어. 그리고 가버리더라고. 근데… 그가 떠난 자리에 고맙다는 글자가 써 있었어. 아까 수적들에게 가라고 손짓하는 모습. 그냥 내 느낌이지만… 그는 싸우기 싫었던 것 같아."

백의사내는 속으로 고개를 저었다. 말을 하지 못하면 글을 쓰면 된다. 그리고 저 잔인한 손속. 이곳에서 그가 베어낸 사람만 서른 명에 달한다. 며칠 후면 무창에 나타난 살인귀의 소문을 듣게 될지도 모른다. 그런 사람이 싸우는 것을 바라지 않는다고? 납득하기 힘들었다. 하지만 모용상아에게 자신의 생각을 전하지는 않았다. 모용상아가 그 정도도 생각 못할 바보는 아니었으니까.

"궁금해."

"……."

"왜 그렇게 잔인하게 사람을 죽여야 했는지. 왜 싸움을 피하지 않았는지."

모용상아의 눈은 어둠 속을 더듬고 있었다. 마치 어둠 속의 그에게 그 이유를 묻고 있는 것처럼.

"정말 알고 싶은 것이냐?"

"……."

백의사내의 말에 화들짝 놀란 모용상아가 고개를 숙였다. 그녀는 자신이 지금 무슨 말을 한 것인지 깨닫고는 입을 닫아버렸다.

백의사내, 모용세가의 대제자 '설기룡(薛起龍)'은 자신의 마음을 허락한 정인이었다. 물론 그는 자신을 사부님의 어린 여식으로만 여기고 있지만, 그도 자신을 싫어하지는 않으니 언젠가는 자신의 진심을 알아주리라. 그러했기에 모용상아는 입을 열 수가 없었다. 얼굴이 달아올라 고개를 들지도 못했다. 그런 마음속 정인에게 다른 남자에 대한 호기심을 내비친 것만으로도 큰 죄를 저지른 것 같았다. 괜한 말을 꺼낸 것이라 자신을 책망하고 있었다. 하지만 설기룡은 크게 개의치 않는 듯했다.

"아직 다른 일행과의 약조까지 며칠의 말미가 있으니……."

설기룡의 말에 놀란 모용상아가 서둘러 그럴 필요가 없다 말하려 고개를 들었다. 하지만 설기룡은 그런 모용상아를 바라보며 미소 짓고 있었다.

"실은 나도 그 사내가 누구인지 궁금하던 참이었거든."

모용상아의 얼굴이 붉어졌다. 진짜 그 사내가 궁금했던 것인지, 아니면 자신을 생각해 그리 말해 준 것인지는 알 수 없었지만, 모용상아는 설기룡의 미소에 크게 안심했다.

'고마워요, 오빠.'

설기룡과 모용상아가 어둠 속으로 사라져 갔다, 동정수로채 제일공적으로 불릴 사내가 사라진 골목으로.

강가에 다다른 사내가 방갓을 벗었다. 강 위로 부서지는 달빛만으로는 사내의 진면목을 확인할 순 없었지만, 벗겨진 방갓 밑으로 길게 흘러내리는 긴 흑발은 사내를 둘러싸고 있는 버드나무들만큼이나 탐스럽게 하늘거렸다. 아직 초봄이기는 하였지만 중원에서도 덥기로 소문난 무창이었는지라, 어깨 위에 걸쳐져 있던 검은 장포가 제법 답답하였을 것이다. 사내는 방갓을 내려놓고 장포를 벗어 바닥에 내려놓았다. 장포 위에 검을 올려놓던 사내가 이내 상의는 물론 하의마저도 벗어 내렸다.

이미 인시(寅時)를 지나는 시각, 뱃놀이를 하던 주루의 소선들마저 모두 자취를 감춘 지 오래였기에 달빛 아래로 드러난 사내의 알몸을 누가 볼 걱정은 하지 않아도 좋을 듯싶었다.

알몸의 사내가 강으로 걸어갔다. 버드나무 가지들이 사내의 머리 위로 추파를 던지고 있었지만, 무심한 사내는 이내 차가운 강물 속으로 몸을 감추어 버리고 말았다. 잠시 후 물 위로 상체를 드러낸 사내가 몸을 씻기 시작했다. 땀을 닦는 것인지, 피를 닦는 것인지, 마치 더러운 것을 씻어내는 듯한 거친 손길로 자신의 온몸을 훑어 내리고 있었다.

'넌 미친 거야.'

물 위로 일그러진 또 하나의 사내가 흠뻑 젖은 사내를 보며 웃고 있었다. 조소. 물 위의 사내는 사내의 온몸에 달라붙은 피 냄새를 바라보며 조소하고 있었다. 사내의 젖은 얼굴이 잠시 굳어졌다. 불끈 쥐었던 두 주먹이 잠시 떨렸지만, 거칠게 내려쳐 물 위의 사내를 지워 버리진 않았다. 그런다고 사라질 사내가 아님을 알았기 때문이었을까? 쥐었던 주먹을 푼 사내는 아무 일도 없었다는 듯 손을 휘저으며 자신의 분신을 강물 속으로 풀어놓고 있었다.

'알아.'

차가운 강에서 걸어 나오던 사내는, 작별 인사라도 하는 양 한마디를 남겼다. 사내는 잠시 벌거벗은 채로 서 있었다. 시원한 강바람에 몸을 말리는 것인지, 긴 흑발로 달빛을 잘게 부수며 미동도 하지 않고 있었다.

모용상아의 얼굴은 붉다 못해 병이라도 난 것처럼 빨갛게 달아올라 있었다. 사내의 나신. 열여덟의 나이에 사내의 나신을 보고 아무렇지도 않다면 그것이 더 이상한 일이겠지만, 그녀의 옆에 서 있던 설기룡이 없었다면, 얼굴을 가린 손가락 틈으로 그녀의 눈동자가 보였을지도 모를 일이었다.

"자유로운 자로구나."

설기룡은 가만히 사내의 나신을 바라보고 있었다. 사내와의 거리는 오 장. 고요하다 못해 적막하기까지 한 강변에서, 그 이상의 거리를 좁히고도 상대가 눈치채지 못하기를 바랄 수는 없었다. 그나마 바람에 흐드러지던 버드나무들의 소음이 이목을 혼란시키고 있었기에 이만큼이나마 사내의 모습을 확인할 수 있는 거리를 허락받은 것이다.

"오빠, 남자들은 원래 다 저래? 아무 곳에서나……."

등을 돌리고 앉아 있던 모용상아가 모깃소리만한 목소리로 말했다. 그 모기만한 목소리가 방갓사내에게 들키지 않기 위해서인지, 사내의 나신을 본 충격 때문인지는 설기룡도 알 수 없었다. 다만 모용상아에게 잘못된 선입견이 생기기 전에 고쳐 주어야 한다는 생각은 들었다.

"남자라 하여 아무 곳에서나 옷을 벗지는 않는다. 옷을 벗는 것도 예와 격식에……."

"아! 알았어, 알았어."

모용상아가 알았다는 듯 손을 내저었다. 이 고지식한 오라버니는 자신을 아직까지도 어린아이 취급하고 있다. 언제나 가르치려 하고, 지도하려 하고. 모용상아는 그런 그의 이야기가 더 나오기 전에 자르는 것이 상책이라는 것을 오래전부터 깨닫고 있었다.

"그런데, 저 사람 지금 뭐 해? 옷 입었어?"

"아니, 그냥 저렇게 서 있구나. 혹시… 입공(立功)을 하는 건가?"

입공이란 서서 하는 운기행공의 방법을 말한다. 일반적으로 좌선을 한 상태로 명상과 함께 행하는 좌공과는 달리, 몸을 세운 채로 행하는 입공과 누워서 행하는 와공이라는 것이 있다.

소림의 역근경에도 나와 있는 입공은 신체가 강건하고, 심지가 굳세며, 의지로 마음을 다스릴 수 있는 자가 아니면 행할 수 없다고 했다. 일반적인 문파에서 좌공을 행하는 것도 초심자나 평범한 자가 무리없이 연마할 수 있기에 선호하는 것이었다. 단, 입공은 행하기 어려운 만큼이나 효과가 탁월하여 도가나 불가의 고승들은 일정한 경지가 넘으면 좌공에서 입공으로 운공의 방법을 바꾸는 경우가 있다고 했다.

"저 사람이… 그렇게 고수야?"

입공을 행할 수 있는 사람이 하수일 리 없었다. 하지만 자신이 본 사내의 무공만으로 사내의 고하를 나누기는 어려웠기에 잠시 대답을 미룬 설기룡이었다.

'내가 본 사내의 무공은 입공과 연관시킬 수 있을 만큼 대단한 것이 아니었다. 물론 본신의 무공을 모두 확인한 것은 아니지만……'

단언하기 힘들었다. 설기룡 자신도 아직 다른 이가 입공을 하는 모습을 본 적이 없었고, 자신도 물론 해본 적이 없었기에 입공할 때의 변화를 알 수가 없었다. 하지만 만에 하나 사내가 입공을 하는 것이라면…

'내가 판단치 못할 정도로 고수라는 뜻……'

하나 설기룡은 자신의 생각을 모용상아에게 전하지 않았다. 확실하지도 않을뿐더러, 왠지 모를 울컥함이 그의 입이 열리는 것을 막아버렸다. 얼핏 보이는 사내의 모습은 자신과 그리 연배의 차이가 나지 않아 보였다. 그런 사내가 자신보다 고강한 고수라는 것을 인정할 수 없었다. 모용세가의 대제자라는 것 때문이기보다는 한 사람의 무인으로서 쉽지 않은 일이었다.

"저 사람… 혹시 저런 사람의 소문을 들어본 적 없어?"

"글쎄다. 검은 무복에 검은 방갓을 쓰고 활보하는 무인을 찾아내기란 어렵지 않다. 하지만 저렇게 큰 거검을 병기로 사용하는 사람은……."

당장 몇 사람의 이름이 떠오르기는 하였다. 광오문의 문주인 유세운, 강서성의 강자로 알려진 대풍문의 풍천옥 등이 거검을 사용하기는 했지만, 그들과는 연배에서 큰 차이가 있었다.

"딱히 떠오르는 인물이 없구나. 저 정도의 연배에서 저런 거검을 사용하는 자의 이름은 들어보질 못했다."

확실히 눈에 띄는 모양의 검이었다. 일반 장검이 대략 삼 척(1m) 길이에 폭이 대략 두 치(7㎝), 무게는 보통 반 관(1.8㎏) 정도였다. 하나 저 사내가 사용하는 검은 어림잡아도 사 척 반(1m 40㎝)은 넘을 듯했고, 폭은 네 치(13㎝)에 다다를 듯 보였다. 무게로 달면 한 관(3.75㎏)은 못 되어도 보통의 사람이 들기엔 다소 무리가 있어 보일 정도였다.

'저런 거검을 그렇게 빠르게 운용할 수 있다는 것은 타고난 신력만으로는 설명이 안 된다. 역시 일정 이상의 내력이 뒷받침되지 않고서는.'

설기룡의 추측이 계속되는 동안, 우두커니 서 있던 사내가 몸을 움직이기 시작했다. 바닥에 내려놓았던 옷가지들을 다시 입고, 검은 방갓까지 착용한 사내가 걸음을 옮겼다. 우연이었는지 사내가 걸음을 옮긴 방향에는 설기룡과 모용상아가 몸을 숨기고 있었다.

‘눈치챈 건가?

설기룡은 내심 당혹스러웠다. 아직 상대에 대한 판단도 확실치 않은 상황. 그리고 자신들이 이곳에 숨어 있었다는 것을 설명하기도 어려운 상황. 여러 가지로 진퇴양난이었다.

“오빠? 왜 그래?”

등을 돌리고 앉아 있던 모용상아가 무슨 일이냐는 듯 물어왔다. 하지만 설기룡은 가만히 손을 들어 입에 가져갈 뿐 아무 말이 없었다. 물론 그의 행동 하나만으로도 영특한 모용상아는 무언가 잘못되었음을 깨닫고 사내가 걸어오는 방향으로 시선을 돌렸다. 하나 모용상아의 시선이 사내에게 향했을 때에는, 이미 자신들의 일 장 앞까지 사내가 걸어온 후였다. 놀란 모용상아가 눈을 크게 떴지만, 사내는 일 장의 거리를 남겨둔 자리에서 걸음을 멈추었다. 우연이라고 하기엔 너무나 기막힌 움직임이었다.

‘정체를 밝혀야 하나?

설기룡은 내심 긴장하고 있었다. 오 장 거리의 인기척을 느낄 정도라면 충분히 경계하고도 남을 상대다. 게다가 자신들은 그의 뒤를 따라야 할 아무런 이유도 없었다. 난감한 이 상황을 어찌 타계해야 할지 고민하던 설기룡이었지만, 그의 고민은 영특한 모용상아가 해결해 주고 있었다.

“헤헤, 또 만났네요?”

무창이 덥다는 이야기는 새빨간 거짓말이었다. 모용상아와 방갓사내 사이를 스치는 바람은 주변의 정적만큼이나 썰렁하기만 하였다. 그리고 그런 찬바람 탓이었는지, 한 걸음 다가서려던 모용상아의 얼굴에서 미소가 가시고 있었다. 모용상아가 아니라 세상 누구라도 자신의 코앞에서 검이 뽑히는 소리를 듣는다면 태연히 미소 지을 수는 없을 것이다. 모용상아의 손을 잡아끌어 다급히 자신의 뒤로 숨긴 설기룡이 한 발 나서 손을 맞잡으며 입을 열었다.

"본인은 하북 모용세가의 대제자인 설기룡이라고 합니다. 다른 뜻이 있어 귀하를……."

침착하게 말을 이어가던 설기룡의 얼굴 역시 조금씩 굳어지고 있었다. 굳이 강호의 예의를 따지지 않더라도 사람이 말을 하면 무언가 반응이 있어야 한다. 일을 하던 자는 일을 멈추고, 걸어가던 자는 걸음을 멈추는 것이 예의였고 당연한 행동이었다. 검을 뽑고 있던 자라면 응당 그 행동을 중지하는 것이 예의에 맞는 것이거늘, 설기룡이 말을 건네는 사이 방갓사내의 손에는 이미 보기에도 섬뜩한 거검이 들려 있었다.

"단지 그대의 모습을 바라본 것만으로 검을 뽑는다는 것은 이치에 맞지 않소. 연유와 곡절도 알아보지 않고 검부터 뽑다니……."

설기룡의 손이 허리춤으로 향하고 있었다. 미리 발검의 태세를 취하지 않을 수 없었다. 상대와의 거리는 일 장 남짓, 사내가 보여준 쾌검이라면 일 장의 거리는 촌각의 시간도 벌어주지 못할 것이다. 긴장 속의 대치. 설기룡의 뒤에 숨어 있던 모용상아가 그러한 정적을 참지 못하고 고개를 내밀었다.

"저기… 싸우지 말아요……."

아주 작은 목소리. 사내의 잔혹한 손속을 확인하였기 때문인지, 두 사람의 대치에서 오는 중압감 때문인지, 모용상아의 목소리는 땅속으로 기어들어 가듯 작아져 있었다. 그녀의 말에 설기룡이 나직하게 말했다.

"나서지 말거라."

설기룡은 긴장하고 있었다. 가까이서 마주한 사내의 압박감은 예상보다 더욱 심했다. 아니, 예상을 완전히 압도하고 있었다. 팔 척에 달하는 거구. 등 뒤로 휘날리는 검은 장포. 사내의 손에 들려진 사 척 반의 장검이 그의 몸에서 피어오르는 살기와 어울려 설기룡의 전신을 옥죄고 있었다. 설기룡은 사내가 자신이 부정했던 것만큼의 고수라는 것을 인정할 수밖에 없었다.

사내가 다가오기 시작했다. 설기룡은 물러서려는 뒷발을 진정시키고 내력을 운용하여 기운을 북돋았다. 설기룡의 전신으로 더운 기운이 퍼져 나가며 사내의 압박감을 몸 밖으로 밀어내고 있었다.

철컥.

사내와의 거리가 조금씩 가까워지자 설기룡의 검에서 검올(劍兀)과 초올(稍兀)이 어긋나는 소리가 들렸다. 빠른 발검을 위해 엄지로 검동(劍銅)을 밀어 검과 검집의 구속을 벗겨낸 것이다. 쇠가 어긋나는 소음에 방갓사내의 걸음이 멈추어 섰다. 설기룡과 방갓사내의 거리는 반 장. 한 걸음만 내딛는다면, 설기룡은 방갓사내의 반경 안에 들게 된다. 마지막 경고와도 같은 소리. 설기룡의 눈은 방갓사내에게서 떨어지지 않고 있었다.

'상대는 쾌검. 일검을 막지 못하면 그걸로 끝이다. 하나 저 사내의 검은 내 검보다 배는 무거워 보이는 거검. 나의 검이 청강검(靑剛劍)이긴 하나 저 사내의 일검을 막을 수 있을지는 의문이다. 그렇다면 선공만이……'

전부 파악하였다고는 말할 수 없지만, 저 사내가 보여준 무위대로라면 너무 많은 거리를 허락한 꼴이다. 사내는 덩치에 어울리지 않게 빠르다. 베는 것도 빠르고 피하는 것도 빠르다. 병기에서도 우위에 있다. 선공을 한다면 그나마 승산이 있지만, 공격을 당하게 된다면…

'피할 수도 없다. 뒤에는 상 매가 있으니……..'

진퇴양난이었다. 고작 눈 깜짝할 시간 동안이었지만, 설기룡은 무수히 많은 가정과 해법을 떠올려 보고 있었다. 하지만 뾰족한 수가 떠오르지 않았다. 유일하게 남은 방법은 단 하나. 더 늦기 전에 선공을 취해야만 했다.

'어쩔 수… 없다.'

설기룡의 내력이 조금씩 검을 쥔 손으로 흘러들기 시작했다. 운용 가능한 내력을 모두 끌어올려야 했다. 심장이 세차게 팔딱거렸고 동공의 떨림이 이는 순간.

"…싸우지 마세요. 제발요……."

설기룡은 두 눈을 부릅뜨고 역류하려던 기혈을 억지로 진정시켰다. 전신이 당겨진 활시위처럼 팽팽하게 당겨져 있었건만, 별안간 들린 모용상아의 목소리는 그런 긴장을 허물어 버릴 만큼 당황스러운 것이었다. 다행히 방갓사내는 그런 틈을 노려 검을 휘두르지 않았다. 하지만 정작 당황스러웠던 것은 뒤이은 방갓사내의 행동이었다.

스르륵, 척!

두어 걸음을 물러서던 방갓사내의 검이 넓은 검집 속으로 사라졌다. 검이 검집으로 사라지는 동시에 설기룡에게 뿜어지던 살기도 함께 사라져 버렸다. 설기룡은 모용상아처럼 한숨을 내쉴 수도 없었다. 살기에 대항하던 내력을 조금씩 끌어내리고 있었다. 심폐의 안정과 함께 설기룡은 자신의 검올과 초올을 결합했다. 상대가 물러섰으니 더 이상 발도의 자세를 취할 필요가 없었다. 참으로 정상적인 강호인의 자세라 할 수 있었다.

"미안해요. 내가 뒤를 쫓자고 했어요."

어느새 한 걸음 나선 모용상아가 정말 미안하다는 듯 고개를 숙이며 입을 열었다. 방갓사내의 고개가 모용상아에게 향했다. 검은 방갓 아래로 어떤 표정을 짓고 있는지는 알 수 없었지만, 어쨌든 검을 다시 회수한 것이 모용상아의 부탁 때문이라는 것만은 분명해 보였다.

"나도 사과드리겠소. 미안하오."

조금은 딱딱한 목소리. 방금 전까지 검을 겨누던 사이니 다정한 목소리를 기대할 수는 없었다. 하나 방갓사내는 아무 말이 없었다. 잠시의 시간이 흐른 후 방갓사내가 등을 돌려 걸어갈 때까지 아무도 입을 열지 못했다.

방갓사내가 대여섯 발자국이나 걸었을까? 모용상아가 뭔가를 결심한 듯 방갓사내를 불렀다.

"잠깐만요!"

신기하게도 방갓사내의 발걸음이 우뚝 멈췄다. 그런 방갓사내의 등 뒤로 모용상아가 성큼 걸어가기 시작했다. 설기룡이 다급히 그 뒤를 쫓았지만 모용상아의 앞을 가로막지는 않았다.

"저기… 한 가지만 물어봐도 돼요?"

모용상아의 물음에 뒤돌아서 있던 방갓사내의 고개가 살짝 비틀렸다. 방갓 아래로 방갓사내의 귀가 보였다. 마치 듣고 있으니 말하라는 듯한 모습이었다.

"…왜 그 사람들을 죽였죠?"

뜬금없는 질문. 설기룡은 내심 아차 싶어 사내의 변화를 예의 주시했다. 하나 사내는 아무런 대답이 없었다.

"나를 구해준 것은 감사하게 생각하고 있어요. 하지만 사람의 목숨을 그렇게 쉽게 빼앗는 것은 옳지 못하다고 생각해요."

모용상아 역시 설기룡만큼이나 사내의 반응을 기대하는 눈치였다. 하나 사내는 미동도 하지 않았다.

"그 사람들이 막아섰을 때 피할 수도 있었잖아요. 왜 그들과 부딪친 거죠? 그들이 수적이라서? 죽어도 될 만큼 나쁜 자들이라서? 당신의 짐이 객잔 안에 있어서? 아니면……."

빠르게 말을 이어가던 모용상아의 입이 굳어버렸다. 설기룡의 눈에도 이채가 떠오르고 있었다.

"당신의… 짐 때문에?"

모용상아는 다시 한 번 묻고 있었다. 그리고 사내 역시 다시 한 번 고개를 끄덕여 주었다.

"당신… 말을 못하나요?"

모용상아의 주저함이 묻어나는 질문에 사내는 잠시의 시간을 두고 고개를 끄덕여 보였다. 설기룡은 놀랍다는 듯 모용상아를 바라보았다. 하지만 모용상아는 아직 할 말이 남아 있었다.

"설사 말이 통하지 않더라도… 말이 통하지 않으면 글을 쓰면 되잖아요? 객잔에서도 나에게 글을 써서."

말을 잇던 모용상아가 한 발 물러섰다. 장포를 펄럭이며 뒤돌아서는 사내의 모습에 놀라 자신도 모르게 움찔해 버린 것이다. 몸을 돌린 사내는 한참 동안 그 자세를 유지하고 있었다. 적막을 깨고 사내의 검이 움직이자 모용상아는 또 한 번 놀라 움찔했다. 하나 모용상아와 설기룡은 놀라고 있을 틈이 없었다. 사내의 검이 움직이며 무언가를 써 내려가고 있었기 때문이다.

不用担心[걱정 말아라], 沒關系[괜찮대], 感[고맙대], 不… 要哭[울지…
말래]?

한 획 한 획 서투르기 그지없는 글씨. 설기룡은 방갓사내가 강변의
무른 흙 위에 써 내려간, 연결되지 않는 네 마디의 글이 무슨 의미로
쓴 것인지 알 수 없었다. 하나 잠시 머리를 굴리던 모용상아가 무언가
알았다는 듯 무릎을 치며 외쳤다.
"아! 혹시 이 네 마디밖에 모르는 거예요?"
방갓사내의 고개가 힘겹게 끄덕여졌다. 물론 그 방갓 아래의 얼굴이
조금 붉게 달아올랐다는 것까지는 알 턱이 없었지만, 모용상아는 자신
이 난제의 해답이라도 알아맞힌 듯 기뻐하고 있었다. 하나 그런 기쁨
은 정말 찰나일 뿐이었다. 사내가 쓴 네 마디… 세상은 단 네 마디로
살아가기엔 크나큰 무리가 따르는 곳이었다.
'글을 알지 못한다면… 시비가 붙어도 가릴 수가 없다. 무공이 있으
니 피할 수도 있지만, 피할 수 없다면 싸운다. 하나 타협없이 승리만으
로 끝날 시비는 강호엔 없다. 은원의 굴레는 누구도 벗어나지 못한다.
자신의 무고함을 밝히지 못한다면… 평생 그 굴레를 벗어날 길이 없
다……'
설기룡은 자신의 등줄기를 타고 오르는 전율을 맛봐야만 했다. 말도
못하고 글도 못 쓰는 사람의 생활은 상상해 본 적도 없다. 그리고 그
상상의 끝은 상상했던 것보다 더욱 암담했다.
모용상아의 얼굴도 침울하게 굳어갔다.
'강호는 대의가 정의다. 자신의 대의가 옳음을 증명하지 못한다면…

영원히 복수의 칼과 맞서는 수밖에 없다. 그러다 보면……'

살귀로 낙인찍혀 공적이라는 이름으로 죽임을 당하거나, 깊은 심산 유곡에서 홀로 살아가는 수밖에 도리가 없다. 강호는 명분없는 강자를 인정하지 않는다. 그런 자가 있다면 공적의 운명을 따르는 수밖에 없다.

"전음을 사용한다면……."

뭔가 떠오른 듯 다급히 말을 하려던 모용상아의 입이 황급히 닫혔다. 글 쓰기 직전의 침묵보다도 배는 긴 침묵이 지나고, 사내의 손이 방갓으로 향했다. 사내는 그 자세 그대로 또 한참을 머뭇거리고 나서야 천천히 방갓의 끈을 풀고 방갓을 벗었다. 달빛이 유난히도 밝은 날이었다. 사내였다. 모용상아와 설기룡은 서로 다른 이유로 놀라고 있었다. 설기룡은 예상보다 젊어 보이는 사내의 외모 때문에, 모용상아는 그의 강인한 인상으로 인해.

이십대 후반… 정말 많이 봐줘야 삼십대 초반이나 되었을까? 짙은 눈썹도 사내다웠고 두터운 콧날도 사내다웠다. 각진 턱 선은 물론 악다문 입술까지도 정녕 사내다운 모습이었다. 단단한 인상. 전체적으로 보았을 때 미남은 아니나 호한이라 불리기에는 충분한 그런 사내였다. 그런 사내의 눈이 모용상아에게 향했다. 모용상아는 가슴 한쪽이 시큰거림을 느꼈다. 슬퍼 보이는 눈. 모용상아는 자신을 바라보는 사내의 눈동자가 젖어 있다고 느꼈다. 또다시 정적이 흘렀다. 사내의 결심은 그만큼 큰 고민을 동반했다. 그리고…

"까악!!!"

모용상아의 비명 소리가 넓은 강변 구석구석으로 퍼져 나갔다. 강변에서 잠자던 새 떼가 일제히 날아오르며 밤의 정적을 걷어가 버렸다. 한참을 날아오르던 새들이 다시 내려와 앉으며 자신들의 단잠을 깨운 여인을 째려보았다. 모용상아는 그 자리에 주저앉아 얼굴을 감싼 채로 울고 있었다. 설기룡이 그런 모용상아의 어깨를 토닥여 주고 있었지만, 그 역시도 방갓을 벗은 사내를 감히 바라보지 못하고 있었다.

사내는 말없이 방갓을 다시 머리 위로 올렸다. 끈을 조이는 그의 손이 조금 떨리고 있었지만, 모용상아의 세찬 떨림에 가려 눈길을 끌지 못했다.

'없어… 아무것도 없어…….'

질끈 감긴 모용상아의 두 눈은 두려움과 마주친 인간의 본능을 적나라하게 보여주고 있었다. 설기룡의 눈도 놀라 하긴 마찬가지였지만, 두려움이라기보다는 경악스럽다는 표현이 더 알맞았다.

'나 역시 말로만 들었을 뿐, 진정 혀가 뿌리째 뽑힌 사람을 본 것은 이번이 처음이다. 참으로 흉측스럽고… 안타깝구나.'

설기룡의 눈에는 아직도 사내의 입 안 모습이 보이는 듯했다. 아무것도 없었다. 혀가 없는 입은 생각보다 기괴한 모습이었다. 마치 유골의 그것을 보는 듯한 느낌. 하나 그러한 흉측한 모습보다는, 사내가 겪었을 고통과 현재 겪고 있을 고통이 떠오르며 측은지심마저 들고 있었다.

'저런 상태라면… 전음도 불가능할 것이다.'

모용상아를 바라보던 방갓사내가 몸을 돌렸다. 그리고 다시금 말없이 걸음을 옮기고 있었다. 사내의 입가에는 옅은 미소가 떠오르고 있었다. 보일 듯 말 듯한 표정의 변화였지만, 강변에 내려앉았던 이름 모를 새들조차 애써 그 슬픈 미소를 회피하고 있었다.

전신을 떨어대던 모용상아의 고개가 들렸다. 자신들을 떠나는 사내의 발걸음 소리만 아니었다면 밤새 그리 떨었을지도 몰랐다. 눈물이 가득 고인 모용상아의 눈에 사내의 뒷모습이 보였다. 그 순간 모용상아는 깨달았다, 자신이 무슨 짓을 하고 있었던 것인지.

'저 사람… 상처받았어.'

모용상아의 뇌리로 사내의 모습이 하나둘 스쳐 가기 시작했다. 방갓의 끈을 풀던 손의 주저함과 자신을 바라보던 애처로운 눈동자. 그것이 그에게 얼마나 큰 용기가 필요했던 것인지 깨닫는 순간, 자신의 모습에 대한 크나큰 자괴가 밀려왔다.

'이 못난 것아. 너는 눈물을 흘리고 있지만, 저 사람은…….'

모용상아의 몸에 일던 떨림이 일순간 멎었다. 그리고 풀린 다리를 대신해 설기룡의 어깨를 잡으며 간신히 일어섰다.

"잠깐만요!"

모용상아의 외침에 사내의 발걸음이 우뚝 섰다. 하나 뒤돌아보지는 않았다. 사내는 여인의 다음 말을 기다리고 있었다. 하나 여인의 목소리 대신 무언가 땅으로 넘어지는 소리에 고개를 돌려야 했다.

풀썩

"상아야!"

땅 위로 넘어진 모용상아를 부축하는 설기룡. 그리고 그런 설기룡을 붙잡고 안간힘을 쓰며 일어서는 모용상아. 눈물과 강변의 흙으로 범벅이 된 모용상아의 입술에서 흘러나온 목소리가 방갓사내의 발목을 붙잡고 있었다.

"미안해요… 미안해요……."

억지로 몸을 움직이며 걸음을 옮기는 모용상아의 모습. 그 모습을 바라보던 방갓사내의 발은 뿌리라도 박힌 듯 움직이지 않고 있었다.
그의 얼굴에 그려져 있던 옅은 미소도 사라지고 없었다. 이제는 사내
가 놀라야 할 차례였다. 자신이 예상했던 것과 다른 결말로 인해…….

第五章

그가 원하는 것

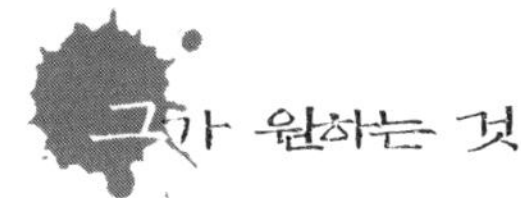

잔가지를 모아 모닥불을 피우는 것은 쉬운 일이 아니다. 화섭자를 준비하지 못한 경우에는 거의 불가능하다. 삼매진화라도 일으킬 수 있다면 얘기가 달라지겠지만, 아직 강호에 삼매진화라는 경지를 이룬 고수가 나타났다는 이야기는 들은 바가 없었다. 모용상아의 놀라움은 그래서 더욱 컸다. 사내가 나무를 긁어모으는 모습에 불을 피우려고 하는구나라는 생각은 했었다. 그리고 당연히 품에서 화섭자를 꺼내 불씨를 옮기겠지? 라고 짐작해 버렸다. 설마 검에 돌을 문질러 불꽃을 일으키리라고 어찌 상상할 수 있었겠는가?

"오빠도 저거 할 수 있어?"

모용상아의 조용한 물음에 설기룡은 가만히 고개를 저어주었다. 대신 사내의 과거를 조금은 짐작할 수 있을 것 같았다.

'역시 사람들과 어울리지 못하는 삶이었겠구나. 저 사내가 불꽃을 일으킨 돌은 엽사들이 가지고 다닌다는 화석(火石)이 틀림없다. 화석을 처음 보는 내가 보기에도 다루는 솜씨가 익숙해 보인다. 사람들과의 왕래가 잦았다면 불편한 화석보다는 화섭자를 사용했겠지만, 매일 불씨를 살려줘야 하는 화섭자이니……'

화섭자라는 것은 보통 반나절에서 길게는 하루까지도 불씨를 지닐 수 있게 만든 대나무 통이었다. 그리 귀한 물건도 아닐뿐더러 값비싼 물건도 아니었기에, 화섭자가 아닌 화석을 사용한다는 것만으로도 사내가 사람들과의 접촉을 꺼려왔다는 것을 짐작할 수 있었다.

모용상아의 다리가 정상으로 돌아와 제 힘으로 일어설 때까지 사내는 떠나지 않았다. 그리고 고개 숙인 그녀를 일별하곤 뒤돌아서 버렸다. 다가올 때보다는 조금 천천히, 자신의 뒤를 좇는 것이 어렵지 않을 만큼. 그렇게 강변의 한곳으로 걸어간 사내는 불부터 피웠다. 맨몸으로 견디기엔 새벽이 가까워지는 강바람은 제법 싸늘한 기운을 담고 있었다. 엉거주춤 뒤를 따른 두 사람이 앉자 모아둔 나뭇가지들 사이에서 불꽃이 피어올랐다. 모용상아의 눈빛이 조금씩 자라나는 불꽃들의 일렁임을 담은 채 사내를 바라보고 있었다.

"아까는 정말 미안했어요. 다시 한 번 사과할게요."

모용상아의 목소리는 아직 풀이 죽어 있었다. 사내는 모용상아를 바라보지 않은 채 나뭇가지 하나를 집어 들었다. 그리고,

沒關系[괜찮다].

나뭇가지의 움직임을 따라 서툰 글자가 그려지고 있었다. 모용상아의 입가에 다행스럽다는 듯한 미소가 번졌다. 미소가 걸린 모용상아의

얼굴에선 눈물 자국을 찾아볼 수 없었다. 걸음을 옮기는 와중에 어떤 조치를 취한 모양이었지만, 방갓사내는 물론 같이 걸음을 옮기던 설기룡조차 어떻게 그리한 것인지 알아채지 못했다.

'사매도 여인이라 이건가?'

설기룡은 분위기와는 어울리지 않는 미소를 지었다. 아직 어린아이로만 보았는데, 이제 보니 제법 여인다운 모습도 보이는 것 같았다.

'낯선 사내에게 호감도 느끼고 말이지…….'

설기룡은 바보가 아니다. 모용상아는 눈앞의 사내에게 분명 관심을 보이고 있었다. 무언가 씁쓸했다. 어떠한 기분인지 설명하라면 조금 힘들 것 같지만, 그다지 좋은 기분이 아니라는 것만은 분명했다. 그런 기분으로 사내를 바라봤다. 그리고 입을 열었다.

"음… 위험한 상황에서 내 사매를 도와주었다 들었소. 감사하오."

퉁명스러웠지만 진심이 어린 말투였기에 방갓사내는 가만히 고개를 끄덕여 보였다. 괜찮다는 것인지, 별일 아니었다는 것인지… 대화가 통하지 않으니 이야기를 진전시키기가 난감했다. 하나 아직 설기룡은 해야 할 말이 많았다.

"실례가 될지 모르지만, 귀하의 이름은 어떻게 되오?"

설기룡의 물음에 방갓사내가 고개를 돌렸다. 역시나 사내의 행동이 무슨 뜻인지를 짐작하기 위해 신경을 곤두세워야 했다. 방갓이라도 벗는다면 표정으로라도 짐작해 보겠지만, 자신을 바라보는 듯한 행동만으로 사내의 마음을 짐작하기란 거의 불가능했다. 다행히도 설기룡의 질문이 사내의 비위를 거스른 것은 아니었나 보다. 사내가 품에서 무엇인가를 꺼내어 보였다.

'이것은?'

사내가 내민 것은 나뭇조각이었다. 반 동강이 난 조각의 남은 부분을 유추해 볼 필요도 없이, 그것이 호패의 조각이라는 것을 알 수 있었다.

호패는 잡목패였다. 일반 평민들이 사용하는 흔하디흔한 잡목패.

'…한(恨). 이것이 사내의 이름인가?

설기룡은 고개를 갸웃거리고 싶은 것을 억지로 참았다. 사라진 반대편 옥패에 성이 써 있었을 것으로 여겨지긴 하였지만, 그래도 '한' 이란 글자는 사람의 이름으로는 거의 사용하지 않는 글자였기 때문이다. 하나 아무리 이상하다 하더라도 당사자의 앞에서 그런 눈치를 보일 수는 없는 일이었기에 말없이 호패를 돌려줄 수밖에 없었다.

"한… 이름이 특이하네요… 이름으로는 잘 쓰지 않는 글자인데……."

역시나 모용상아는 자신의 감정에 솔직했다.

"…하지만 당신하고 잘 어울리는 것 같아요."

역시나… 솔직했다. 설기룡은 모용상아의 말에 무언가 섭섭함을 느꼈지만, 딱히 꼬집어 뭐라 할 수 없었기에 좋지 않은 기분을 속으로 삭였다. 대신 그 자신이 하고자 했던 말들만 무감하게 이어나갔다.

"괜찮다면, 내가 한이라고 불러도 되겠소?"

방갓이 끄덕여졌다. 설기룡은 그의 대답에 고개를 끄덕여 보이곤 말을 이었다.

"아까… 그러니까 황룡객잔에서 당신… 과 싸웠던 무리가 누구인지 아시오?"

'해치운' 이라는 말이 '싸웠던' 이라는 말로 바뀌었다. 설기룡의 조심스러움이 모용상아를 도와준 것에 대한 고마움 때문인지 사내가 보여준 무위 때문인지는 알 수 없었지만, 사내의 방갓은 아무런 상관 없다는 듯 가로저어졌다. 설기룡은 역시라는 표정과 함께 말을 이었다.

"그들은 흑룡채라는 곳에 적을 두고 있던 수적들이었소. 당파창을 들고 싸웠던 이는 흑룡조 황달이라는 자로 그곳의 부채주였고. 흑룡채가 비록 수적의 무리라고는 하지만, 엄연히 무창의 어둠을 지배하는 가장 큰 세력 중 하나요. 게다가 그들은 동정수로채라고 하는 수적들의 연맹에 속한 자들이고. 내 말이 무슨 뜻인지 알겠소?"

놀라는 듯한 몸짓이라던가, 방갓을 들어 자신에게 다시 한 번 내용의 확인을 요구하는 눈빛만 보였어도 이렇게 답답하지는 않았을 것이다. 하나 사내의 대답은 단조로웠다. 가볍게 고개를 흔들어 방갓을 가로저을 뿐. 설기룡은 물론 모용상아 역시 작게 한숨을 내쉬었다. 사내는 아직 자신이 저지른 일이 얼마나 큰일인지 자각하지 못하고 있는 듯했다.

"정확한 인원은 알 수 없지만, 흑룡채에 몸담고 있는 자가 기백은 넘을 거요. 게다가 동정수로채의 수적들을 모두 합한다면 몇천이 될지도 알 수 없소. 그들 중에는 난다 긴다 하는 고수들도 많소. 당신은 그런 자들과 은원을 맺게 된 것이오. 이제 당신이 얼마나 큰일을 저지른 것인지 아시겠소? 당신은 강호에서 무시할 수 없는 한 방파와 은원을 맺게 된 거란 말이오."

조금은 경계하라는 뜻으로 심하게 말한 부분도 있었지만, 대부분이 사실이었다. 하나 사내는 요지부동, 아무런 두려움도, 아무런 후회도 없는 듯했다. 아니, 방갓 아래로는 어떠한 표정이 떠올랐을지도 모르니, 일단은 큰 요동이 없었다는 것이 정확한 표현이었다. 그런 그들의 모습을 바라보던 모용상아가 입을 열었다.

"저기… 한. 저도 이렇게 부를게요. 괜찮겠지요?"

방갓의 끄덕임을 보고 나서야 말을 잇는 모용상아였다.

"혹시… 다른 동료들이 있나요? 그러니까… 사문이라던가 사형제들이라던가."

모용상아의 말에 설기룡이 고개를 끄덕였다. 그럴 수도 있었다. 그렇다면 사내의 반응을 이해할 수 있었다. 하지만 방갓은 여전히 가로저어질 뿐이었다.

"그럼 무창을 곧 떠날 건가요?"

그래도 말이 된다. 야음을 틈타 서둘러 떠나지 않은 것이 자신들 탓이라면 미안한 마음이 들긴 하겠지만. 하나 설기룡은 살짝 인상을 구길 수밖에 없었다.

'무창을 떠나지도 않을 것이라고? 무엇 때문이지? 아니, 그보다 무엇이 그대를 그토록이나 자신만만하게 만들어주는 것이지?

설기룡은 화가 났다. 자신의 일은 아니었지만 사내의 막무가내라고밖에 할 수 없는 생각에 화가 났다. 한두 사람도 아니고 한 방파와 싸움을 했다. 그 방파는 시비를 가릴 줄 아는 정도문파도 아니고, 입보다 주먹이 앞서는 수적의 무리다. 게다가 한두 사람도 아니고 삼십여 명을 몰살시켜 버렸다. 이건 아무리 대의명분을 가진 살인이라 해도 곱게 보아주기 힘든 일이었다. 그런 상황에서 위험 천지가 될 공산이 분명한 이곳 무창을 떠나지도 않을 것이라고 하니, 객기도 이런 객기가 없었다. 한 손이 열 손을 당하지 못하는 법이었다. 사내의 무위가 대단하기는 하지만, 그것도 분명한 한계가 있는 법이다. 제아무리 고수라하여도 혈혈단신으로 문파와 대적하지는 않는다. 비록 사내의 무위가

대단하기는 하나 동정수로채 전체와 자웅을 겨룬다는 것은 어불성설이
었다.

'자살이라고 해도 무방하겠군.'

설기룡은 이야기를 계속할 맛을 잃었다. 그래도 사매와의 인연이 있
어 도움을 주고 싶었지만, 아무리 소라도 귀찮은 기색이라도 보여야 경
을 읽어도 읽을 것 아닌가. 차라리 바위를 앞에 두고 이야기를 하는 것
이 나을 것 같았다. 그런 면에서 본다면 모용상아의 인내심이 설기룡
보다는 조금 나은 듯 보였다.

"음… 그럼, 그 사람들이 다시 당신을 노린다면… 그때도……."

모용상아의 조심스러운 물음에 방갓사내는 쉽게 고개를 끄덕였다.

모용상아의 입에서 작은 한숨이 새어 나왔다. 그렇게 미친 살인귀로
는 보이지 않는데 답하는 것을 보면 영락없는 살인귀였다. 피하지 않
는다. 덤비면… 모두 죽인다. 공적으로 지탄받을 조건을 제대로 충족
시키는 사내였다. 모용상아가 조금 지쳤다는 듯 물었다.

"그렇게 사람을 죽여도… 괜찮아요? 정말… 아무렇지도 않아요?"

사내는 잠시 움직임을 멈췄다. 괜찮으냐고? 아무렇지 않으냐고? 방
갓이 깊숙이 숙여졌다. 모용상아의 두 눈에 왠지 모를 아쉬움이 자리
잡아가고 있었다. 자신이 생각했던 무언가와 많이 다른 것 같은 모습.
모용상아는 자신도 이유 모를 실망을 하고 있었다. 하지만…

"하아……."

모용상아는 자신의 귀를 의심했다. 설기룡의 입술은 분명 떨어지지
않고 있었다. 자신도 한숨을 내쉬지 않았다. 그렇다면 이 땅이 꺼질 듯
한 한숨의 주인은 한 사람밖에 남질 않는다.

"한… 당신… 사람들을 죽이고 싶지 않은 거죠? 피할 수 있다면 피

하고 싶었던 거죠? 그렇죠?"

방갓이 끄덕여졌다. 천천히… 하지만 분명히 방갓은 위아래로 움직이며 모용상아의 말에 긍정하고 있었다. 모용상아의 눈에서 다시금 무언가가 피어오르고 있었다. 자신은 느끼지 못하고 있었지만, 설기룡의 눈에는 그것이 보였다.

"무창에서 해야 할 일이 있나요? 그래서 떠나지 못하는 건가요?"

방갓이 끄덕여지는 모습에 모용상아의 눈에 역시라는 표정이 떠올랐다.

"혹, 이곳이 고향이라서 떠나지 못하는 건가요? 아니에요? 그럼, 무엇을 찾아야 하기 때문에… 아! 무엇을 찾기 위해?"

모용상아의 혼잣말이 계속되고 있었다. 설기룡은 잠시 그들의 이상한 대화를 경청하고 있었다. 예전부터 알고는 있었지만, 모용상아는 머리도 좋을뿐더러 감정도 풍부했다. 좋게 말하면 자신의 감정에 솔직했고, 조금 덜 좋게 말하자면 감정의 기복이 여느 소녀들보다 많이 심했다. 불과 반 시진 전만 해도 마치 죽을죄를 지은 것처럼 목 놓아 울더니, 이제는 뭐가 그리 신났는지 묻고 또 묻고…

"찾는 것이 물건인가요? 그럼 사람? 아, 누군가를 찾고 있구나?"

두 사람의 대화가 오가는 이 순간에도 시간은 흐르고 있었다. 모용상아는 의식하지 못하고 있었지만, 이미 동녘의 하늘이 부옇게 터오고 있었다.

"찾는 사람이 친지예요? 아니면 사형제? 그럼… 연인?"

연인을 찾느냐는 더딘 물음만큼이나 더딘 대답이 오고 갔다. 설기룡의 가슴이 순간 울컥했지만, 딱히 뭐라 꼬집을 만한 이야기도 아니었기에 또 한 번 속으로 자신의 감정을 삭여야 했다. 그리고 그가 화를 삭이던 그 순간, 섬뜩한 살기가 뿜어져 느껴지며 주위가 조용해졌다.

"…원수를… 찾는 거였어요? 그럼… 복수?"

방갓이 더없이 무겁게 끄덕여졌다. 그리고 끄덕여지던 방갓이 들려지며 사내의 시선이 먼 하늘로 향했다. 어느새 밝아오는 하늘. 무창의 여명은 노을만큼이나 붉은빛이었고, 그 빛에 흠뻑 취한 사내의 얼굴은 뿜어진 피처럼 붉게 물들어 있었다.

'이들은 왜 나를 따라왔을까?'

한은 말없이 꺼져 가는 모닥불을 바라보고 있었다. 자신도 모르게 일으킨 살기에 마주 앉아 있던 두 사람은 한참 떠들던 입들을 닫아버렸다. 잠시의 정적이었지만, 피곤한 육신을 가다듬기 힘들었는지 여명의 정적 속에서 모용상아라고 한 소녀가 고개를 꾸벅거리기 시작했다. 긴장 속에 밤을 새웠으니 몰려오는 수마가 버거웠을 테지. 한은 그들의 모습을 바라보다 다시금 모닥불로 시선을 옮겼다.

'사람을 죽여도 괜찮으냐고? 아무렇지 않느냐고?'

한은 피식 웃음을 짓고 말았다. 자신의 손속이 과하긴 과했나 보다, 당사자를 앞에 두고도 잘도 그런 소릴 지껄이다니. 세상에 사람을 죽이고 아무렇지 않을 사람이 있을까? 자신의 모습이 그렇게까지 생각될 정도였다니, 쓸쓸한 웃음만 나올 뿐이다.

'짐을 두고 오지만 않았어도… 그런 일은 없었어. 아니, 너만 아니었더라도…….'

흔하다면 흔하다고도 할 수 있는 일이었다. 수적들이 바글거리는 객잔에 여인 혼자 들어선다는 것 자체가 정상적이라 할 순 없었다. 오히려 여인에게 수작을 거는 수적들의 행동이 정상적이라 할 수도 있었다.

그렇게 따진다면 사내 한의 행동도 정상적인 것이었다. 그들이 여인을 탐하는 것이나 그가 그것을 극도로 증오하는 것이나…

'여인을… 힘으로 굴복시키려는 자들은… 죽인다.'

그에게 남겨진, 그가 끝까지 놓치지 않고 있던 그 기억의 편린은 그에게 분명한 삶의 목표를 세워주었다. 위험에 빠진 여인을 보고 지나칠 수 없게 된 것과…

'…그들의 목숨은 내가 거둔다.'

복수라는 것은 그에게 있어 무엇보다 우선하는 대명제였다. 어떤 가치도 그것보다 우선할 수 없었다. 그렇게 생각을 이어가던 한이 문득 자신의 옆에 놓여 있던 작은 봇짐을 내려다보았다.

'…당신을 탓하는 게 아니에요. 오히려 당신을 홀로 둔 내 탓이죠. 당신은 아무 잘못 없어요.'

너무나 달라진 느낌. 봇짐을 바라보던 한이 고개를 저었다.

'아니요. 후회하는 건 아니에요. 약속했잖아요, 내가 당신의 복수를 할 것이라고.'

한의 고개가 살짝 들리며, 모용상아와 설기룡을 바라보았다.

'글쎄… 잘 모르겠어요. 저도 그냥 떠났어야 했다고 생각해요. 왜 저들과 이렇게 함께 있는 것인지… 잘 모르겠어요.'

모닥불의 불꽃이 조금씩 사그라지고 있었다. 동이 트고 제법 긴 시간이 흘렀다. 어느새 붉은 기운을 지워낸 태양이 조금씩 불길을 더해가고 있었다. 모닥불을 바라보던 한의 고개가 다시 한 번 가로저어졌다.

'그럴지도… 모르죠. 사람과 마지막으로 이야기랄 만한 걸 나눠본 게 언제인지도 기억나지 않으니… 그럴 수도 있겠네요. 그래도 당신이

이렇게 옆에 있는데… 외로움이라기보다는… 그냥 조금 우울해서 그랬던 것이라고 해두죠.'

한의 입가에 처음으로 미소라 부를 만한 것이 떠올랐다.

'아뇨, 그럴 맘은 없어요. 복수는… 내가 선택한 길이니까. 저들은… 내 길과 엇갈린 다른 길을 걷는 사람들이에요. 도움 따위는……'

한의 얼굴에 또다시 미소가 떠올랐다. 가만히 고개까지 가로젓는 것을 보니, 뭔가 재미있는 이야기를 나눈 모양이었다.

'농담이 지나쳐요. 그런 마음은… 손톱만큼도 없어요. 그냥 스치는 인연일 뿐이에요. 그리고 그런 질문을 하는 건 나빠요.'

한의 고개가 살짝 들렸다. 모닥불 너머로 모용상아의 얼굴이 일렁이고 있었다.

'게다가… 아직 너무 어려요.'

무슨 대화를 나눈 것일까? 한의 얼굴에는 무언가 곤혹스럽다는 표정이 떠올랐다. 마치 누군가의 말장난에 곤욕을 치르고 있는 듯한 표정이었다.

'자꾸 이러면… 아무 말도 하지 않을 거예요.'

한의 시선이 모닥불로 향했다. 하얗게 타버린 재들이 마지막 불꽃을 피워 올리고 있었다. 마지막이라는 아쉬움 때문인지, 바스라지기 직전의 불꽃은 한의 얼굴에 느껴질 만큼 화기를 뿜어냈다. 모닥불의 잔재를 바라보던 한이 몸을 일으켰다.

그 소리에 깨어난 모용상아가 고개를 두리번거리고 있었고, 피곤한 기색이 역력한 설기룡 역시 한을 물끄러미 바라보고 있었다.

'…난 괜찮아요. 힘들지 않아요. 아프지도 않아요. 당신의 복수를 끝낼 때까지는… 힘들지도 않고 아프지도 않을 거예요.'

한은 조심스레 옆에 놓여 있던 봇짐을 들었다. 그리고 검은색의 장포 속으로 단단히 동여맸다.

'걱정 말아요, 난… 강하니까.'

가볍게 심호흡을 한 한이 걸음을 옮겼다.

멍하니 그 모습을 바라보던 설기룡과 모용상아 역시 자리를 털고 일어섰다. 한의 뒤를 따라 강변을 벗어나는 사람들. 그들이 남기고 간 것은 하얗게 타버린 불꽃의 잔재와 그 불꽃의 잔재만큼이나 산산이 부서진 한 사내의 과거였다.

"이제 어디로 갈 작정이죠?"

방갓사내, 한은 관도와 이어진 길가에 서 있었다. 자신의 뒤를 따르던 설기룡과 모용상아가 다가설 때까지 그렇게 서 있었다. 그런 그의 모습에서 모용상아는 그가 헤어지려 한다는 것을 깨달을 수 있었다. 물론 그것이 당연한 일이라는 것을 모르진 않았지만, 그냥 이대로 헤어지는 것도 그들의 첫 만남만큼이나 부자연스럽게 느껴졌다. 그래서 입을 열었다. 잘 가라는 말 대신 그가 갈 방향을 물었다.

'결국 무창으로 되돌아가겠다는 것인가?'

설기룡은 작게 미간을 찌푸렸다. 한의 손가락이 가리키고 있는 곳은 분명 무창이었다. 그들이 서 있는 곳도 무창이었고, 그가 가리킨 곳도 무창이었다. 다만 차이가 있다면, 그들이 서 있는 곳은 행정 구역상의 무창이었고, 사내 한이 가려고 하는 곳이야말로 사람들이 일컫는 바로 그 무창이었다.

"이대로 그냥 돌아갈 생각인가요?"

모용상아의 말에 한은 대답이 없었다. 물론 나름대로 생각이야 있었지만, 무슨 수로 그것을 이 말 많은 아가씨에게 설명할 것인가. 그저 가만히 마주 바라봐 주는 눈빛만으로, 이 똑똑한 아가씨가 자신의 생각을 알아채 주기 바라는 수밖에. 모용상아가 아무 말이 없는 한의 모습에서 무엇을 알아챘는지는 알 수 없었다. 단지 고개를 숙이고 곰곰이 무언가를 생각하는 모습에, 이대로 헤어지려 하지는 않을 것 같다는 것만 느낄 뿐이었다.

"무슨 생각을 하는 것이냐? 사람이 기다리고 있는데……."

설기룡이 우두커니 서 있는 모용상아를 채근했다. 한은 분명 헤어지려 하고 있었다. 그리고 설기룡 역시 그럴 생각이었다. 어제야 철없는 사매의 부탁에 쉽게 그러마 하고 따라주었지만, 사내가 복수행을 걷고 있다는 것을 알게 된 지금, 더 이상의 인연을 함께하는 것은 피해야 했다. 피를 찾아가는 사내였다. 당사자가 원하지 않는데 굳이 고집을 피워가며 함께할 이유도 전혀 없었다. 게다가 상대는 동정수로채와도 척을 진 상태. 여차하면 사문에 누가 될 수도 있었다. 어느 것 하나 딱히 맘에 드는 조건이 없었다. 헤어지는 것이 서로에게… 아니, 자신들에게 좋았다. 물론 그것은 설기룡의 생각이지 모용상아의 생각은 아니었다.

"오빠, 장 숙부랑 어디서 만나기로 했지?"

설기룡이 뜨악한 표정으로 모용상아를 바라보았다. 설마…

"너, 무슨 생각을 하는 것이냐?"

"좋은 생각. 장 숙부랑 둘째 사형이랑은 금화장이란 곳에서 만나기로 했지? 그리고 금화장은……."

물론 금화장은 무창 시내에 있었다. 싸움이 일었던 황룡객잔과는 거리가 제법 있었지만, 그렇다고 안전하다고 말하기에도 무리가 있는 그 정도의 거리에 있었다. 자신이 생각하기에는.

"너, 설마……."

"이봐요, 한. 이것도 인연인데… 뭐 먹고 헤어지는 게 어때요?"

역시 모용상아는 똑똑하다. 헤어지자고 한다. 대신 헤어질 때 헤어지더라도 밥이나 한 끼 함께하고 헤어지자고 한다. 이것도 인연인데… 아무리 떨쳐 내고 싶은 사람이라고 해도, 이렇게까지 말하는데 '싫소'라고 답할 사람은 많지 않다. 게다가 한은 그 '싫소'라는 말조차 할 수 없는 처지다.

"오빠, 앞장서."

설기룡의 입이 반쯤 벌어져 있었지만, 그 역시도 딱히 반박하기 힘든 제안이었다. 밥 한 끼. 참 적절한 선택이었다, 이별을 연장시키기에는.

'그래, 이것이 정말 마지막이다.'

설기룡은 말없이 앞장섰다. 설기룡의 모습을 바라보던 모용상아가 한의 방갓을 뚫어져라 바라보고 있었다. 그가 먼저 움직이지 않으면 자신도 움직이지 않기라도 하겠다는 듯. 이번 싸움은 모용상아의 승리였다. 한의 걸음이 움직이자 모용상아의 입가에 옅은 미소가 걸렸다.

'헤, 인정머리없는 사람은 아니었네.'

사내 한의 뒤를 따르던 모용상아가 미소 지었다. 늦봄 햇살과 잘 어울리는 화사한 미소였다.

금화장이 위치한 호동은 정비가 잘되어 있었다. 반석처럼 다져진 대로는 말할 것도 없고, 대로를 가운데 두고 좌우로 늘어선 가옥들도 허름한 구석이라고는 찾아볼 수가 없었다. 그렇게 깔끔하게 정돈된 거리, 평범한 사람들의 흐름 속에서 머리 하나가 더 올라가 있던 한의 모습은 왠지 부자연스러워만 보였다.

"애초에 장소를 금화장으로 잡았다면 아무 일도 없었을 텐데."

사내가 들을까, 모용상아의 나직한 목소리가 설기룡의 귓가로 파고들었다.

"그러게 말이다. 하나 아무 탈도 없으니 그것으로……."

말을 잇던 설기룡의 뇌리로 스치는 것이 있었다. 하나 그것을 확인하기 위해 모용상아를 바라볼 수도 없었다.

'너에게 일어난 일을 말하는 것이 아니라 그에게 일어난 일을 말하는 것이더냐?'

설기룡은 사매의 감정을 쉽게 이해할 수 없었다. 단지 좋지 않다라는 것만이 그가 말할 수 있는 느낌의 전부였다.

그들은 오래지 않아 금화장에 당도할 수 있었다. 황룡객잔과는 비교할 수 없을 만치 크고 깨끗한 외양에, 그들을 맞이하는 점소이 역시 싹싹하고 영특해 보였다.

"어서 오십시오!"

점소이의 안내를 받아 들어간 그들은 창이 넓은 자리에 가 앉았다. 그들이 자리를 앉자 밝은 표정의 점소이가 주문을 받기 위해 입을 열었다.

"무엇으로 드릴까요?"

"음, 나는 간단히 소면으로 주게. 사매는?"

"음… 나도 소면. 한은……."

입을 열었던 모용상아가 말끝을 흐렸다. 그에게 답을 구하겠다고 질문을 던진 것이 잘못이었다. 하나 이내 흐렸던 입을 벌려 놀라움을 표했다.

"예? 아! 교자(餃子)를 말씀하시는 거군요?!"

간단한 손동작. 한은 주먹 쥔 손을 보이더니 손가락으로 반을 가르고 그 속을 뜨는 시늉을 했다. 이 정도의 손동작이라면 점소이가 그렇게 똑똑하지 않았더라도 어렵지 않게 이해할 수 있었을 것이다.

'의사 소통이 아주 불가능한 건 아니군.'

설기룡은 내심 코웃음을 쳤다. 그리고 자신의 그런 모습에 화들짝 놀라고 말았다.

'허어… 이 무슨 소인배 같은 생각이란 말인가…….'

솔직하게 털어놓자면 눈앞의 사내가 탐탁지 않았다. 그가 처한 상황도 그렇고, 그를 바라보는 사매의 표정도 그렇고. 하나 그렇다고 하더라도 이렇게 속 좁은 생각을 할 만큼 쌓인 감정이 있는 것은 아니었을 텐데.

"아, 그렇게 주문을 하는구나……."

뭐가 그리 대단하다는 건지 모용상아는 연신 고개를 끄덕이며 색다른 무언가를 알았다는 듯한 표정을 지었다. 하나 모용상아가 아직 모르는 것이 있었다.

"뭐… 하는 거예요?"

소면 두 그릇과 포자 네 개. 점소이가 놓고 간 음식들이 그들의 손길을 기다리고 있었지만, 모용상아와 설기룡은 젓가락을 들지 못하고 있었다. 한의 손에는 품에서 꺼낸 소도가 들려 있었다. 그리고 그 소도로 먹음직스럽던 포자를 정성스럽게 조각내고 있었다.

영리한 모용상아도 그 해괴한 모습에는 일순 까닭을 알아차릴 수 없었다. 두 사람이 멍하니 바라보고 있음에도 그는 칼질을 멈추지 않았다. 잘게 부서진 포자 위로 칼을 뉘어 완전히 짓이기는 것이 끝날 때까지 그는 손길을 멈추지 않았다. 그리고 모든 준비가 끝났다는 듯 칼을 탁자 위로 내려놓았다. 그리고 접시와 젓가락을 들어 입으로 가져갔다. 누가 보든 상관없다는 듯.

'세상에……'

모용상아는 그제야 한의 행동을 이해할 수 있었다. 그는 잘게 부서진 포자를… 삼키고 있었다.

'혀가 없으면 씹을 수도 없는 건가? 정말 처절한 식사 방법이로군.'

설기룡은 식욕을 잃었다. 그렇게 비위가 상하는 식사 방법은 아니었지만, 그 동혈 같은 입을 떠올리며 젓가락을 들고 싶지는 않았다. 정성에 비하자면 참으로 짧은 식사였다. 물을 마시는 것도 고개를 젖히며 술잔을 꺾듯 들이켰다. 모든 것이 자신들과 달랐다, 모든 것이.

"잘… 먹겠습니다."

무언가 결심이라도 한 듯한 표정의 모용상아가 젓가락을 들고 소면을 먹기 시작했다. 그리고 각오와 노력으로 절반가량이나 먹고 나서야 젓가락을 내려놓았다. 최선을 다했다는 뿌듯한 표정으로. 그리고 뿌듯해하는 표정 그대로 자리에서 일어섰다.

"저기… 잠시만 여기서 기다려 줄래요? 금방 다녀올게요."

"어디를 가려느냐?"

"음, 잠시면 돼."

모용상아가 객잔 밖으로 사라졌다. 탁자 위에는 점소이가 내온 차가 올려져 있었지만 두 사람 모두 찻잔에는 관심이 없어 보였다. 사내 둘

이 앉아 아무 말이 없으니 서먹함도 이런 서먹함이 없었다. 하나 서먹
함은 오래가지 않았다.

한을 찾아온 손님들. 한의 시선이 살기를 따라 객잔 밖으로 향했다.

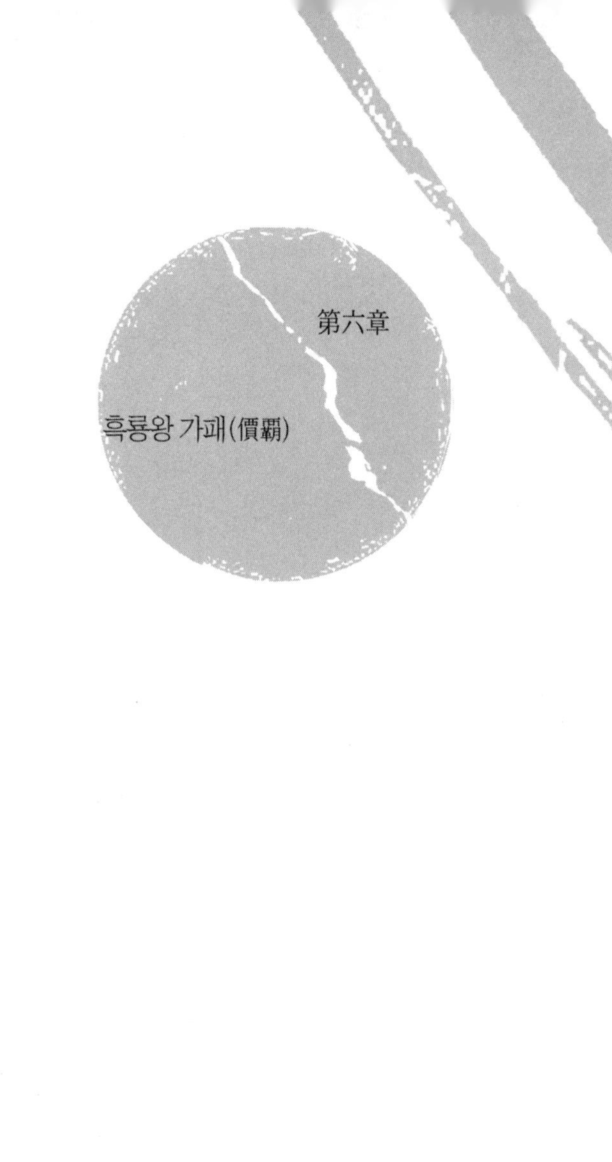

第六章

흑룡왕 가패(價霸)

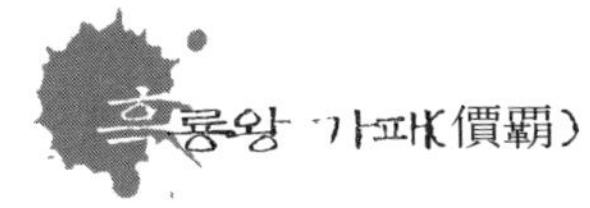

칼을 들고 일어서는 한의 모습에 설기룡의 시선이 그에게 향했지만, 객잔 밖에서 밀려오는 살의에 놀라 시선을 돌려야 했다.

'흑룡채……'

나오라는 부르짖음은 없었지만, 당장 나오라는 듯 자신에게 쏟아지던 기운을 따라 객잔 밖으로 향한 한이었다. 그의 뒷모습을 바라보던 설기룡의 눈빛이 잠시 흔들렸지만, 그 역시 자리에서 일어나 한의 뒤를 따랐다. 그와 함께 싸우겠다는 생각 따윈 아니었지만, 그래도 사매에게 베푼 은혜가 있으니 싸움을 중재하는 성의 정도는 보여야 했다.

"저놈이냐?"

굵은 저음의 목소리가 한을 맞이했다. 객잔 밖은 이미 수십 명의 사람들로 가득 차 있었다. 객잔을 포위하듯 둘러싸고 있는 오십여 명의 장정과 그 뒤로 또 다른 인의 장벽을 만들어낸 호기심 가득한 시선들.

그런 인파들의 중앙에 그가 있었다. 수달의 가죽으로 만들어진 옷을 두르고 있는 오십대의 장한. 한을 불러낸 살기는 그에게서부터 뿜어지고 있었다.

'흑룡왕 가패(價覇)?'

설기룡은 놀라고 있었다. 흉포하게 생긴 그의 외모나 흑룡왕이라는 거창한 외호에 놀란 것이 아니었다.

'고… 수다?!'

자신이 들어 알고 있던 가패가 아니었다. 흑룡왕이라는 꼴 같지도 않은 외호를 붙이고 거들먹거리는 수적 나부랭이, 힘없는 양민이나 수탈하는 도적의 수괴가 아니었다. 좀처럼 만나기 힘든 고수. 모용세가의 대제자인 자신에게 버겁다 느껴지는 고수. 눈앞에 있는 흑룡왕 가패가 수적의 무리와는 어울리지 않는 고수였다는 것이 그를 놀라게 하고 있었다.

"저자가 틀림없습니다!"

가패의 옆에 서 있던 사내 하나가 소리쳤다. 가패의 시선은 사내가 외치기 이전부터 한에게 고정되어 있었다.

"이름없는 무사는 아닌 듯한데… 내 수하들은 왜 죽였나?"

"……."

가패의 물음에 답할 사람은 없었다. 한은 말없이 서 있을 뿐이었고, 그가 그럴 수밖에 없다는 것을 알고 있는 사람은 설기룡뿐이었다.

"저는 하북 모용세가의 설기룡이라고 합니다."

가패의 눈이 설기룡에게 향했다. 그의 시선을 받은 설기룡의 눈이 조금 흔들렸다.

'역시… 쉽게 맞받기 힘든 기세. 저런 인물이 어째서 수적들의 무리

에 있는지 모르겠구나.'

설기룡은 내심 생각을 굴리고 있었지만, 지금은 흑룡왕의 내막 따위에 신경 쓸 겨를이 없었다.

"어제 황룡객잔에서 귀문의 문도들에게 제 사매가 봉변을 당할 뻔했습니다."

설기룡은 차근차근 전후의 사정을 설명하기 시작했다. 자신이 알고 있는 한도 내에서 최대한 자세히. 그들을 포위하고 있던 흑룡채의 수적들의 시선이 흉흉해졌지만, 가패는 아무런 말도 없이 그의 이야기가 끝나기를 기다렸다. 가패의 입이 열린 것은 설기룡의 이야기가 끝나고 잠시의 시간이 흐른 뒤였다.

"결국 말을 못해서 내 수하들을 죽일 수밖에 없었다는 말인가? 피할 수가 없어서?"

가패의 목소리에는 고저가 없었다. 그가 설기룡의 말을 어떻게 받아들이고 있는지 알 수가 없었다. 하지만 가패는 의외로 친절했다.

"서른 명의 수하를 잃은 사람을 설득하기에는 너무 부족한 이야기라 생각되지 않는가? 피할 수 없어서 죽였다고? 차라리 내 수하들이 천하에 파렴치한들이라 꼴 보기 싫어서 죽였다고 말하는 편이 이해하기 쉬울 것 같군."

말을 마친 가패가 한 걸음 나서며 말했다.

"설 공자, 그대는 모용세가의 사람이라고 했지? 내 수하가 자그마치 서른 명이나 죽었으니 그대의 사매에 대한 무례는 차고 넘칠 만큼 사죄되었다고 본다. 이제 그 넘친 부분의 빚을 저자에게 받으려고 하는데, 내가 저 치의 수급을 취하는 데 있어서 모용세가의 허락을 득해야 하는가?"

나설 것이냐, 빠질 것이냐를 묻고 있었다. 하북과 호광은 지리상으로 너무나 멀리 떨어져 있는 곳이다. 무창의 흑룡채가 모용세가에 비길 수는 없겠지만, 손을 뻗어 닿을 만큼 가까운 거리도 아니니 크게 구애될 것도 없었다. 그리고 지금 가패의 모습을 보니, 모용세가가 반대한다 하더라도 물러설 위인 같지는 않았다. 그는 자신이나 모용세가를 안중에 두고 있지 않았다. 가장 중요한 것은 가패의 도를 막을 명분이 없었다. 사매와의 인연이 있긴 했지만, 한의 손속이 과했음은 설기룡 자신도 인정하지 않을 수 없었다.

"피에는 피. 그것이 흑룡채의 율법이다."

가패의 도가 뽑혀지고 있었다. 최후 통첩. 설기룡의 눈빛이 갈등하고 있었다. 엄밀히 말하자면 이것은 한과 흑룡채 간의 문제. 자신이 한 팔을 거들기에는 한과의 인연이 너무나 얕았다. 게다가…

'세가에 누가 된다. 장 호법님이라도 계셨다면 모를까… 지금 내가 나선다 하더라도 큰 힘이 되어주질 못한다.'

흑룡채와 척을 지는 것 자체는 크게 문제될 것이 없을지도 모르지만, 무창에서 시비에 휘말리는 것은 여러 가지로 좋지 않았다. 하나 그렇다고 가만히 손을 놓고 있을 수만도 없는 일이었다. 모용세가의 이름을 밝혔으니, 어찌 되었든 이후의 일에는 모용세가의 이름이 빠질 수가 없게 된다. 어쩌면 은공을 외면한 자들이라 손가락질받게 될지도 모른다. 싸움에 함께 나설 만큼 큰 은혜도 아니었지만, 그렇다고 외면해도 될 만큼 작은 은혜도 아니었다. 계륵도 이런 계륵이 없었다.

"아무도 나서지 마라."

설기룡은 고개를 들었다. 가패의 목소리. 수하들에게 하는 말이었지만, 자신에게도 해당되는 말이었다.

“채주님! 저희들에게 맡겨주십시오! 단칼에…….”

몇몇 수적들이 나서며 입을 열었지만, 가패의 눈빛에 놀라 뒤로 물러섰다.

“황달이 얼간이라서 죽은 것이라 생각하는 놈 있나?”

가패의 한마디에 주변의 소음이 잠잠해졌다. 흑룡채의 부채주였던 흑룡조 황달은 흑룡채뿐 아니라 동정수로채 내에서도 제법 알아주는 고수였다. 그보다 강하지 않다면 나서지 말라는 말. 그들이 나선다면… 개죽음일 뿐이었다.

“말이 많았군. 오랜만에 강적을 만나니 들떴던 모양이야.”

걸음을 옮겨 거리를 좁히던 가패가 말했다. 그의 말에 모두들 놀랐다. 그가 얼마나 강한 자인지 알고 있는 수적들은 물론이고, 그의 걸음을 바라보던 설기룡도 놀라지 않을 수 없었다.

‘…저자는 감히 경시할 수 없는 고수다. 저 정도의 위압감을 주는 사람은 모용세가 내에서도 그리 많지 않다. 한데… 그런 자가 강적이라 말한다면…….’

분명 자신보다는 가패가 고수다. 그런 그가 강자라 칭한다는 것은, 자신이 보지 못한 부분을 가패는 한에게서 보았다는 뜻이었다. 설기룡의 시선이 한에게 향했다. 무심히 앞서 나가는 그 모습을…….

“말을 못한다고 했으니… 유언도 남기지 못하겠군.”

이 장 앞까지 다가가 걸음을 멈춘 가패가 입을 열었다. 조롱은 아니었다. 하지만 굵은 저음의 목소리 속에서 어떤 느낌을 찾는다는 것은 힘든 일이었다. 한의 방갓이 조금 들렸다. 마주 선 두 사람의 모습에 주변을 에워싸고 있던 소음이 잠잠해졌다.

“좋아…….”

가패는 손에 들고 있던 도를 힘껏 움켜쥐었다. 그와 동시에 그의 전신에서 무엇인가가 스멀스멀 피어오르고 있었다.

"시작하지."

가패의 말에 답하듯, 한의 허리춤에서 그의 거대한 검이 뽑혀져 나왔다. 사 척이 넘는 두터운 장검. 가패의 손에 들린 두툼한 거도가 오히려 왜소해 보일 정도였다. 가패의 눈에 잠시 찬탄의 빛이 떠올랐지만, 입을 열어 그 감정을 내뱉지는 않았다. 가패는 입을 열 수가 없었다. 한의 주위를 맴돌고 있는 기류. 이 장여를 격하고 선 두 사람 사이에서는 이미 서로 다른 두 기류가 영역을 쟁탈하듯 얽히고 있었다. 이미 싸움은 시작되었다.

'기세의 싸움이 시작되었다.'

뒤로 몸을 물린 설기룡의 눈이 두 사람을 좇고 있었다. 설기룡의 가슴이 방망이질 치고 있었다. 전혀 예상치 못한 곳에서 일어난, 예상치 못한 고수들의 싸움. 자신이 나설 데가 아니라는 것을 다시 한 번 확인할 수 있었다.

'서로를 읽고 있다. 이 기세의 탐색이 끝나면……'

설기룡의 생각이 거기까지 미쳤을 때, 두 사람의 신형이 거의 동시에 움직였다. 급격히 짧아지는 거리를 실감케 해준 것은 두 사람의 잔영이 아니라 두 줄기의 파공성이었다.

쐐애액!

휘이잉!

캉!

급격히 줄어들었던 두 사람은 번쩍이는 듯한 굉음과 함께 순식간에 떨어져 나왔다. 하나 땅을 박찬 두 사람은 누가 먼저랄 것도 없이 서로의 목줄을 노리며 검과 도를 휘두르기 시작했다.

카가가강! 캉!

병기의 무게 탓인지 육중한 소음이 사위로 퍼져 나갔다. 하나 그 무게를 짐작하기엔 두 자루 병기의 오감이 너무나 빨랐다. 한의 검도 빨랐지만, 그에 맞서는 가패의 도 역시 전광석화와 같았다. 가패가 한의 목을 노리던 도를 급격히 세우며 수직으로 쳐올렸다. 한은 그 급격한 변화를 피해 몸을 뒤집으며 회전시켰지만, 가패의 도는 눈이라도 달린 듯 기이하게 꺾이며 내리 꽂혔다. 하나 회전하던 한이 검을 뿌려 날아드는 도를 쳐올렸다. 자욱한 먼지를 날리던 두 사람이 자세를 가다듬으며 내려섰다.

‘빠, 빠르다!’

설기룡은 두 사람의 공방을 보며 경악하고 있었다. 한의 검이 보기와는 다르게 빠르다는 것은 알고 있었지만, 어둠 속에서 십여 장의 거리를 격하고 보았던 것과 밝은 대낮에 눈앞에서 직접 보는 것은 천양지차였다. 한의 검은 일반 철검의 두 배는 됨 직한 무게의 거검. 일반인은 들고 휘두르는 것만도 벅차 보이는 물건이었다. 그런 거검을 수수깡 휘두르듯 빠르게 내치는 한의 모습은 경악스러울 정도였다. 잠시 서로를 노려보던 두 사람이 다시금 검과 도를 휘두르며 맞붙었다.

카가강!

두 사람의 주위로 먼지가 피어올라 사람들의 시야를 가리고 있었지만, 그 안에서 들리는 무지막지한 굉음은 두 사람의 격전이 얼마나 치열한지 능히 짐작할 수 있게 해주고 있었다.

‘힘과 속도, 어느 것 하나도 나에게 뒤지는 것이 없다. 이 정도의 고수가 아직까지 이름조차 알려지지 않았다니…….’

한의 거검을 떨쳐 낸 가패가 놀라고 있었다. 하나 놀라고만 있을 시간이 없었다. 뿌연 먼지를 가르며 날아든 거검이 어느새 목전까지 와 닿아 있었다.

"차핫!"

가가각!!

가패는 도를 종으로 휘둘러 거검을 쳐냈다. 방향이 비틀린 거검 사이로 잠시 틈이 보였지만, 그 틈바구니로 도를 쑤셔 박기엔 되돌아오는 검의 속도가 너무나 빨랐다. 말도 안 되는 쾌검이었다. 하나 가패는 그 속도를 잠재울 만한 경험이 있었다.

"하아아앗!"

가패의 신형이 팽이처럼 핑그르르 돌며 한의 면전으로 쇄도했다. 검을 내려치면 가패의 목을 떨어뜨릴 수도 있었겠지만, 한 역시 목이 떨어지는 것을 감수해야 했다. 검은 급히 회수되었다. 파리한 기운마저 뿌려대는 가패의 도에 한의 발걸음은 뒤로 물러설 수밖에 없었다.

타다다당!

가패의 도는 유연하기 그지없었다. 내려치는 검이 빠를수록 가패의 도 역시 그에 못지않은 속도로 마주쳐 왔다. 한의 전면으로 날아드는 도의 방위는 종잡을 수가 없었다. 마구잡이로 휘두르는 것이 아닌가 싶을 정도로 셀 수 없을 만큼 많은 잔영을 남기며 도광을 뿌려댔다.

무자비한 공세. 수적들은 갈라진 방갓으로 뿜어질 피를 기대하고 있었고, 한의 방갓이 갈라지는 것은 시간문제처럼 보였다. 하나…

'똑같다… 흑룡왕은… 한이 정한 선 안으로 들어서지 못하고 있다.'

죽은 황달과 마찬가지로 가패 역시 한을 몰아치고 있을 뿐이었다. 조금씩 전장의 움직임에 눈이 익숙해지고 있었다. 설기룡의 눈은 그런

그들의 움직임 속에서 다른 사람들이 보지 못한 기세의 어긋남을 볼
수 있었다.

'지금 동요하고 있는 쪽은… 가패다!'

여전히 날카롭고, 여전히 패도적인 공세를 펼치고 있는 가패였지만,
분명 그의 도끝은 흔들리고 있었다. 죽은 황달의 당파창처럼.

'틈이 벌어지지 않는다…….'

공과 수는 전혀 상반된 의미를 가지고 있다. 하지만 그 상반됨이라
는 것은 백지 한 장의 차이보다도 못한 것이었다. 지금의 가패가 그랬
다. 가패의 도가 쉼없이 공세를 가하고 있었지만, 결국 그것은 수세를
취함과 다를 바가 없었다. 가패는 자신의 공세가 유효하지 못하고 있
음에 당황하고 있었다. 상대의 틈을 만들어내기 위한 패도적인 공세를
퍼붓고 있었지만, 눈앞의 사내는 조금의 빈틈도 허락하지 않고 있었다.
선기를 잡은 상태에서 이러한 느낌을 받고 있다면, 그것은 실력의 차이
라고밖에는 설명할 수 없었다.

'언제까지 버티기만 할 셈이냐…….'

가패는 악다문 이를 갈아대며 수중의 도를 휘둘렀다. 이미 수십 번
의 공세가 이어졌지만, 그의 도에 서린 기세는 수그러들 줄을 몰랐다.
하나 그의 등 뒤로 날리는 땀방울들은 그의 승리를 점치기 어렵게 만
들고 있었다.

'피하는 움직임이 적어졌다. 물러서는 걸음도 좁아지고 있고, 휘두
르는 검의 반경도 줄어들고 있다. 빌어먹을…….'

자신의 도에 적응하고 있다는 뜻이었다. 두 사람의 실력이 엇비슷할
경우, 싸움은 흐름과 운율을 가지게 된다. 승기를 잡는다는 것은 바로
그러한 흐름을 주도한다는 뜻이다. 자신이 원하는 방식으로 싸움을 이

끌 수도 있고, 유리한 상태에서 공세를 퍼부을 수 있다. 가패는 자신이 잡았던 선기를 승기로 변화시키지 못하고 있었다. 이유는 한 가지뿐이었다. 사내도 흐름을 인지하고 있었다. 아니, 이러한 흐름에 익숙했다. 그것은 상대가 어떻게 흐름을 이끌어갈 것인지 짐작하고 있다는 뜻이었고, 자신의 도가 휘둘려질 방향마저 짐작하고 있다는 뜻이다. 인정하기 싫었지만, 분명 강적이었다. 자신보다 강한… 강적.

'무창에서 뼈를 묻게 될지도…….'

가패는 자신이 느낀 재수없는 느낌에 흠칫 놀랐지만, 그것이 느낌이 아닌 경험에 기인한 것이라는 사실에 더욱 놀라고 말았다. 가패의 도가 흔들린 것은 바로 그 순간이었고, 그것은 선기를 승기로 바꾸지 못한 가패의 패착으로 이어지고 있었다.

타당!

한의 검이 쏘아지며 잠시 기세가 줄어든 가패의 도를 튕겨냈다. 비록 찰나의 순간이었고 강한 일격은 아니었지만, 흐트러진 흐름을 끌어오기에는 충분한 공세였다.

'이, 이런?!'

가패는 자신의 시야를 가리며 날아드는 한의 거검을 향해 도를 뿌렸다. 한순간의 방심으로 선기를 내준 뼈아픈 실책이었다. 검법인지 도법인지 구분이 안 갈 정도로 한의 검은 화려하면서도 무지막지하게 가패의 전신을 노렸다. 일순 당황한 가패였지만, 그의 검은 머리보다도 빨리 반응하며 한의 검과 마주쳐 갔다.

'왜 죽이지 않았지?'

검을 휘두르던 한이 스스로에게 물었다. 한은 자신이 원하던 한 점을 발견했었다. 흐름을 끊고 모든 것을 정지시킬 수 있는 한 점. 검을

쳐내지 않고 찔러 넣었다면 가패의 목에서 뿜어지는 피분수를 바라볼
수 있었을 것이다. 한은 자신이 주저하고 있음을 깨달았다. 그리고 그
런 생경한 느낌에 분노했다.

"우어어어!!"

괴성. 의미를 알 수 없는 부르짖음이 한의 입에서 뿜어져 나왔다. 그
리고 그의 이성을 잃은 검이 흉포하게 휘몰아치며 가패에게 날아들었
다.

'뭐, 뭐야?!'

가패는 전신의 솜털이 곤두섬을 느꼈다. 사십 하고도 몇 해가 지나
는 동안 이러한 느낌은 받아본 적이 없었다. 울부짖음. 짐승의 포효와
도 같은 그 기이한 괴성과 함께 기세가 일변한 사내의 거검이 성난 맹
수의 발톱처럼 내리 꽂히고 있었다.

카강!

초식이고 뭐고 생각할 겨를도 없었다. 가패는 다급히 도를 쳐올리며
사내의 검을 맞받아 쳤다. 하지만 허공에서 떨어져 내리는 듯한 거검
의 위력은 상상 이상이었다. 가패는 어깨가 빠질 듯한 충격을 견디기
위해 이를 악물어야 했다. 하나 사내의 검은 튕겨진 반동에도 아랑곳
하지 않고 빠르게 반원을 그리며 가패의 목줄을 향해 날아들었다.

'위험?!'

가패는 막는 것만으로는 부족하다 여겼는지, 다급히 보법을 밟으며
거검의 중심에서 벗어나려 했다. 하지만…

푸욱!

바닥을 휩쓴 두 사람의 몸놀림으로 인해 자욱한 먼지가 피어올랐었
지만, 섬뜩한 한줄기 파육음은 그런 먼지구름에도 아랑곳없이 좌중의

고막에 파고들었다.

잠시의 시간이 흐르고 나서야 중인들은 두 사람의 모습을 두 눈으로 확인할 수 있었다. 정지한 두 사람. 한의 거검이 가패의 몸을 꿰뚫고 있었다. 가패의 눈은 경악으로 부릅떠져 있었다. 자신의 몸에 꽂혀 있는 거검을 내려다보는 가패의 눈에는 고통의 일그러짐이 아닌 납득할 수 없는 현실에 대한 경악이 물들어 있었다.

분명 가패는 자신의 목을 향해 날아드는 검을 향해 다급히 도를 휘둘렀다. 하나 검을 휘두르던 그의 손에 믿지 못할 느낌이 전해져 왔다. 그리고 무언가 잘못되었다는 것을 깨달았을 때는 이미 너무 늦고 말았다.

'검을… 끊었다…….'

가패는 거검에 꿰뚫린 고통도 잊은 채 자신이 허락한 일검을 다시금 떠올리고 있었다.

'검의 흐름이… 찰나지간 호흡을 중단하고 멈칫했다. 가패의 도는 그것을 감지하지 못하고 내려쳐졌고… 한은 도가 지나간 후에 검을 찔러 넣었다.'

설기룡 역시 자신의 눈을 의심하지 않을 수 없었다. 전력을 다한 일격처럼 보였다. 그런 검의 진로를 일순 정지시킨다는 것은 무공의 상리로는 납득하기 어려웠다. 검을 휘두르는 것은 팔을 휘두르는 것과는 다르다. 검이 무거우니 검이 나가고자 하는 여력도 감당해야 하고, 내력의 완급도 조절해야 했다. 가장 중요한 점은 그 찰나 후의 움직임이었다. 쏘아지던 위력은 조금도 반감되지 않은 듯했다. 환술이라 불러도 될 만큼 사이한 검법. 싸움을 끝내기에는 그것으로 충분했다.

댕그랑!

가패는 손에서 도를 떨어뜨려 싸움이 끝났음을 알렸다. 그리고 패배를 인정한 후에야 입을 열 수 있었다.

"왜… 살려준 것이냐?"

가패의 시선은 한에게 가 있지 않았다. 자신의 오른쪽 어깨를 꿰뚫고 있는 거검. 그 새하얀 검신을 타고 내리는 핏줄기를 바라보고 있었다. 목에서 뿜어졌어야 할 그 핏줄기를……. 하지만 한은 대답이 없었다.

'왜 죽이지 않았냐고? 왜 죽이지 않았느냐?'

한은 스스로에게 묻고 있었다. 하지만 그도 쉽게 답할 수 없었다. 자신이 느꼈던 그것이 무엇이었는지. 그 어색하고 생경한 느낌의 정체가 무엇이었는지.

가패는 한의 검을 타고 떨어져 내리던 핏방울들을 보며 천천히 입을 열었다.

"…왜 살려준 것인지는 대답하지 않아도 좋으니… 이제는 검을 좀 빼주겠나?"

한은 살짝 손목을 비틀어 검을 뽑아냈다. 뽑혀진 자리에서 몇 줄기 핏물이 뿜어졌지만, 가패의 두터운 손이 혈도를 막자 조금씩 출혈이 진정되었다.

가패는 한 걸음 물러서며 한을 바라보았다. 패배의 굴욕감보다는 살아 있다는 것에 대한 의구심이 깃들어 있었다. 하나 사내에게 그 이유를 듣는 것이 요원한 일이라는 것을 기억해 내야 했다.

"…날… 살려준다고 해서… 은원이 끝나는 것은 아니다."

가패의 차가운 말에도 한은 아무런 반응이 없었다. 오히려 그의 말을 듣고 있던 설기룡의 눈에 노기가 일었다. 하나 뒤이은 가패의 말에는 그도 들끓던 마음을 진정시켜야 했다.

"흑룡채는 동정수로채의 일개 채다. 내가 패배했으니… 이제는 동정수로채로 구원이 넘어갈 것이다. 조심해라."

피의 율법. 그가 말했던 피의 율법은 그만의 율법이 아니었다. 흑룡채의 수하들은 자신이 그 원한을 상쇄시키길 바라지 않을 것이다. 아니, 동정수로채가 그러한 선례를 남기는 것을 원치 않을 것이다. 힘에 굴복해 원한을 지웠다는 선례. 가패는 그것을 부정할 수 없었던 것이다. 그는 자신의 목숨을 취하지 않은 한에게 고마움은 느낄지언정 독단으로 은원을 청산할 수는 없는 입장이었다. 조심하라는 말은 고맙다는 말의 뒤틀림이었다. 그가 할 수 있는 최선이었다.

그의 그런 마음을 아는지 모르는지, 한은 그런 가패를 말없이 바라보다 검을 회수하고는 주위를 둘러보았다. 경악한 수적들과 두려움 가득한 사람들의 눈빛들. 한은 잠시 그들을 바라보다 몸을 돌렸다.

한이 돌아서고 나서도 수적들은 움직일 줄 몰랐다. 힘겹게 일어서던 채주를 부축하며 원독에 찬 눈길을 던져 보는 것이 그들이 할 수 있는 전부였다.

한과 설기룡이 객잔 안으로 사라지고 나서야 수적들 중 제법 지위가 있는 듯한 자 몇이 나서 일행을 움직였다. 가패는 정신을 잃은 것인지, 몇몇 수적들의 품에 안겨 작은 요동도 하지 않았다. 그들은 동요하는 수적들을 진정시켰다. 지금은 싸울 때가 아니었다. 자신들이 상대할 수 있는 자도 아니었다. 물론 싸움이 끝난 것은 아니었다. 그것은 그들도 알고 있고, 객잔으로 사라진 원수 놈도 알고 있을 것이다.

아직은 끝난 것이 아니었다.

장내에 일었던 소란은 언제 그랬냐는 듯 자취를 감추어 버렸다. 대로를 가득 메웠던 사람들의 웅성거림 역시 흑룡채 수적들의 그림자를 따라 흩어져 버렸다. 눈알을 굴리던 포쾌들도 자리를 떴다. 흑룡채의 누군가가 던져 놓고 간 주머니, 그것이면 까탈스럽지 않은 무창 포쾌들의 입을 막기엔 충분할 것이다. 핏자국을 지워가는 점소이의 손길을 마지막으로, 모든 것은 일상으로 되돌아가고 있었다.

자리에 앉은 설기룡은 식어버린 찻잔을 바라보고 있었다. 모든 것이 아무 일 없었다는 듯 제자리를 찾아가고 있었지만, 아직 설기룡은 일상으로 돌아갈 준비가 덜된 모양이었다.

'세상은… 정녕 넓구나.'

설기룡은 나직이 탄식했다. 하북 모용세가의 대제자. 하북무림에서는 후기지수라 손꼽히던 그였다. 모용이라는 테두리에 설가 대제자라는 것이 그가 결코 평범하지 않다는 반증이었다. 그가 연성한 '이화검법(梨花劍法)'이 비록 강호의 일절로 꼽힐 만한 무공은 아니었지만, 모용세가의 이백 년 역사를 가능하게 해준 뿌리 깊은 무공임에는 틀림없었다. 그는 모용세가의 대제자로서 자신의 성취에 자신이 있었고, 그가 배운 무공이 일개 수적 무리의 채주나 이름도 없는 낭인의 무예로 인해 이렇듯 초라히 느껴지게 될 것이라고는 꿈에도 생각지 못했었다. 사문의 무공에 대한 회의가 일고 있었다. 하지만 그는 강하지는 못할지언정 나약한 인간은 아니었다.

'내가 지금 무슨 생각을… 불경하고도 어리석은 생각이다. 이화검법이 절기라 불리지 못하는 것은, 그것을 대성한 자가 없었기 때문이다. 대성하여 극을 이룬다면 삼재검으로도 천하를 호령할 수 있다 누누이 가르침받았건만…….'

그는 자신의 어리석음을 탓했다. 모용세가의 이화검법은 장주와 모용상아 등의 혈족은 물론, 모용세가의 일원으로 인정받은 몇몇 제자와 가신들에게도 전수되었다. 그 대표적인 사람이 모용세가의 호법으로 있는 장안호(長安虎)와 바로 자신이었다.

'장 호법님은 당신의 성명절기인 '창의검법(蒼薏劍法)'과 함께 이화검법의 고수다. 그분의 이화검법이라면 한의 사이한 검법과 맞선다 하여도 결코 뒤지지 않을 것이다. 갈고닦는 자의 그릇에 따라 삼재검이 천하제일의 절기가 될 수도 있고, 이화검법도 삼류의 무공이 될 수도 있는 것을……'

설기룡은 차가운 찻물을 목으로 넘겼다. 씁쓸한 차의 끝 맛이 바싹 마른 목구멍에 달라붙어 그를 괴롭혔지만, 그의 뇌리에는 그러한 느낌 따위는 전해지지 않고 있었다. 깨달은 것이 있으니 곱씹어 넘겨야 했다.

'수련이 부족했다. 후기지수라 치켜세우는 사람들의 목소리에 현혹되어 검이 무뎌진 것이다. 아니다. 무뎌진 것이 아니라 벼려진 적이 없었던 것이다. 이제라도 부족함을 깨달았으니……'

설기룡은 자신이 해야 할 일을 정리하기 시작했다. 지금 그에게 필요한 것은 입에 맞는 차 한 잔이 아니라 한 말의 땀이었다. 그는 모용세가의 대제자였다.

"오래 기다렸죠?"

객잔의 문을 열고 들어서는 목소리에 설기룡의 감겼던 두 눈이 떠졌다. 문을 열고 들어선 모용상아가 생글거리는 표정으로 다가와 자리에 앉았다.

"어? 무슨 일 있었어요?"

자리에 앉던 모용상아가 이상하다는 듯 물었다. 한의 어깨 위로 내려앉은 흙먼지들. 모른 척 넘어가기에는 검은색의 장포와 너무나 대조를 이루고 있었다. 설기룡이 작게 한숨을 쉬고는 그녀가 돌아오기 불과 반 각 전에 일어났던 일들을 설명해 주었다. 무사히 가패를 패퇴시켰다 이야기하였음에도 모용상아는 놀란 눈으로 한을 훑어보고 있었다.

"정말 괜찮아요? 다친 곳은……."

그저 말없이 그녀를 바라주는 것으로 자신의 무사함을 확인시켜 준 한이었다. 모용상아는 내심 다행이라 생각하면서도 또다시 미안하다는 말을 꺼낼 수밖에 없었다.

"미안해요……."

설기룡의 미간이 살짝 찌푸려졌다. 흑룡채와의 싸움은 그의 은원이었다. 비록 자신의 사매가 그와 무관하지 않음은 인정하지만, 그렇다고 언제까지나 그에게 사과만 할 수는 없는 일이었다. 일의 선후를 떠나서… 자신의 사매가 이 낯선 사내에게 고개 숙이는 것이 마음에 들지 않았다. 만약 그에게 조반을 함께 들자고 이야기를 꺼낸 사람이 사매만 아니었다면 진즉에 사매를 데리고 이 자리를 떠났을지 모른다. 하나 그의 그런 속내를 아는지 모르는지, 모용상아의 미안해하는 표정은 옆에서 보기에 안타까울 지경이었다. 한은 무심했다. 모용상아의 진심 어린 사과에도 아무런 반응을 보이지 않고 있었다. 하나…

'그래… 너였어. 내 검을… 가로막은 건…….'

한은 모용상아를 보고 나서야 자신이 느꼈던 생경한 감정이 어디서 기인한 것인지 깨달았다. 고작 하루도 못 되는 짧은 인연인 주제에, 건방지게도 자신의 검로를 바꾸어 버렸다.

설기룡은 그런 그의 심경 변화를 눈치채지 못했다. 입술을 깨물고 있던 모용상아만이 그의 침묵 속에서 한줄기 불안한 감정을 엿볼 수 있었다.

'그것은… 살인하는 것이 아무렇지도 않느냐는 네 물음에 대한 답이었다.'

한은 분명히 깨달을 수 있었다. 자신을 당혹케 했던 그 느낌. 그것은 이미 모두 잊었다 생각했던 것들의 편린이었다. 그가 포기했던 것들. 복수의 힘을 얻기 위해 포기했었던…….

한은 이들과 헤어져야 한다 생각했다. 이런 식의 간섭은 바라지 않았다. 잠시 정신이 나갔었던 모양이다. 죽이고 싶지 않은 것 아니냐는 물음에, 정말 자신이 그렇게 생각하는 줄 착각하고 있었다. 아무것도 모르는 주제에… 자신과는 상관도 없는 주제에…….

덜커덩.

모용상아의 몸이 흠칫 떨었다. 설기룡의 두 눈에 놀람이 일었을 정도로, 한은 거센 동작으로 자리에서 일어섰다. 그리고 설기룡과 모용상아에게 한 번씩 시선을 준 뒤 그대로 몸을 돌려 객잔 밖으로 향했다.

"저런……."

설기룡의 입에서 노기 어린 한마디가 새어 나왔다. 사매의 사과를 받아주지는 못할망정, 저렇게 무례한 태도로 자신들을 떠나 버리다니……. 그를 변호하려 했던 자신의 행동이 후회스러울 지경이었다. 설기룡은 객잔 밖으로 사라진 그가, 가패와 싸우게 된 것을 불만스럽게 여기고 있다 생각했다. 그리고 그 책임이 사매에게 있다 여겼기에 저리도 냉정히 돌아선 것이라 생각했다. 고의가 아니었건만… 사매가 진정으로 미안해하며 사과했건만…….

‘아니야, 그는… 날 원망하지 않았어.’

모용상아의 눈에는 눈물이 그렁하게 맺혀 있었다. 설기룡은 그 눈물의 의미를 정확히 깨닫지 못하고 있었다. 호의에 대한 배반감? 설기룡은 자신의 사매가 그런 억울한 마음에 눈물을 흘리고 있는 것이라 생각했다. 하지만 억울함에 흘리는 눈물이라 하기엔 떨어지는 눈물방울들이 너무나 맑고 고왔다.

‘그는… 괴로워하고 있었어… 무엇 때문이지? 왜 괴로워하는 거지?’

모용상아는 그가 이렇게 떠났어야 할 정도로 괴로워하고 있었다는 것이 마음 아팠다. 그리고 그 괴로움의 정체를 알 수 없었기에 답답했고, 막연하게나마 그 괴로움이 자신으로 인한 것이 아닌가 하는 두려움에 눈물을 흘렸다. 그녀의 눈물은 자신을 위한 눈물이 아니라 그를 위한 눈물이었다.

‘이걸… 전해주려 했는데…….’

모용상아는 자신의 품을 어루만지며 안타까워했다. 그녀의 손가락에 잡힌 딱딱한 감촉들. 기쁘게 준비한 물건들이었지만 이제는 소용없는 물건이 되어버렸다.

전할 수도 없는, 버릴 수도 없는…….

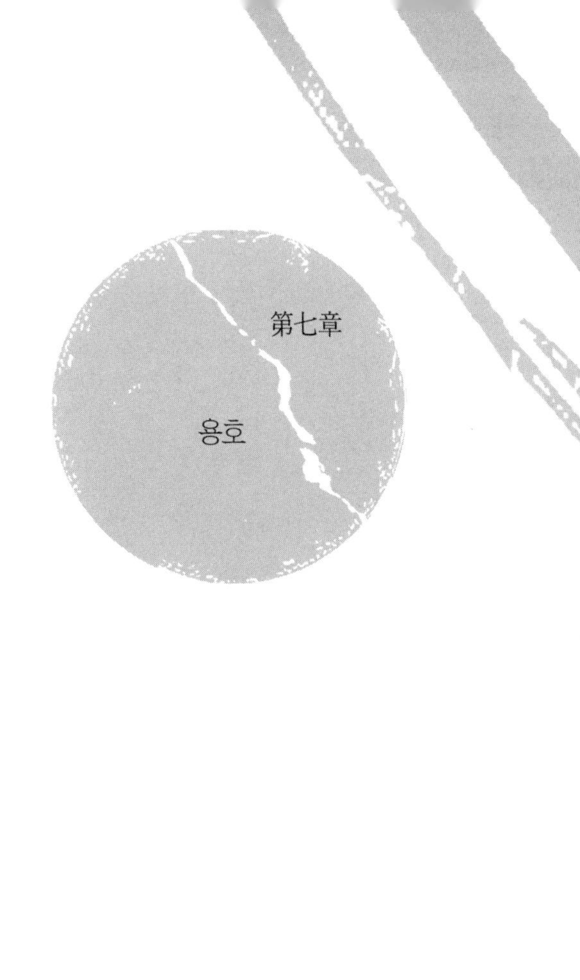
第七章
용호

모용상아가 장안호와 만난 것은 한과 헤어지고 이틀이 지난 후였다.

산동 태생이었던 장안호는 산동대협이라는 말에 걸맞은 굵은 선을 가진 호한이었다. 구릿빛 피부와 단단한 체형만 보자면 사십대로 보기에도 무리가 있었지만, 그의 나이는 이미 오십의 중턱을 넘긴 지 오래였다.

"장 숙부."

"호법님을 뵙습니다."

모용상아의 모습을 확인한 장안호가 만면에 미소를 지으며 손을 덥석 잡았다. 고작 한 달 정도 못 보았을 뿐이었지만, 길 설고 물 설은 땅에서 만난 가족이었는지라 그 반가움이 더했다.

"허허, 오느라 고생이 많았다. 우리 상아는 날이 갈수록 더 예뻐지는 것 같구나. 그래, 무창 구경은 잘 했느냐? 별일은 없었지?"

정이 담뿍 묻어나는 장안호의 목소리에 모용상아는 엷게 웃으며 고개를 끄덕여 주었다. 장안호의 고개가 조금 갸우뚱했다. 큰 눈을 반짝이며 그간의 일을 조잘거리는 모습을 기대했건만, 조용히 미소 짓는 모용상아의 모습은 그런 장안호에게 어색함으로 다가왔다.

"다른 사람들은 어디에 있습니까?"

분위기를 바꾸려는 듯 설기룡이 장안호에게 말을 걸었다. 장안호 역시 모용상아의 묘한 변화에 고개를 갸우뚱했지만, 이내 고개를 돌려 설기룡과 이야기를 나누기 시작했다.

"음, 준이와 정이는 아직 초가장(楚家莊)에 있네. 대략의 설계는 끝난 모양이지만 아직 손볼 곳이 남아 있는 모양이야. 다들 알아서 잘하고 있겠지만… 허허, 자네도 알다시피 내가 그런 쪽은 영 잼병이지 않은가."

처음 모용세가에서 무창으로 온 사람은 모두 다섯 명이었다. 호법인 장안호와 가주의 조카들인 모용준(慕容俊), 모용정(慕容丁) 형제가 외당 무사 두 명과 함께 무창에 당도한 것이 한 달쯤 전이었고, 그들을 만나기 위해 설기룡과 모용상아가 무창에 당도한 것이 사흘 전 일이었다. 그리고 모용세가주인 모용중경(慕容重敬)의 명으로 무창으로 떠나려던 설기룡의 발목을 잡은 것이 바로 모용상아였다. 넓은 세상을 구경하고 싶다며 갖은 아양과 투정을 부리는 외동딸의 간절함 앞에 모용중경은 두 손을 들 수밖에 없었다. 결국 절대 남의 시비에 관여하지 않으며, 설기룡의 말을 무조건 따르라는 약조까지 받은 다음에야 늙은 아비는 철없는 딸의 외출을 허락했다. 그리고 가주의 전갈을 전한 후 장안호와 만날 장소를 정하고 돌아오겠다던 설기룡과 잠시 떨어져 있던 사이, 모용상아는 설기룡과 만나기로 했던 황룡객잔에서 그를 만나게 된 것이었다.

"두 분 오라버니 모두 잘하고 계실 거예요."

모용상아의 말에 장안호가 웃으며 답했다.

"물론이지. 두 사람 모두 가주님과 중광(重光) 형님의 진전을 제대로 이어받았으니, 초가장 같은 작은 공사 정도는 두 사람만으로도 충분히 해낼 수 있을 것이야."

장안호의 말에 설기룡과 모용상아는 웃으며 고개를 끄덕였다.

모용세가는 대대로 학문으로 이름 높은 무가였다. 강호의 무가이면서도 종종 대과에 급제하는 인재가 나올 만큼 그 학문의 깊이가 얕지 않았다. 물론, 만약 그들이 산해관 너머 이방의 성씨만 아니었다면, 모용이라는 이름을 강호에서 들을 일은 없었을 것이다. 하나 정계에 진출하여 천하를 위해 지모를 자랑함이 마땅한 가문이었음에도, 그들은 유림의 가문으로 남지 못했다. 중앙 정계는 물론 지방의 세력들조차 오랑캐의 후손인 모용이라는 성씨들에게 명을 받고 싶어 하지 않았다. 정치라는 부분에서만큼은 그들의 자리가 존재하지 못했다. 그것은 입신양명을 위해 학문을 닦는 자들에게는 사형 선고나 다름이 없었고, 모용세가가 강호의 세가로 남게 된 이유였다.

하나 이제는 천하에 이름난 장원들치고 모용세가의 손길이 가 닿지 않은 장원이 없다. 풍수는 물론 귀신이 곡할 정도로 기관과 진식에 정통한 그들이었기에, 숨기고픈 것이 많거나 위험을 안고 살아가는 자들에게는 꼭 필요한 존재가 되어 있었다. 물론 위험한 일이었다. 기관과 진식, 비밀 통로와 같은 것들의 존재는 그 주인만이 알고 있어야 했다. 살인멸구에 적합한 조건. 진의 시황제 역시 황릉의 비밀을 지키기 위

해 수천, 수만의 인부들을 산 채로 매장하였다 하지 않는가. 하나 모용
세가의 역사는 이미 이백여 년이 넘어가고 있었다. 그들은 자신들이
만들어낸 비밀을 철저히 지켰으며, 그 비밀을 알아내려는 자들을 단호
히 물리쳐 왔다. 이백여 년의 역사가 흐르는 동안 많은 피가 흘러야 했
지만, 그 대가로 그들은 천하로부터 '믿을 수 있는 자들'이라는 인정
을 받았다. 피 값으로 얻어낸 명예였다.

초가장은 무창의 한 장원이었다. 강호와는 인연이 없는 곳이었으나
강호의 인물이 아니라 하여 기관진식이 필요하지 말라는 법은 없었다.
오히려 힘을 가지지 못한 자들이기에 더욱 기관의 힘을 필요로 하는지
도 몰랐다. 그런 초가장의 기관 공사 책임을 맡게 된 것이 모용준과 모
용정 두 사람이었다.

두 사람 모두 이제 겨우 삼십대 중반의 젊은 나이였다. 그럼에도 그
런 두 사람에게 일의 책임을 맡긴다는 것은 그들에게 거는 세가의 믿
음이 크다는 뜻이었고, 그들의 실력이 녹록하지 않다는 뜻이기도 하였
다.

장안호는 그 두 사람을 보호하기 위해 함께 따라나선 것이었다. 다
른 이가 보기에 세가의 호법이 보표 따위를 맡는다는 것이 이상하게
보일 수도 있었겠지만, 모용세가의 사람들이라면 당연하게 여기는 가
칙이었다. 비밀의 엄수는 무엇보다도 우선하는 것이었고, 그것을 위해
서라면 호법이 아니라 가주라도 보표에 나서야 했다. 그것은 그들 나
름의 생존 방식이었다.

"초가장은 지금 공사 준비가 한창인지라 너희들이 가도 마땅히 쉴
곳이 없다. 일단은 이곳에서 며칠 더 쉬었다가 준이와 정이가 일을 마
치는 대로 함께 떠나기로 하자꾸나."

"그러는 것이 좋겠네요."

장안호의 미간이 살짝 좁혀지고 있었다. 모용상아의 힘없는 목소리가 아무래도 마음에 걸리는 모양이었다. 그의 시선이 설기룡에게 연유를 물었다. 하나 설기룡은 조용히 고개를 저으며 대답을 회피했다.

"상아, 너… 혹시 불편한 곳이 있는 게냐?"

"네? 아, 아무것도 아니에요."

장안호의 걱정스러운 듯한 물음에도 모용상아는 엷게 웃어줄 뿐이었다. 장안호는 그런 질녀의 미소에서 불편한 감정을 느끼고 있었다. 하나 아무리 가까운 사이라 하여도 남녀 간에 물어도 될 것이 있고 물어선 안 될 것이 있었다. 장안호는 모용상아에게 일어난 일이 후자라 생각했다. 친딸처럼 그녀를 아꼈던 자신조차 쉽게 말을 꺼내기가 힘든 그런 느낌.

'기룡이와 다투기라도 했나?'

모용상아가 설기룡에게 연심을 가지고 있다는 것은 모용세가의 사람들에겐 비밀 축에도 못 끼는 것이었다. 감춘다 하여 감춰지지 않는 것이 연심이다. 그리고 모용상아는 그런 것을 감추고 지낼 만큼 철이 들지 않았었다. 그가 알고 있는 모용상아는 철부지였다. 하나 지금 모용상아가 보여주고 있는 모습은…

'허어, 이 망아지 같던 아가씨가 드디어 철이 드는 건가?'

여인의 향기가 느껴지고 있었다. 장안호는 그런 모용상아의 변화가 설기룡과 관련된 것이라 짐작하고 있었다. 철없던 질녀가 여인으로 거듭나고 있었다. 그리고 그런 변화를 이끌어낼 사람은 장안호의 기억에선 설기룡밖에 없었다.

"허허, 우리 상아의 마음이 영 편안치 못한 것 같으니, 오늘은 이 숙부가 크게 선심을 써야겠구나. 상아야, 황학루에 한번 올라보지 않으려?"

"그것도 좋은 생각이군요. 안 그래도 사매와 함께 찾아가 볼 생각이었습니다."

설기룡이 장안호의 말에 자연스럽게 맞장구를 쳤다. 모용상아가 무어라 입을 열려 했지만, 자리에서 일어서는 설기룡이 먼저였다.

"황학루에서 바라보는 낙조는 정말 장관이지요. 천천히 걸음을 옮기면 늦지 않게 도착할 수 있을 겁니다."

"그렇군. 상아야?"

설기룡을 바라보던 장안호가 모용상아에게 시선을 보냈다. 모용상아는 낮게 한숨을 내쉬곤 자리에서 일어섰다. 그녀를 위한 배려였으니 숙부의 체면을 생각해서라도 마다할 수 없었다.

세 사람은 객잔을 나와 황학루로 이어진 대로를 따라 걷고 있었다. 아직 해가 지려면 제법 시간이 남았다는 것을 의식해서였는지, 서둘러 객잔을 나온 걸음치고는 더디게 움직이고 있었다.

*   *   *

"휴… 드디어 무창이로군."

포구에 정박한 배에서 사람들이 내려오고 있었다. 장정들 손에 들려 내려지는 저마(苧麻:모시풀)들을 보니 호남에서 올라온 배인 모양이다. 그리 크지 않은 배에서 내려지는 것치고는 제법 많은 양이었고, 그것은 배에서 내리는 사람들의 수도 마찬가지였다. 스무 명 가까이 배에서 내리고 나자, 강물에 떠 있던 배가 반 자는 떠오른 듯했다.

그런 사람들 속에 섞여 있던 그의 모습을 눈여겨보는 사람은 없었다. 어디서나 흔히 볼 수 있는 회의장삼, 제법 오랜 여행을 한 듯 청결치 못한 것을 빼면 그리 눈에 띌 것이 없는 사내였다. 바닥을 몇 번 밟아본 사내는 이내 손을 올려 길게 기지개를 켜고 있었다.

"휴우… 자, 이제 이 넓은 무창에서 그놈의 흔적을 어찌 찾는다?"

사내는 살짝 인상을 찡그리고 있었지만, 그저 무창의 따가운 햇살이 눈에 거슬린 것뿐, 자신이 말에 대한 막연함 따위는 찾을 길이 없었다.

"일단 소문을 좀 주워 모아볼까?"

사내는 무창이 초행이었다. 그럼에도 내딛는 걸음에 주저함 따위는 없었다. 사람 사는 것은 모두 똑같다는 것이 그의 지론이었고, 그의 지론만큼이나 세상 어디를 가더라도 자신이 원하는 바를 얻는 것에 그리 큰 어려움은 없었다. 그는 무창의 어두움을 찾았다. 그가 찾는 그놈에 대한 정보는 밝은 곳보다는 어두운 곳을 좋아하니까. 사내의 발걸음이 향한 곳에는 어두움을 안고 사는 자들이 있었다. '나 파락호요' 라고 이마에 써 붙인 자들이 옹기종기 모여 밤이 오기를 기다리고 있었다. 그런 자들이야말로 회의사내가 요리하기에 가장 손쉬운 먹잇감이었고, 가장 쓸 만한 정보통이기도 했다.

그런 파락호들의 머리 위로 용호객잔이라는 현판이 불안하게 걸려 있었다.

*　　　*　　　*

황학루는 악양의 악양루(岳陽樓)와 남창의 등왕각(騰王閣)과 함께 강

남의 삼대명루(三大名樓)로 꼽히며 천하절경(天下絶景)이라 일컬어지는 곳이었다. 황학루는 이백(李白), 백거이(白居易), 최호(崔顥) 등의 묵객들이 남긴 시구만 삼백여 수가 넘을 정도로 극찬에 극찬을 받았던 절경이다. 물론 지금은 신선이 황학을 타고 내려왔다는 흔적을 찾을 수 없지만, 당대 제일의 묵객들이 남기고 간 발자취만은 너무나 선명히 남아 있어 사시사철 그들의 향취를 맡으려는 후세들의 발걸음이 끊이지 않는 곳이 바로 황학루였다.

황학루를 찾는 사람들은 크게 두 가지에 놀란다. 시인묵객이 아니라면 감히 표현할 엄두도 못 낼 만큼 아름다운 황학루의 절경에 한 번 놀라고, 자신의 눈을 두어 번은 비벼야 확인이 가능할 정도로 경악스러운 황학루의 물가에 또 한 번 놀라게 된다.

사실 어지간히 유세 떤다는 문파의 사람들치고 황학루에 올라보지 않은 사람은 없다. 그것은 강호의 문파들 역시 예외가 아닌지라, 강호의 협객이라 자처하는 자들 대부분이 풍류를 즐기기 위해 황학루를 거쳐 가곤 한다. 하나 그렇게 자랑스레 황학루에 대한 찬사를 늘어놓는 사람들치고, 서로 다른 계절의 황학루를 이야기할 수 있는 사람은 많지 않다. 황학루에 다녀오고 나면 말 한 필 값과 맞먹는 은자 한 냥짜리 차를 마시는 것보다는 강변의 객잔에서 사흘 밤낮 술을 마시는 것이 여러모로 나은 일이라는 것을 깨닫기 때문이다. 황학루는 그런 곳이었다.

황학루의 난간에 서 있던 모용상아는 넋을 잃고 있었다. 세상 어디에서도 볼 수 있는 석양. 그 피할 수 없는 자연의 순리가 이곳 무창의 황학루에서만큼은 하나의 의식처럼 거행되고 있었다. 무창이 붉게 타오르고 있었다. 끝없이 늘어선 가옥들이 불타고 있었고, 도도히 흘러가던 강물 역시 반짝이는 혈루를 뿌리며 안타까워하고 있었다. 무창의 하늘이 잠들어가고 있었다. 하나 태양은 자신을 빨아들이던 대지의 손길을 뿌리치듯, 타오르던 전신을 갈가리 찢어 그 잔재를 세상에 흩뿌려 놓았다. 그것이 마지막이었다. 붉게 물든 세상은 태양이 흩뿌린 마지막 온기를 간직한 채 깊은 잠에 빠져들고 있었다.

"아름답지 않느냐?"

어느새 모용상아의 곁으로 다가온 설기룡이 붉게 물든 눈으로 입을 열었다. 모용상아는 말없이 낙조를 바라보고 있었다. 대지로 사라지는 그 마지막 모습까지 기억에 새겨놓겠다는 듯.

"…아름다워. 그래서 슬퍼."

"음?"

설기룡은 고개를 돌렸다. 모용상아의 얼굴에는 이렇다 할 표정이 나타나 있지 않았다. 아름다움에 대한 동경도, 낙조를 바라보는 아쉬움도……

"무엇이 슬픈 것이냐?"

"이렇게 아름다운 모습이… 마지막이라는 것이… 막을 수 없다는 것이……."

난간을 쥐고 있던 설기룡의 손에 힘이 들어가고 있었다. 조금만 더 힘을 주면 난간의 조각을 움켜쥘 수도 있었겠지만, 고개를 돌린 모용상아 덕분에 그런 일은 벌어지지 않았다.

"가자, 오빠. 배고파."

모용상아는 생글거리고 있었다. 방금 전 자신이 보았던 그 서글픈 느낌의 소녀는 어디에서도 찾을 수가 없었다. 설기룡은 낮게 한숨을 쉬며 모용상아의 뒤를 따랐다. 수양이 부족한 것인지, 사매가 이상한 것인지…….

장안호는 돌아오는 두 사람을 보며 흐뭇해했다. 참으로 잘 어울리는 한 쌍이었다. 세가에 돌아가면 진지하게 두 사람의 혼례를 가주에게 말해 보아야겠다 다짐하고 있었지만, 지금은 점소이를 불러 주문을 하는 것이 먼저였다.

"너무… 무리하시는 것 아니에요?"

모용상아가 인상까지 찌푸린 채 손으로 입을 가리며 낮게 속삭였다. 그런 질녀의 행동이 귀여워 보였는지 장안호는 호탕하게 웃으며 답했다.

"허허, 너는 이 숙부의 그릇이 이 정도도 못 될 것이라 생각했느냐? 아무 걱정 하지 말고 마음 편히 들어라."

모용상아는 자신의 앞에 차려진 음식들과 장안호를 번갈아 보며 고개를 저었다. 웬만한 객잔에 가서도 이 정도의 음식을 먹으려면 제법 은자가 들어갈 터였다. 너무 과하게 시킨 것은 아니었지만, 세 사람이 먹기엔 조금 많다 싶을 정도의 양이었다. 게다가 양이 문제가 아니었다. 모용상아의 앞에 차려진 음식들은 하나같이 보기에도 먹음직스러운 고급 요리들이었다. 은자 한두 냥으로 끝날 문제가 아니었다.

"나중에 아버지에게 야단 맞으셔도 전 몰라요."

모용상아는 귀엽게 한마디 내뱉은 후에야 젓가락을 들고 음식을 먹기 시작했다. 장안호는 그런 모용상아를 바라본 후 설기룡에게 음식을 권했다.

"어서 들게."

"예, 호법께서도 드시지요."

비싼 게 비싼 값을 한다고, 황학루의 음식들은 먹기 미안할 정도로 그 맛이 일품이었다. 좋은 음식과 좋은 풍광이 어우러져 장안호 일행은 시간 가는 줄도 모른 채 이야기를 나누고 있었다. 이미 해가 저물어 사위가 어둑해졌지만, 한줄기 강바람이 아쉬울 정도로 더위는 가시질 않고 있었다. 그런 그들의 앞에 그 사내가 나타난 것은 식사가 끝나갈 무렵이었다.

"실례합니다."

"누구신지……?"

낯선 목소리에 먼저 반응한 것은 설기룡이었다. 모른 척하고는 있었지만, 내심 동정수로채의 사람들과 또다시 얽히지는 않을까 경계하고 있었기 때문이다. 가패와 한이 싸우던 자리에서 자신의 이름을 밝혔으니 어쩌면 당연하다랄 수 있는 경계겠지만, 찾아온 사내는 그쪽과는 거리가 있었다.

"혹시 모용세가의 설 공자 맞으십니까?"

"제가 설 모라는 사람입니다만……."

"하하, 제대로 찾아왔군요. 저는 용호라고 합니다."

낯선 사내의 예기치 못한 방문에, 모용상아는 물론 장안호 역시 고개를 갸웃거리며 서로를 바라보았다.

"그런데 저는 무슨 일로……."

"아, 그렇게 대단한 일은 아닙니다. 잠시 여쭤볼 말이 좀 있어서……."

자신을 용호라 밝힌 자는 아주 자연스럽게 의자를 빼내곤 자리에 앉았다. 모르는 사람이 보았다면 일행으로 착각할 정도로 자연스럽게. 장안호의 미간이 살짝 찌푸려졌다.

"이보시오. 통성명을 하고 나면 주인의 허락 없이 자리에 앉아도 되는 게 이곳 무창의 법도요?"

　　장안호는 불쾌한 감정을 숨기지 않았다. 얼핏 보기에 사십대 초반으로 보이는 외모였기에 그보다 연장자인 장안호로서는 기분이 좋을 리 없었다. 하나 용호라는 사내는 유들거리기가 강변 버드나무 흔들리는 것보다도 더했다.

　　"글쎄요, 제가 무창은 처음이라 그런 법도가 있는지는 모르겠지만, 제 고향에도 그런 법도는 없었던 걸로 기억되는군요."

　　"그럼, 내가 당신에게 자리에서 일어나라 말해도 그리 기분 나빠하지는 않겠구려?"

　　장안호의 면박에도 용호의 미소 띤 얼굴은 이렇다 할 변화가 없었다.

　　"아, 그런 걱정은 하지 않으셔도 됩니다. 왜냐하면… 설 공자와 이야기를 끝내기 전까진 일어날 생각이 없거든요."

　　"…그대는 지금 시비를 걸고 있는 것인가?"

　　장안호의 눈에 서서히 노기가 어리기 시작했다. 설기룡 역시 차가운 눈빛으로 용호를 바라보고 있었다. 이자가 동정수로채의 인물이라 하여도 겁낼 필요는 없었다. 자신이 잘못한 일도 없을뿐더러, 모용세가 최고의 고수인 장안호가 함께 있었으니. 하나…

　　"시비는 아니고… 공무를 수행하는 중이죠."

　　'관원?!'

　　설기룡은 이제까지와는 다른 의미로 안색을 굳혔다. 한과 동정수로채의 일 때문에 찾아온 것 같았다. 하나 그렇다 하더라도 자신이 고개를 숙일 필요는 없었다. 아무리 털어봐야 자신들과 연루된 것은 찾을 수 없을 테니. 비록 싸움을 말리기 위해 나선 적이 있다고는 하지만, 그것도 은자를 원하는 관부의 트집 거리로는 적절치 못했다.

“관원이시오?”

장안호의 목소리에 불편한 기색은 지워지지 않고 있었다. 하나 그래도 관원과 부딪혀 남는 게 없다는 것을 잘 알고 있는 그였기에 먼저 한 발 물러서고 있었다. 그런 장안호에게 용호라는 사내 역시 장난기 어린 표정을 지우고 정색을 하며 입을 열었다.

“작은 직분을 수행하고 있습니다. 그저 몇 가지 알아볼 것이 있어 설 공자를 찾아온 것이니 너그러이 이해해 주시길 바랍니다.”

“흠······.”

용호는 조용히 호패를 꺼내어 보여주었다.

정칠품의 동호패였다. 그리 높다고는 할 수 없었지만, 아무렇게나 행동해도 좋을 정도로 낮은 직급도 아니었다.

“설 공자, 며칠 전 금화장 앞에서 시비가 있었습니다. 한 사내가 흑룡채의 채주인 가패라는 자와 싸웠다고 하는데, 알고 있습니까?”

“…예.”

설기룡은 대답을 하면서 자신의 예감이 틀리지 않았음을 깨달았다. 하나 용호의 이야기가 계속될수록 그 예감이 조금씩 어긋나고 있음도 깨달아야 했다.

“그 전날 밤, 용호객잔이라는 곳에서도 큰 싸움이 일어났었습니다. 근 삼십여 명이 죽어나갔다고 하던데… 그 일도 알고 있습니까?”

“…예.”

설기룡의 대답에 장안호가 놀라 눈을 뜨고 있었다. 그런 일이 있었단 말인가? 한데 왜 자신에게 이야기하지 않았단 말인가? 너무 소소한 일이라서? 관계없는 일이라서? 하나 설기룡과 용호의 문답은 그가 관련이 있음을, 그것도 적지 않게 얽혀 있음을 설명해 주고 있었다.

"금화장에서는 설 공자가 나서 그들의 싸움을 중재하려 했었다는데, 사실입니까?"

"그렇습니다만……."

"설 공자, 당신은 싸움을 말리려고 했던 그 사람과는 어떤 관계입니까?"

"…우연히 만난 사이입니다."

설기룡의 목소리가 조금 흔들렸다. 거짓은 아니었지만, 마음 한구석에서는 무언가 그의 뒷덜미를 채고 있는 느낌이었다. 하나 용호는 그런 흔들림을 감지하고 있었다.

"우연히라… 그럼 그 이전에는 그와 아무런 연관도 없었다는 것을 맹세할 수 있습니까?"

설기룡의 안색이 굳어졌다. 그는 확신을 원하고 있었고, 그가 원하던 확신이 그가 원하는 진실을 위한 전조라는 것을 설기룡은 느낄 수 있었다.

"…맹세할 수 있습니다."

"좋습니다. 믿겠습니다. 그럼… 그자는 지금 어디 있습니까?"

용호의 눈에서 불꽃이 인다는 느낌이 들었다. 설기룡과 장안호, 말없이 듣고 있던 모용상아조차 용호라는 사내에게서 그런 느낌을 받고 있었다.

"그자라니… 그게 무슨 말이오?"

장안호의 물음에 용호의 눈빛이 강렬해지며 곱씹는 듯한 목소리가 또박또박 흘러나오고 있었다.

"석 달 전, 강서(江西) 파양(波陽)에 사는 이릉운(李凌雲)이란 자가 심장이 꿰뚫린 채 시신으로 발견되었고, 그로부터 보름이 지난 후에는 파양 인근의 덕흥(德興)에 사는 조휘(趙輝)라는 자가 이릉운과 같은 모습으로 자기 집 안방에서 변을 당했습니다. 한 달 전에는 호남(湖南) 소동(邵東)이라는 곳에 사는 정추강(鄭諏剛)이라는 자의 시신이 인근 야산에서 발견되었습니다. 물론 심장에 구멍이 난 채로요."

"……."

"흉수는 동일인. 피살자들의 흉터를 보아, 도와 같이 넓은 마찰 면을 가진 검을 흉기로 쓰는 자."

설기룡은 벌어진 입을 다물지 못하고 있었다. 설마…

"그리고 어쩌면… 삼 년 전 복건 덕화에 있던 금가장의 가주를 포함한 가솔 서른세 명이 죽었던 참화의 흉수일지도 모르는 자요."

쨍그랑!

정적을 깨뜨린 소음에 사람들의 이목이 집중되고 있었다. 그리고 그들의 시선에도 아랑곳하지 않은 채 전신을 사시나무 떨듯 떨어대고 있는 여인이 있었다.

'아냐… 그럴 리가… 그럴 리가……'

모용상아의 정신은 깨어진 찻잔과 함께 창백하게 지워져 가고 있었다.

"용 대인, 그러니까 지금 내 가솔들이 만난 그자가 각 성을 돌며 연쇄 살인을 저지르고 있는 살인범이란 이야기요?"

"저는 그렇게 확신하고 있습니다."

장안호의 물음에 답하던 용호의 시선은 모용상아에게서 떨어지지 않고 있었다. 여인이 보여준 행동은 그의 관심을 잡아끌기에 충분했으니.

‘그자와 사연이 있다, 얕지 않은 사연이…….’

모용상아는 조용히 앉아 있었다. 자신의 행동에 사람들의 시선이 집중되는 것을 느끼고 서둘러 살인마라는 이야기에 놀랐을 뿐이라 변명했지만, 용호는 물론 그녀의 숙부인 장안호조차 그녀의 말을 믿고 있지 않았다.

“대인께서 말씀하신 그 사람… 저희가 만났던 사람이 맞는 것 같습니다.”

“무창에서 그자가 저지른 일들을 확인해 보니, 나도 그렇다고 확신할 수 있게 되었소.”

용호의 말에 설기룡이 고개를 돌리며 장안호를 바라보았다.

“호법님, 이 용호라는 사람이 찾는 사람이 저희가 만난 사람이 맞는 것 같습니다.”

“아니, 자네는 어쩌자고 그런 자와…….”

“그것이…….”

설기룡은 장안호에게 일련의 일들을 설명했다. 용호가 눈치채지 못하도록 조심스럽게, 쉽게 알아들을 수 있도록 간략하게.

“그자가 그렇게 살행을 저지르는 이유가 뭔지 알고 계시오?”

잠시 침묵하고 있던 장안호가 인상을 굳히며 입을 열었다. 방금 설기룡이 전음으로 설명해 준 것이 사실이라면, 그자는 살인마와는 거리가 있어 보였다. 물론 천하에 기인과 이사가 많다는 강호였지만, 질녀를 구해주었다는 사실 하나만으로도 쉽게 그를 살인마로 낙인찍고 싶지는 않았다.

“저도 모릅니다.”

“예?”

놀라 반문한 것은 잠자코 있던 모용상아였다. 용호는 의미심장한 미소를 지으며 모용상아에게 대답해 주고 있었다.

"저도 그자가 왜 그런 미친 짓을 하고 다니는지는 모릅니다, 소저. 다만 그자가 그들을 죽였다는 사실은 변함이 없고, 몇몇 사건은 증인도 있으니 그자의 범행을 부인하기가 매우 곤란하지요."

"그럼, 단순히 그자의 행적을 추적해 가며 무창으로 왔다는 것이오?"

"음… 그건 아닙니다."

장안호의 물음에 용호는 잠시 말을 멈추고 뜸을 들였다. 이야기를 해야 할지 말아야 할지를 고민하는 눈치였다. 하나 그는 결단이 빠른 사람이었다.

"그자에 대해 알고 있는 모든 것들을 소상히 말해 준다 약속해 주신다면 저도 지금까지 제가 밝혀낸 사실을 모두 알려 드리도록 하지요. 아! 저로서는 아주 파격적인 조건을 제시한 것입니다. 수사상의 기밀을 누설하는 것이 훗날 문책받기 딱 좋은 일이긴 하지만, 설 공자와 모용 소저께서 그자에 대해 많은 것들을 알려줄 수 있다 생각했기에 이런 조건을 내건 것입니다. 물론 여러분들이 모용세가라는 명가의 분들이라는 점도 감안한 결정이고요."

용호는 예의 장난기 어린 표정으로 사람들을 바라보고 있었다. 사십은 되어 보이는 중년인의 얼굴과는 어울리지 않아 보일지도 모르는 표정이었지만, 용호의 얼굴에 나타난 장난기는 의외로 그의 얼굴과 잘 어울리고 있었다.

설기룡은 장안호를 바라보고 있었고, 장안호는 모용상아를 바라보고 있었다. 모용상아의 두 눈은 그런 두 사람을 바라보고 있지 않았다.

"…거절하겠습니다. 그 사람은 대인이 찾는 사람이 아닌 것 같습니다."

모용상아의 말에 용호의 안색이 굳어졌다.

"제가 아까 말씀드렸지요? 저는 관원이고 지금은 공무를 수행 중입니다."

"협박인가요?"

"충고를 드리는 겁니다."

모용상아는 용호의 날카로운 시선을 피하지 않았다. 뭔가 꺼림칙한 느낌의 사내. 능글맞은 표정과는 대조적인, 먹이를 노리는 뱀과 같은 차가운 눈빛이었다.

"대인께서 원하는 것이 그분을 위험하게 만들 것 같다는 생각이 드는군요. 제가 비록 아녀자라고는 하지만 무가의 여식. 그분께 입은 은혜가 있으니, 그분을 위험하게 만드는 것은 도리가 아닌 듯싶습니다."

"상아야?"

단호한 목소리였다. 당황해하며 찻잔을 떨어뜨리던 모습은 어디에도 없었다. 장안호는 자신의 질녀가 어떠한 마음을 품고 있는지 느낄 수 있을 것 같았다.

'관원을 상대로 위험을 무릅쓰고서라도 비밀을 지키겠다는 것이냐? 은혜를 입었기 때문에?'

모용상아는 용호를 바라보며 눈도 깜빡이지 않고 있었다. 자신의 의지가 이만큼 단호하니 물러서라 말하는 것 같았다. 하지만 용호는 물러서지 않았다. 아니, 오히려 한발 더 가까이 다가서고 있었다.

"허허, 과연 모용세가의 분이시군요. 묵언의 가문이라는 말이 왜 생겨났는지 이제야 알 것 같군요."

묵언의 가문. 모용세가를 일컫는 말이다. 비밀을 위해서라면 목숨도 아까워하지 않는 가문. 그들의 전통이었고, 깨어지지 않은 전통이었다.

"죄송합니다. 사매의 뜻이 이러니 저도 드릴 말씀이 없군요."

설기룡도 가세했다. 한입으로 두말이 나오지 않고, 두 입이라 해도 한목소리가 나와야 한다. 설기룡은 모용세가의 대제자로서 당연한 태도를 보이고 있었다.

"과연 대단하시군요. 좋습니다. 제가 물러서도록 하지요. 아니, 제가 지금까지 알아낸 정보를 조금 나누어 드리겠습니다."

모용상아의 눈이 반짝였다. 그에 대한 이야기일지도 모른다. 용호는 그 눈빛을 놓치지 않았다.

"처음 그자의 종적을 발견한 것은 석 달 전, 이릉운이란 자가 죽었을 때였습니다. 이릉운이란 자는 파양호 일대에서 배를 놀리는 선주로, 사십여 척이나 되는 소선을 가진 거부였습니다. 휘하에 따르는 무리도 기백에 달했고, 주변에 쌓은 인망도 제법 높아 유지로 칭송받던 자였습니다. 그런 자가 자기 집 안방에서 변사체로 발견된 것입니다. 난리가 났었지요. 파양호 선주들의 연합인 와룡당에서 흉수를 찾기 위해 사람을 풀고 현상금을 걸기도 하고 백방으로 나서보았지만, 아무도 흉수를 본 자가 없어 결국 사건은 미궁으로 빠져들고 말았지요."

파양호의 선주라면 어지간한 부호들과 겨뤄도 금력에서 뒤지지 않는다. 사십여 척의 소선을 소유하고 있던 선주가 죽었다면 결코 평범하다 말할 수 없는 살인이었다.

"그로부터 보름이 지나고 덕흥에서도 살인 사건이 발생했습니다. 파양과는 제법 거리가 있는 곳이었고, 죽은 자도 그리 유명하지 않은 자였는지라 두 사건을 연관시키기에는 무리가 있었지요. 한데… 죽은 자의 집에서 ‘단사도(斷死刀)’가 나온 게 문제였습니다.”

“단사도? 단사도 원범(元范)?”

장안호의 입에서 한 사람의 이름이 튀어나왔다. 용호는 역시 알고 있을 줄 알았다는 표정으로 고개를 끄덕여 주었다.

“조휘라는 이름은 가짜였습니다. 덕흥에서 죽은 자는 단사도 원범이었습니다.”

단사도 원범은 정사 중간의 인물로, 강서에서는 제법 알아주는 고수였다. 한 삼 년 전부터 그 종적이 묘연한 자였는데…….

“유명한 사람인가요?”

“흠… 제법 이름이 있는 자였다. 나도 직접 만나본 적은 없지만, 강서 지방에서는 제법 위명이 있는 자였지.”

“어쨌거나… 두 사람의 사인이 같았습니다. 심장을 정확히 반으로 가른 아주 큰 무엇. 잘린 면은 분명 검에 의한 상처인데… 그게 한 뼘은 족히 되어 보일 만큼 커다란 기병의 흔적이었지요.”

모용상아의 안색이 안 좋아졌다. 하나 용호는 그에 아랑곳하지 않고 이야기를 이어가고 있었다.

“마지막 희생자는… 아, 물론 아직까지는 말이죠. 마지막 희생자는 호남에 사는 정추강이라는 자였습니다. 특이하게 야산에서 발견되었지요. 역시 심장이 뚫린 채로.”

사람들의 안색이 굳어지고 있었다. 그런 사람들을 바라보며 용호는 작게 미소를 짓고 있었다.

‘정추강 역시 가명이라는 사실을 밝히진 않겠소. 그리고 그놈과 오십여 합이 넘는 격전을 치르고 난 다음에 죽었다는 사실도.’

지금은 세 사람이 희생되었다는 것이 중요한 것이었다. 그만큼 위험

한 자라는 것을 부각시킴으로 이들의 입을 여는 데 도움이 되면 그만
이었다. 이릉운과 원범, 정추강이 강호의 인물이었다는 사실은 별로
중요한 것이 아니었다.

"그리고 가장 중요한 것은… 이들 세 사람을 연결하는 고리가 있다
는 것입니다."

"……?!"

사람들의 이목이 용호의 입으로 집중되었다. 용호의 입이 사람들의
시선에 힘입어 조금씩 떨어지고 있었다.

"그들 모두… 한 사람과 연관이 되어 있습니다."

황학루의 어둠이 짙게 깔리고 있었지만 누구도 그것을 인지하지 못
하고 있었다. 주변으로 밀려드는 어둠보다는 용호의 입에서 나올 그
의 어두움이 더욱 짙고 유혹적이었다.

"금옥기(琴玉璣). 그들은 복건 금가장의 장남인 금옥기와 인연이 이
어져 있습니다. 정확히 말하자면… 그들 모두 '구양문'의 문하입니
다."

용호는 구양문이라는 이름에 경악하고 있는 사람들을 의미심장한
눈빛으로 둘러보곤 마지막으로 쐐기를 박듯 말했다.

"금가장은 삼 년 전 완전히 멸문당했지요. 저는 이 연쇄 살인의 첫
번째 희생자가 바로 금옥기라 생각하고 있습니다."

금가장이라는 이름은 귀에 들어오지도 않았다. 사람들은 구양문(歐
陽雯)이라는 이름을 곱씹고 있었다. 모진 세월 속에 잊혀진 천하제일가
의 이름을……

第八章

초가장 살인 사건

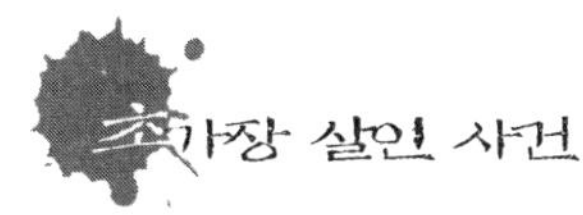

호동과 호동을 잇는 길이 모두 대로로 이루어진 것은 아니다. 가옥과 가옥 사이의 골목길도 셀 수 없이 많고, 사람들이 잘 다니지 않는 길도 의외로 많다. 한이 자리하고 있던 골목도 그런 버려진 길목 중의 하나였다. 두 사람이 나란히 있지 못할 정도로 비좁은 길. 가옥과 가옥이 맞붙어 하루 한 시진도 채 볕이 들지 않는 그런 길. 사람의 이목을 피하는 방법은 의외로 가까운 곳에 있었다.

소문이라는 놈은 정말 빠르다. 아마 지금쯤 무창 사람 중 절반은 자신이 벌인 일을 알고 있을 것이다. 팔 척에 달하는 큰 키와 검은 방갓, 검은 장포, 그리고 사 척 반의 거검. 눈에 띄지 않으려야 않을 수 없는 자신의 모습이 사람들의 이목을 벗어나기 힘들다는 것도 알고 있다. 그가 좁은 담벼락 밑의 어둠 속에 몸을 숨기고 있는 이유였다. 간간이 지나가는 사람들도 있었지만, 인기척없는 어둠 속을 확인하려 들여다

볼 만큼 한가한 사람은 없었다. 한은 밤의 적막과 세상의 어두움과 사람들의 무관심 속에 완벽히 몸을 숨기고 있었다.

'…네 번째……'

한의 눈빛은 방갓의 살들 사이로 보이는 한곳을 주시하고 있었다. 제법 높은 담장과 그 위로 보이는 지붕들. 굳게 닫힌 대문은 자신을 바라보는 한에게 다가서지 말라 경고하고 있는 듯했다. 한은 말없이 그곳을 바라보고 있었다.

'이제 넷이 남는다……'

한은 기다리고 있었다. 오가는 사람들의 그림자가 사라질 때를, 장원 위로 덮이던 어둠이 더욱 짙어지기를. 누군가의 비명이 적막을 찢고 나와도, 누구도 자신의 그림자를 찾지 못할 그때를.

한의 시선이 제법 멋들어지게 써진 현판에 닿아 있었다. 읽을 수는 없었지만, 무엇이라 쓰인 것인지는 알 수 있었다. 초가장이라 불리는 그곳에 원수가 있다는 것도.

"이곳만 손보면 되겠어."

"음, 암동 안쪽에 기관을 좀 심어놓을까?"

"아니, 그쪽은 지반이 약해서 기관을 놓기가 힘들어. 그리고 눈에 띄는 곳이야. 그쪽에 기관이 있다는 것을 들키면 그 뒤에 놓은 함정이 들키기 쉽지."

두 청년은 넓은 지도 한 장을 바라보며 대화를 나누고 있었다. 문사건을 두른 청년이 지도의 한곳을 짚으며 말했다.

"여기는 아무래도 다시 계산해 봐야겠어. 수맥과 연결되어 있어 수압으로 기관을 돌리기로 했었지만……"

“흠… 수로가 너무 넓게 흐르는 것 때문에 그러냐?”

“응. 무창은 덥기로 유명한 곳이잖아. 만에 하나 수맥이 마르기라도 한다면…….”

수많은 선과 도형들. 글자보다 숫자가 더 많은 이상한 도면을 바라보며 두 사람은 머리를 맞대고 있었다. 한참을 생각하던 모용준이 미간을 누르며 고개를 들었다.

“아이고… 아무래도 오늘은 그만 하고, 내일 생각해 봐야겠다.”

피곤에 지친 목소리. 그를 바라보던 모용정도 도면에서 눈을 떼며 모용준의 말에 답했다.

“그러자. 어차피 착공은 사흘이나 남았으니.”

벌써 한 달째 이런 식이었다. 자정 전에 눈을 감아본 적은 손에 꼽을 정도였고, 제대로 휴식을 취한 것이 언제인지 가물거린다. 암로와 기관을 설계하는 일은 생각보다 많은 고민을 필요로 하는 것이다. 고작 오십여 장도 되지 않을 암로와 여섯 개의 기관을 설치하는 일이었지만, 그것이 백 년 이상 작동되게 하려면 이만한 노력은 당연한 것이었다.

모용세가의 기관은 교묘함과 그 수명이 오래기로 유명하다. 근 백 년 이상의 수명을 보장하는 기관이니 그 기초가 얼마나 탄탄해야 할지는 굳이 설명할 필요도 없다. 작다면 작은 공사. 고작 암로 하나와 기관 몇 개를 설치하는 일이지만, 백 년을 기약하는 공사이니 은자 일만 냥이라는 돈을 아까워하는 이는 아무도 없었다.

“정리하고 눈 좀 붙이도록 하자, 내일도 할 일이 많으니.”

모용준이 탁자 위에 놓여 있던 도면들을 정리하기 시작했다. 방 안 가득 널려 있던 도면을 모아놓으니, 한 덩어리의 서책 정도에 불과한 크기로 줄었다. 모용준은 그 도면들을 침상 옆에 있던 철궤에 담았다.

보기에도 묵직해 보이는 철궤는 세 개의 자물쇠로 잠기고 나서야 입을 닫았다. 모용세가의 보안은 철저하기로 유명했고, 그것은 그들이 자랑하는 금고 제작 기술에서도 큰 힘을 얻고 있었다.

"휴우… 내일은 전각 뒤편의 설계를 다시 보도록 하자. 담장도 좀 더 높여야 할 것 같고……."

"거참, 무슨 무가(武家)도 아니고, 이 작은 장원에 기관이라니… 배보다 배꼽이 크다고 해야 하나?"

모용정의 농에 모용준이 웃으며 답했다.

"알면 알수록 위험만 커지는 법이다. 우리는 그들이 원하는 대로 만들어주기만 하면 돼. 모두들 그걸 원하는 것이고."

자리에 누우며 들린 모용준의 목소리를 끝으로 더 이상의 인기척은 들리지 않았다. 그들이 소란에 놀라 눈을 뜬 것은 고작 반 시진이 흐른 뒤였다.

초가장의 담장을 넘어드는 그림자가 있었다. 담을 따라 두 명의 장한이 번을 서곤 있었지만, 구름이 달빛을 삼켜 버린 지금 어둠 속에서 그들의 이목을 피하는 것은 그리 어려운 일이 아니었다. 소리없는 움직임. 팔 척 장한의 움직임이라고는 믿어지지 않을 정도의 은밀한 움직임이었다.

'저곳인가?'

한의 눈이 한곳에 향해 있었다. 장원의 곳곳에 밝은 횃불이 늘어서 있었다. 그 횃불들이 비치고 있는 곳에는 제법 많은 양의 목재와 흙이 쌓여 있었다. 장원의 내부가 밝은 이유는 그런 자재를 노리는 도적의 침입을 막고자 한 듯했다. 어찌 되었든 함부로 움직이기는 힘든 상황.

게다가 전각의 입구에는 두 명의 무사가 서 있었다. 제법 형형한 안광을 뿌리는 무사들. 부딪친다면 시끄러워질 뿐이었다. 한은 품에서 한 장의 서찰을 꺼내어 들었다. 한의 손에 들린 것은 한 사람의 중년인이 그려진 초상화였다.

'여기까지다… 원수……'

한은 그 사내의 모습을 각인시킨 후 다시 품으로 서찰을 접어 넣었다. 그리고 깊게 숨을 들이마셔 마음을 진정시켰다.

'인간임을… 잊어라.'

주문과 같은 한마디. 한의 뇌까림이 끝나던 그 순간, 한의 눈에서 새파란 살광이 뿜어져 나왔다. 바닥을 찬 한의 신형이 나뭇가지를 밟고 전각의 지붕 위로 날아올랐다. 작은 소음에 놀란 무사들이 달려왔지만, 그 순간 한은 이미 전각의 지붕 위를 달리고 있었다. 한과 무사들이 전각의 위와 아래에서 서로 교차하고 있었다.

"허억! 허억!"

"아흐흑~"

금침 위에서는 한 쌍의 남녀가 거친 격랑을 타고 있었다. 침상 위에 머리를 처박고 있는 여인의 뒤로 사내의 허리가 세차게 움직이고 있었다. 여인의 입에서는 쉬지 않고 흐느낌이 흘러나왔고, 사내는 그런 여인의 고통스러워하는 교성에 운율이라도 타는 듯 허리의 움직임을 맞추어가고 있었다.

"하~ 대인, 제발~ 제발……"

자세히 보니 여인이 아니었다. 아무리 많이 봐줘야 열다섯 이상은 보아주기 힘든 여아였다. 침상에 흩어진 앵혈의 흔적이 여아의 처녀성을 증명하고 있었다. 여아의 눈에 흐르는 눈물은 보이지도 않았다. 그보다는 사내의 전신에서 흐른 육수가 더욱 진해 보였다.

"이년, 입… 다물어라. 허억, 허억. 네 아비가 은자 뱉어내는 꼴 보기 싫으면. 허억, 허억……."

여아는 돈에 팔렸다. 사내는 여아의 아비에게 돈을 지불했다. 살기 위해 자식을 파는 일 따윈 흔한 일이었다.

"아악!"

여아의 몸이 세차게 뒤틀렸다. 하나 사내는 고통스러워하는 여아의 몸부림 따위는 안중에도 없었다. 절정에 다다르고 있는 찰나에 그런 여아의 몸부림은 더욱 큰 쾌감을 불러올 뿐이었다.

"허어억!"

사내가 진저리를 쳤다. 모든 동작이 정지했고, 사내의 얼굴에 희열의 표정이 떠오르고 있었다. 그리고 바로 그 순간, 내실의 문이 두 조각나며 그것이 들이닥쳤다.

우당탕!

"헛?! 누, 누구냐!!"

사내가 재빨리 몸을 뒤로 빼며 소리쳤다. 하나 사내는 아무것도 볼 수 없었다. 어두움 속에서 달려드는 또 다른 어두움. 그것이 검은 옷의 사내라는 것을 깨달은 것은 심장에 불로 지지는 듯한 통증이 일고 난 다음이었다.

푸우욱!

"커… 헉!!"

사내의 입에서 고통에 찬 외침이 터져 나왔다. 심장을 꿰뚫은 그것은 달려오던 여력 그대로 사내를 밀어붙였다. '퍽' 하는 소리와 함께 사내의 몸이 벽에 부친힌 다음에야 천천히 검이 뽑혀져 나왔다. 문이 열리고 그사이로 날아든 검이 심장을 관통한 후 사내가 바닥에 쓰러질 때까지, 말 그대로 찰나지간의 일이었다.

우당탕.

사내의 몸이 바닥으로 허물어졌다. 그 모습을 바라보는 한의 눈에는 아무런 감정도 없었다.

'…이제 넷이 남았다.'

한은 아무런 미련도 없다는 듯 몸을 돌렸다. 그의 눈에 이불을 뒤집 어쓴 채 떨고 있는 그것이 보였다. 한이 한 걸음 다가가자 이불 속에서 두려움 가득한 외침이 터져 나왔다.

"아무것도 못 봤어요! 나는 아무것도 못 봤어요!!"

여아는 이불을 뒤집어쓴 채 미친 듯이 외쳐 대고 있었다. 그것만이 살길이라는 듯한 행동이었고, 실제로도 그것만이 살길이었다.

한은 그런 여아의 모습을 바라보다가 뒤돌아섰다. 설혹 자신의 얼굴 을 보았다 하더라도 여아를 죽이는 일 따위는 하지 않았을 것이다. 하 나 문 앞을 막아서고 있던 두 명의 무사는 달랐다.

"이놈, 감히……."

"차아앗!!"

두 개의 검이 한을 향해 날아들었다. 한은 피 묻은 검을 들어 그들을 맞아갔다.

'죽어도 되는 자들.'

검을 든 자는 죽어도 된다. 한은 그렇게 배웠다. 남을 죽이기 위해 검을 든 자들이니 다른 이의 손에 죽어도 억울할 것이 없다. 한 역시 그 말을 가슴에 새긴 지 오래였다. 원수만 갚고 난다면… 죽어도 여한이 없다.

휘이잉!

거대한 검이 내실의 공기를 갈랐다. 좌우에서 비집고 들어오는 검을 피하며 사내들의 하체를 쓸어갔다. 운신의 폭이 좁은 내실이었다. 사내들이 검을 피하자 공간이 생겼다. 좌우로 갈라진 두 사람. 한에게는 두 마리 토끼일 뿐이었다.

부우웅!

"차아앗!"

위로 쳐올려진 거검을 사내의 검이 맞받아 쳐갔다. 그것이 악수였다. 사내의 패착은 상대에 대해 몰랐고, 상대의 무기도 몰랐다는 것이었다.

챙!

맑은 소리와 함께 사내의 검이 허공을 갈랐다. 한 손으로 검을 휘둘러 막기엔 날아든 거검에 담긴 여력이 너무나 강맹했다.

푸화학!

검을 놓친 무사가 살아남길 바란다면 그것은 욕심이다. 한에게는 그런 자를 살려둘 만한 자비심도 없었으며, 그럴 만한 여유도 없었다. 사내의 복부가 갈라지며 한 무더기의 내장이 쏟아졌다. 한은 그 모습을 확인하지도 않았다. 뒤에서 날아드는 검도 자신의 복부를 가를 수 있었으니.

카강!

몸을 돌려 검을 막은 한이 검과 검이 부딪친 채로 사내를 압박했다. 검 대 검의 힘 대결. 한이 밀고 나가는 대로 검을 마주한 사내는 뒷걸음질칠 수밖에 없었다. 원래대로라면 서너 걸음 후에 몸을 내빼며 다시 격돌해야 했겠지만, 한과 무사가 격돌하던 곳은 사방 삼 장의 내실이었다.

다다다닥!

"크으윽!"

무사는 한의 신력에 밀려 연신 뒷걸음질을 치고 있었다. 그냥 뒤로 밀리는 것이 아니라 달음박질치듯 뒤로 밀려가고 있었다. 그리고 그 질주의 끝은 너무나 가까이에 있었다.

퍼어억!

"커헉!"

한의 손속은 잔인했다. 한은 밀고 나가던 여력 그대로 무사를 벽으로 밀어붙여 버렸다. 자신의 검을 막고 있던 무사의 검과 함께. 무사의 가슴에 모로 비틀린 열십자의 자상이 새겨져 있었다. 무사의 검과 자신의 검으로 새긴… 한이 떨어져 나왔음에도 무사는 쓰러지지 않았다. 우측 갈빗대에서 좌측 어깻죽지까지 검을 쥔 모습 그대로 박혀 버린 장검. 욕지기가 치밀 정도의 참상이었지만 한의 시선은 여전히 무감하기만 했다. 부들거리던 침상에선 아무런 요동도 없었다. 기절이라도 한 것인지 여아는 움직일 줄 몰랐다. 한은 실내를 한 번 돌아보곤 전각을 빠져나왔다.

전각의 이곳저곳에서 사람들이 몰려드는 소리가 들렸다. 시간을 너무 지체했다. 불과 숨 몇 번 고를 시간도 지나지 않았건만… 한은 다급히 신형을 날리며 장원의 담장으로 향했다. 또 하나의 원수를 갚았으니 이제는 사라져야 할 시간이었다. 한데, 달려나가던 한이 장원의 담장을 향해 발을 구르려던 그 순간, 기묘한 기계음과 함께 한의 어깨로 무엇인가가 박혀들었다.

슈슈슉!

퍼억!

발을 구르려던 한이 그 여력을 감당치 못하고 바닥을 굴렀다. 하나 한은 이를 악물고 구르던 신형을 급히 바로 세우며 검을 들었다. 살을 찢는 통증과 함께 어깨에 꽂힌 것이 무엇인지 확인할 새도 없었다. 등 뒤로 날아든 화살과 같은 그 무엇. 위험한 물건이었다.

"거기 서라!"

한의 앞에는 삼 장 정도의 거리를 격하고 두 사람이 서 있었다. 한 사람은 검을 빼 들고 있었고, 또 한 사람은 이상하게 생긴 원통을 들고 있었다. 사내들에게보다 그들이 들고 있던 원통에 먼저 시선이 갔다.

'저것인가?'

자신을 향해 구멍이 열려는 것을 보면 저 물건에서 화살이 발사된 것 같았다. 물론 그것이 모용세가의 기관 장치 중 하나인 철마시(鐵摩 矢)라는 것을 알 도리는 없었다. 저것의 이름보다는 기척도 없이 자신의 어깨에 구멍을 낼 만큼 위험한 물건이라는 사실이 중요했다.

"검을 버리고 무릎 꿇어라! 그렇지 않으면 벌집을 만들어주겠다!"

모용준이 제법 노한 목소리로 호통을 치고 있었다. 그의 곁에는 모용정이 검을 뽑아 든 채 함께하고 있었다. 어찌 된 영문인지는 모르지만, 초가장에 자객이 난입했다는 것은 알 수 있었다. 활짝 열려진 전각의 문에서는 비릿한 피 냄새가 진동을 하고 있었고, 무사들이 죽임을 당할 때 내지르던 비명은 귀를 막는다고 듣지 못할 성질의 것이 아니었다.

시간을 너무 지체한 모양이었다. 모용준과 모용정의 뒤로 초가장의 사람들이 달려오고 있었다. 저마다 칼과 몽둥이를 들고 나온 모습. 한의 눈에 조소가 걸렸다.

'저들 중엔… 무사가 없다.'

제법 살기등등하게 서 있는 모습들이었지만, 정작 초가장의 인물들 중에는 무공을 익힌 사람이 없었다. 초가장의 무사는 아까 죽은 두 명이 전부인 모양이었다. 한의 눈빛이 차가워졌다. 그는 포위된 것이 아니라 양 떼 속에 갇힌 한 마리 범이었다.

"가, 가까이 오지 마라! 어서 칼을 버리고……."

모용준의 목소리가 조금 떨리고 있었다. 한 걸음씩 다가오는 사내의 모습이 횃불의 영역 안으로 들어서고 있었다. 어둠 속에서는 볼 수 없었던 모습. 사내의 장대한 기골과 함께 서슬 퍼런 거검이 확연히 눈에 들어왔다.

'젠장… 철마시는… 일회용이란 말이다!!'

모용준의 계책은 수포로 돌아가고 있었다. 철마시는 단 한 번만 발사할 수 있는 기관이었다. 기관의 특수성 때문이기도 하였고, 오랜 수명을 위한 설계상의 난해함도 원인이었지만, 어찌 되었든 사내의 발걸음을 막을 방법으로는 더 이상 쓸모없는 물건이었다.

"물러서라… 모용세가의 이름이 두렵지도 않느냐!"

옆에서 보고 있던 모용정이 보다 못해 악을 쓰듯 외쳤다. 검과는 인연이 없는 모용정이었다. 기관과 진식을 공부하기만도 벅찬 시간에 검법을 수련할 시간이 어디 있었겠는가? 저 무시무시한 사내의 검을 받아낼 재간 따위는 지니지 못했었다. 그나마 믿을 것이라고는 가문의 후광. 무가로서는 제대로 대접도 받지 못하는 모용세가였지만, 그래도 그들에게는 그것이 마지막 희망이었다. 한데… 사내의 발걸음이 멈춰섰다.

‘어? 뭐야? 진짜 모용세가를 두려워하는 건가?’

모용정의 엉뚱한 생각과는 달리 한의 눈에는 기광이 머물렀다.

‘모용······.’

한은 사내들을 노려보고 있었다. 꿰뚫린 어깨가 욱신거렸지만, 그는 무슨 생각을 하는지 미동도 하지 않고 있었다.

그것은 초가장의 사람들이나 모용정, 모용준 형제도 마찬가지였다. 사내의 일거수일투족을 두려운 눈빛으로 바라보기만 할 뿐, 감히 달려들어 명을 재촉할 이는 없었다. 그것은 사내의 신형이 담장을 넘어 사라질 때까지도 마찬가지였다. 그가 사라지고 한참이 지나서야 철마시를 들고 있던 모용준이 그 자리에 주저앉고 말았다.

“하··· 죽는 줄 알았다······.”

그의 말을 듣고 있던 모용정이 장난기가 지워진 목소리로 입을 열었다.

“맞아··· 정말 죽을 뻔했다.”

모용정의 목소리에 모용준이 고개를 들었다. 그리고 그의 쌍둥이 형이 바라보고 있는 곳으로 시선을 옮겼다. 피비린내가 자욱이 고여 있던 전각 안. 벽에 못 박힌 듯 서 있는 시신이 그들의 시선을 잡아끌고 있었다. 검을 안고 서 있는 듯한 모습. 그는 자신들을 호위하기 위해 세가에서 함께 온 호위 무사였다.

무창에서 일어난 또 한 번의 살인 사건. 희생자는 초가장의 가주 초왕기(招旺氣)와 모용세가의 호위 무사 두 명이었다.

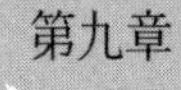

第九章

구양, 잊혀진 천하제일가

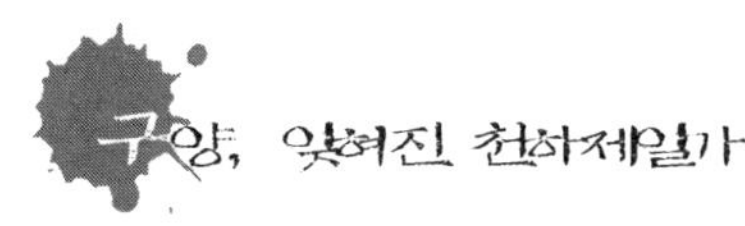

"**구**양문이 누구죠?"

장안호는 모용상아의 목소리를 듣고 나서야 상념에서 깨어날 수 있었다. 자신을 바라보며 답을 구하고 있는 눈동자. 장안호는 잠시 생각을 정리하고 나서야 모용상아에게 답을 줄 수 있었다.

"구양문은 구양세가의 마지막 생존자다."

"마지막… 생존자?"

장안호는 씁쓸한 미소를 지었다. 한 세가의 멸문. 부자가 망해도 삼 년을 간다 하지만, 구양세가는 근 이백여 년간이나 명맥을 유지해 왔다. 가전의 절기가 사장된 가문이 강호에서 이백여 년간이나 그 이름을 이어왔다는 것은 강호의 상식으로는 쉽게 이해하기 어려운 일이다.

"사가들이 전하길, 이백여 년 전 장성(長城) 너머 새북(塞北:만리장성

이북. 현재의 내몽고)에서 한 사람의 기인이 중원으로 넘어왔다고 했다. 새북에서 온 자이지만 한족임이 분명했기에 처음 그가 중원에 출현하였을 때는 아무도 그를 이상히 여기지 않았다. 한데 그와 시비하던 중원의 한 고수가 일패도지하자 그의 무명이 널리 알려지게 되었고, 그것을 지켜보던 사람들의 입을 통해 구양수(歐陽秀)라는 이름이 천하 각지로 퍼져 나가게 되었다. 그의 소문을 들은 강호의 인물들 중, 그와 무공을 겨루어보기 위해 찾아 나선 자들이 적지 않았다고 한다. 하나 찾아 나선 자들 모두 그의 무공에 미치지 못하였고, 점차 그의 이름이 높아만 가니, 그를 불편해하던 몇몇 대문파에서도 그가 중원으로 걸음한 진위를 알아보기 위해 제자들을 보냈다 한다. 한데 의기양양했던 대문파의 제자들조차 그의 검 앞에 무릎을 꿇으니, 사람들은 그를 새북의 강자라 부르며 두려워했다. 강호인 일백을 꺾고 나자 천하에 그의 위명을 듣지 못한 자가 없었으니, 소림과 무당에서조차 그를 감히 경시하지 못하고 장문인에 버금가는 고수를 보내어 그의 신위를 확인케 하였다. 소림과 무당의 고수들은 그와 검을 맞대지는 않았으나 사흘 밤낮에 걸친 논검 끝에 그가 새북과 새외(塞外:만리장성의 서부. 현재의 서장자치구. 신강 자치구)의 무공을 집대성한 강호의 일대종사임을 인정하였다. 그 후 그는 하남의 천중산(天中山)이란 곳에 터를 잡고 자신의 이름으로 가문을 일으키니 그곳을 일컬어 구양세가라 하였다……."

장안호는 눈을 반개한 채 자신의 기억 속에 있던 구양세가의 이야기들을 읊어가고 있었다. 강호인이라면 누구나 꿈꾸는 이야기. 칼 한 자루 들고 일어서 자신의 힘만으로 가문을 일으켜 세운 절대 강자의 이야기는 장안호의 늙어버린 가슴에도 한 줌 불씨를 던져 놓고 있었다.

"그 후 구양세가는 천하인들의 도전을 모두 뿌리치고 어느 누구도 넘보지 못할 철옹성을 건설했다. 그리고 사람들은 구양수를 천하제일인으로 추앙하였고, 구양세가를 일컬어 천하제일세가라 부르기를 주저하지 않았다.”

“그런 가문이 있다는 이야기는… 금시초문이에요.”

모용상아가 어리둥절한 표정으로 장안호를 바라보았다. 주변의 누구도 그녀의 앞에서 구양세가라는 이름을 입에 담지 않았다. 천하제일이라 추앙받았던 가문이었건만. 물론 그것은 그녀의 잘못이 아니었다. 장안호는 그 이유를 설명해 주고 있었다.

“듣지 못한 것이 당연할지도 모르겠구나. 구양세가는 이미 사라지고 없으니. 초대 가주인 구양수와 그의 장남인 구양뢰(歐陽雷)를 끝으로 구양세가의 무공은 절전되고 말았다.”

“절… 전이요?”

모용상아는 눈을 동그랗게 뜨며 되물었다.

“그래, 구양세가를 천하제일가로 만들어주었던 구천무예(九天武藝). 구양뢰를 끝으로 그것을 익힌 자가 나오지 못했다.”

가전의 무공을 익힌 자가 없다면 그것은 없는 것이나 마찬가지다. 아무리 고절한 무공이 있으면 무엇 할까? 익히고 펼치지 못한다면 그것은 휴지 조각에 다름없었다. 하나 비급은 결코 휴지 조각이 될 수 없었다. 그것이 무공을 잃어버린 구양세가의 이름을 이백여 년이나 지속시킨 이유였다.

“한 오십여 년 전까지만 해도 구양세가의 이름을 모르는 이는 없었다. 비록 그들의 성세가 회복하기 힘들 정도로 땅에 떨어졌다고는 하지만, 구천무예라는 것이 가지는 매력은 쉽게 잊혀질 수 없는 것이었지. 비급을 노리는 자들도 있었지만, 그들은 비급을 노리는 또 다른 자들의 손에 제압당하는 형국이었다. 식객이라는 이름으로 구양세가 머물고 있는 자들. 구양세가는 그들과 힘겨운 줄타기를 하고 있었던 거지. 호랑이로 호랑이를 막는다. 물론 암암리에 그들의 뒤를 봐준 문파들도 있었다. 구양세가에 머물고 있던 식객 중 절반이 소림과 무당의 속가제자들이었다는 것은 이미 비밀이라 할 수도 없는 것. 그들의 문파에서 구천무예가 다시금 강호에 퍼지는 것을 저어했기 때문이기도 했고, 구양세가의 일거수일투족을 감시하고자 한 면도 있었지만… 결국 구양세가는 사라지고 말았다.”

장안호가 안타깝다는 듯 탄식했다. 한 가문의 멸문. 외부의 압력도 아니었고 힘의 부재도 아니었다. 스스로… 그들은 스스로 사라져 갔다.

“익힌 자가 없었으니 오의가 전해지지 못했고, 오직 초대 가주가 남긴 비급만이 구천무예의 전부였다. 비급이 사라진다는 것은 구양세가가 사라짐을 말하는 것과 같았지.”

“그렇다면…….”

모용상아가 조심스레 입을 열었다. 옆에 있던 설기룡은 조용히 눈을 감았다.

“오십여 년 전의 어느 날, 구천무예의 진경이 사라져 버렸다.”

강호의 비사 한 자락이 펼쳐지고 있었음에도 그 이야기를 듣고 있던 용호는 아무런 표정의 변화가 없었다.

“어디로 어떻게 사라졌는지는 모르지만, 진경은 감쪽같이 사라지고 말았다. 이후의 결말은 예정된 수순. 모두 떠나갔다. 구천무예의 수호자를 자처하던 이들도 모두 떠나갔고, 그들을 비호하던 대문파의 제자들도 하나둘 구양세가를 떠났다. 구양세가에 남은 것은 구양세가의 마지막 생존자였던 구양문뿐이었다.”

구양문이란 이름이 나오자 모용상아의 눈이 용호에게 향했다. 용호는 그럴 줄 알았다는 듯 어깨를 으쓱하며 입을 열었다.

“맞습니다. 제가 말한 구양문이 바로 그 사람이지요.”

“그럼 혹시 그 구양문이란 분이 생존해 계신가요?”

“죽었습니다. 몇 해 전에…….”

용호가 뒷말을 흐렸다. 하나 너무나 자연스러웠기에 아무도 그것을 눈여겨보지 않았다.

“이상하군요. 이미 오십 년 전에 멸문한 가문. 그런 가문에 문하로 들어갔다는 것 자체가…….”

석연치 않은 점을 깨달은 모용상아의 말에 용호가 입가에 미소를 걸며 말했다.

“그들은 구양세가의 문하가 아닙니다. 구양문의 문하죠.”

“네?”

모용상아는 물론 설기룡조차 이해할 수 없다는 눈빛을 보였다. 구양세가의 문하가 아니고 구양문의 문하다?

“구양세가는 오십 년 전에 완전히 멸문했습니다. 그 후 구양문은 강호를 떠났고, 죽기 직전까지… 그러니까 대략 오십여 년 가까운 세월을 학당의 훈장으로 지냈습니다. 물론 구양의 성을 버린 채 말이지요.”

장안호조차 들어보지 못한 이야기였다. 구양세가의 멸문, 그리고 그 마지막 생존자의 최후. 강호에 몸담고 있기에 입 안이 쓸쓸해짐은 어쩔 수가 없었다. 힘없는 자의 최후. 남에 일이 아니었다.

모용상아는 미간을 찌푸리며 생각을 정리하고 있었다. 복잡한 이야기. 구양세가가 멸문당하고 마지막 생존자였던 구양문은 신분을 숨긴 채 살아왔다. 그럴 수 있다. 아니, 그럴 수밖에 없었을 것이다. 구천무예가 사라졌다는 사실을 믿지 않는 사람도 있을 수 있다. 그를 보호해 줄 사람도 없다. 숨어 살았다는 것은 쉽게 납득할 수 있었다. 한데 그의 문하였던 사람들이 하나둘 죽어나간다는 것은…….

“그럼, 흉수는…….”

“생각하시는 그대롭니다, 소저.”

용호의 미소가 짙어졌다. 정답을 알아맞힌 서동을 칭찬하는 훈장의 눈빛과도 같았다.

“흉수는 구양문의 정체를 알아낸 겁니다. 그리고 어떤 이유에선지 그와 관련된 자들을 하나씩 죽여 나가고 있지요. 그 이유는 알 수 없지만, 어렴풋한 추측은 가능하지요.”

“…구천무예의 비급.”

장안호가 씁쓸한 한마디를 내뱉고 있었다. 비급을 노린 살인, 아니면 비급과 관련한 무언가를 위한 살인. 어떤 이유인지는 알 수 없지만, 비급과 관련된 일이라는 건 누구라도 쉽게 짐작할 수 있었다.

“그것이 제가 그놈을 쫓는 이유입니다.”

사람들의 시선이 용호에게 향했다. 웃음기는 이미 지워진 지 오래였다. 용호의 눈에는 한 가닥 노기가 자리하고 있었다.

“왜 그랬는지… 그걸 알고 싶은 겁니다. 도대체 어떤 이유가 있으면 그렇게 잔혹한 살인을 할 수 있는 것인지…….”

사람들의 마음에 한 가닥 동요가 일고 있었다. 용호라는 자. 관원이면서도, 강호라는 낯선 세계에 뛰어들면서까지 범인을 쫓는 자. 그는 흉수의 행적에 분노하고 있는 것이었다. 그 분노가 그를 이곳 무창까지 인도한 것이었다.

밤이 깊어질수록 황학루로 오르는 사람들의 발걸음이 뜸해지고 있었다. 하나 황학루의 소란스러움은 오히려 해가 있을 때보다도 더했다. 풍류를 즐긴답시고 오른 자들치고 맨정신으로 황학루를 찾는 자가 없었다. 혹 맨정신으로 올랐다 하더라도 어느새 늘어난 미희들을 보니 맨정신으로 내려가기는 힘들어 보였다. 황학루에 가득 찬 사람들의 목소리가 일행의 집중을 흐리고 있었다.

"자리를 옮기도록 하지요."

설기룡이 씁쓸한 마음이 가시지 않은 목소리로 말했다. 장안호는 용호를 한 번 바라보고는 모용상아에게 눈길을 건넸다.

"괜찮으시다면… 이야기를 조금 더 듣고 싶군요."

용호는 속으로 쾌재를 불렀다. 이유야 어찌 되었든 모용상아라는 소저는 자신이 쫓는 자와 연결이 되어 있었다. 설혹 연결되어 있지 않다 하더라도 분명 많은 것을 알아낼 수 있는 여지가 있었다. 그것을 알아내기 위해 그녀의 호기심을 자극했다. 구양세가, 구양문, 구천무예… 그와 연관되어 있지 않다면 관심을 보일 리 없었을 것이다. 모용상아는 관심을 보이고 있었다. 그와 관계되어 있다는 간접적인 시인이었다.

"그러시지요."

용호의 말을 마지막으로 사람들은 황학루를 내려왔다. 어둠이 내려앉은 지 이미 오래건만, 거리는 무창이라는 이름에 걸맞는 화려함과 부산함을 자랑하고 있었다.

일행의 걸음이 다시 멈춘 곳은 대로에서 조금 벗어난 한 객잔이었다. 강변에서 그리 멀리 떨어져 있지 않음에도 한적함을 느낄 수 있는 그런 곳이었다. 간단한 안주와 술을 시킨 일행은 못다 한 이야기를 마저 듣길 원했다. 하나 용호는 고개를 저었다.

"죄송하지만, 황학루에서 한 이야기가 대외적으로 할 수 있는 이야기의 전부입니다."

장안호는 용호의 말을 듣고 생각했다. 이 사내는 원하는 것이 있어 자신들을 찾아온 것이었다. 얻을 것이 있으니 찾아왔을 터이고, 더 이상의 대화를 거부하는 듯한 행동은 자신이 원하는 것을 내놓으라는 무언의 시위라고 생각했다. 그리고 그 생각이 자기 혼자만의 생각이 아님을 깨달았다.

"일문일답. 하나를 대답해 주시면 하나를 대답해 드리죠."

모용상아의 목소리는 어느새 차분히 가라앉아 있었다.

일문일답은 일견 평범한 대화 방법의 하나였다. 하나 지금과 같은 상황에서라면 참으로 적절한 방법이라 할 수 있었다. 황학루에서 동요하던 모습은 온데간데없었다. 장안호는 마음 한편이 뿌듯해짐을 느끼면서도 또 한편으로는 아쉬움이 들었다.

'많이 자랐구나. 이제는 한 사람 몫을 하는 데 충분해 보이는구나.'

모용세가는 다른 세가들에 비해 남녀의 차별이 적었다. 무가라는 곳이 워낙 남녀 구분이 모호한 면이 있긴 했지만, 모용세가는 그런 무가들 중에서도 특히나 그런 경계가 불분명했다. 여인이 가문의 대를 이어도 작은 소란 정도로 끝나지 않을까 생각될 만큼. 그만큼 모용가의 여인들은 머리가 좋았다. 모용세가에 있어 커다란 힘이 될 수 있었고, 실제로도 그런 여인들이 적지 않았다. 장안호는 철부지로만 알았던 질녀가 한 사람의 세가원으로 탈바꿈하고 있음을 깨달을 수 있었다. 자신이 늙었다는 사실과 함께.

"흥미로운 제안이로군요."

"받아들이신 것으로 알겠어요."

용호는 생각보다 일이 쉽게 풀려가고 있다 생각했다. 황학루에서 단호히 대화를 거절하던 모용상아의 모습, 쉽사리 정보를 얻을 수 있을 것이라 기대하지 않았건만…….

"먼저 말씀해 보시지요, 소저."

"먼저 피해자들이 구양문의 문하라는 것을 알게 된 경위가 궁금하군요. 용 대인이 말씀하신 대로 그는 신분을 숨긴 채 오십 년을 살아온 사람. 범인이 그 사실을 알았다는 것도 의외지만, 용 대인이 그 사실을 알고 있다는 것도…….."

어찌 들으면 대단히 실례되는 질문일 수 있었다. 물론 범인이 구양문의 정체를 알았을 거라는 것은 가정이었다. 하나 용호가 그 정체를 알고 있는 것은 가정이 아니었다. 자신이 알고 있는 진실을 바탕으로 범인에 대한 가정이 세워진 것이다. 장안호와 설기룡의 시선이 용호에게 향했다.

"그리 의외의 질문은 아니군요. 그리고 답해 드리기 곤란한 질문도 아니고. 단, 이 사실을 외부에 알리지 않겠다는 약조가 필요하지만 말이지요."

"약조하겠어요. 절대 누설하지 않겠어요."

모용상아는 고개를 끄덕이며 약조했다.

"그 사실은 피해자의 신원 확인 과정에서 우연히 알게 된 것이지요. 죽은 세 사람 중 정추강의 집을 수색하다가 한 장의 서신을 발견하게 되었습니다. 평범하기 그지없는 서신이었지만, 옛 스승에게서 온 그

서신에는 분명 구양문이란 이름이 적혀 있었습니다.”

“이해가 되지 않는군요. 그럼 구양문이란 사람이 그 문하생들에겐
자신의 원래 신분을 밝혔다는 뜻인가요? 오십 년간의 은거를 위협받을
지도 모르는데?”

‘호오? 요것 봐라?’

용호는 모용상아의 날카로운 질문에 흠칫 놀랐다. 대게 이런 식으로
대답해 주면 절반 정도는 수긍하고, 나머지 절반 정도의 사람은 의문을
품기도 한다. 물론 약간의 시간을 두고. 용호는 눈앞의 여인을 조금 높
이 사기로 했다, 아주 조금.

“물론 그것을 그대로 믿은 것은 아니지요. 처음에는 구양문이란 사
람이 누군지도 몰랐으니까. 하나 작은 단서는 아니라 생각했기에 수하
들을 시켜 그 서신을 역추적시켰습니다. 서신에 남은 전달자를 수소문
했고, 확인한 내용이지요. 그 외중에 다른 피해자 두 명 역시 그 사람
에게서 수학했다는 것을 확인했고.”

모용상아는 수긍하지 않았다. 이미 자신의 신분을 숨긴 지 오십여
년이나 지난 사람이다. 수하들이 찾아가 확인을 하였다고? 누구에게
무엇을 확인하였다는 말인가? 하나 모용상아는 더 이상 질문하지 않았
다. 방법을 따지고 싶었던 것이 아니라 진실을 알고 싶었던 것이니까.
적어도 그들이 구양문의 문하였다는 것은 사실인 것 같았다.

“좋습니다. 이젠 제 차례군요.”

‘표정을 보아하니 더 묻고 싶은 것을 참은 듯하군. 적어도 진실과
거짓 정도는 구분할 수 있다는 것이겠지.’

용호의 눈이 모용상아에게 향했다. 하나 그의 시선은 장안호와 설기
룡 역시 시야에 포함시키고 있었다. 그들도 자신의 대답에 완전히 수

궁한 것 같지는 않았다. 하나 모용상아와 마찬가지로 깊게 파고들고 싶어 하지는 않는 듯했다.

"그는 어떻게 생겼습니까?"

모용상아의 눈이 조금 놀라 크게 떠졌다. 그를 만났느냐 물어올 줄 알았다, 그게 순서였으니까. 한데 이 사내는 그런 순서를 생략시켜 버렸다.

'이미… 알고 있어. 내가 그와 만났다는 사실은 이미 확인한 게 분명해.'

모용상아의 안색이 안 좋아졌다. 용호는 용모파기를 물어보는 것이었다. 용호라는 사내는 그가 검은 옷과 검은 장포를 둘렀고, 큰 거검을 소지했으며 검은 방갓으로 얼굴을 숨기고 있다는 것을 알고 있다. 그의 질문은 그의 얼굴 생김을 말하는 것이었다.

"…어두워서 잘은 못 봤지만……."

모용상아는 조심스레 입을 열기 시작했다. 용호라는 사내가 쉬운 상대가 아니라는 것을 깨달았다. 자신이 한 말 한마디로 두세 개의 사실을 유추할 수 있다는 것을 인정했다. 조심스러웠다.

"얼굴은 각진 편이고… 눈은 매와 같이 매섭지만, 그 안은 참으로 깊고 잔잔해… 편안한 기운을 느낄 수 있습니다. 콧날이 높고, 입술은 굳게 다물어져… 고집이 엿보이긴 하지만, 그보다는… 굳세 보이고, 강인함이 뚜렷이 나타나는… 그런 모습입니다."

모용상아는 조심스럽게… 너무나 조심스럽게 그의 인상착의를 말하고 있었다. 하나 마지막 말을 마치고 주위를 둘러보고 나서야 자신의 실수를 깨달을 수 있었다.

"허… 허허, 참으로… 인물을 설명하는 방식이 독특하시군요."

듣고 있던 용호마저도 조금 어이없어하는 눈치였다. 모용상아는 자신이 했던 말들을 더듬어보고 나서야 얼굴을 붉혔다.

‘아… 이를 어째.’

설기룡의 얼굴이 조금 상기된 채 굳어져 있었고, 장안호 역시 모용상아를 바라보며 이상하다는 듯한 표정을 짓고 있었다. 모르는 이가 들었다면 연모하는 님의 모습을 표현했다 생각될 정도로 조심스러운 표현들. 긴장이 불러온 결과였지만, 조심스러움이 지나쳐 공경으로까지 보이는 말들이었다.

“제, 제가 뭘 잘못했나요?!”

모용상아는 벌게지려는 얼굴을 억지로 참으며, 도리어 큰소리를 쳤다. 민망한 것이야 어쩔 수 없는 일이었지만, 어찌 되었든 수습은 해야 했으니.

“아, 아니다. 뭐… 딱히 잘못한 것은 없구나…….”

장안호도 무안함을 털어버리려는 듯 모용상아의 시선을 피했다. 하나 그런 어색한 분위기에 찬물을 끼얹는 목소리가 있었다.

“잘못한 부분은 없지만… 잊으신 것이 있으신 것 같군요.”

용호의 목소리에 놀란 모용상아의 시선이 다급히 움직였다. 자신을 바라보며 웃고 있는 용호의 모습. 격의 없어 보이는 웃음이었지만, 모용상아에게는 충격으로 다가온 미소였다.

‘설… 설마?’

“소저께서 잠시 잊어버리셨다고 생각하지요. 그가 벙어리라는 사실을…….”

모용상아의 입은 무창을 뒤덮은 초여름의 더위 속에서 얼어붙고 있었다.

*　　　　*　　　　*

　어깨에서 흐르던 피는 이미 멎어 있었다. 관통당한 어깨가 간간이 쓰라려 왔지만, 그에게는 장포에 난 작은 구멍만큼이나 작은 상처일 뿐이었다. 한이 모습을 드러낸 곳은 무창 강변의 한 제방 아래였다. 일단은 가지고 있던 금창약으로 상처를 대충 치료했다. 의원을 찾아야 할 만큼 큰 상처도 아니었고, 온 동네 소문을 내고 다녀도 될 만큼 한가한 상태도 아니었다.

　'날이 밝기 전에 무창을 떠난다……'

　원래 계획대로였다면 아침나절, 느긋한 발걸음으로 뱃전에 올라도 될 일이었다. 초가장에서 마주친 두 명의 무인이 변수이긴 했지만, 어쨌거나 그들도 그의 발목을 잡지는 못했다. 오히려 그의 발목을 잡은 것은 어리숙해 보이던 두 명의 서생이었다. 스스로 모용세가의 사람들이라 했으니 서생이란 말이 맞지 않을지도 모르지만, 어찌 되었든 그들로 인해 계획을 바꿀 수밖에 없었다.

　'…모용… 정말 더 이상 만나고 싶지 않은 이름이군……'

　피식 웃음이 새어 나왔다. 자신의 검로를 멋대로 바꾸어 버린 것이 이것으로 벌써 두 번째. 어둠 속에서 담장을 넘었더라면 자신을 알아볼 자는 아무도 없었을 것이다. 그들이 쏜 화살만 아니었다면… 수십 명의 증인을 만들 일 따위는 없었을 것이다. 서둘러야 했다. 아침이 오고 나면 너무 늦는다. 자신을 본 자들이 있으니 기찰도 심해질 것이다. 흑룡채와의 문제도 나름대로 마음에 걸렸다. 그들도 자신을 찾고 있을 것이 분명했다. 여러모로 무창은 위험했다. 두려운 것은 아니었지만,

귀찮은 일은 사양하고 싶었다. 한은 고개를 돌려 강변을 바라보았다. 조금 떨어진 선착장에 몇 척의 배가 정박해 있었다. 십중팔구, 무창을 떠나는 배들일 게다. 동으로든 서로든.

한은 자리에서 일어섰다. 날이 밝기 전에 배 안으로 숨어들어야 했다. 다음 일은 무창을 빠져나간 후 고민해도 늦지 않았다. 어디로 갈 것인지, 누구를 죽일 것인지.

*   *   *

"사람 일은 아무도 모른다더니… 정말 재미있지 않습니까?"

용호는 뭐가 그리 좋은지 연신 싱글벙글하고 있었다. 장안호와 설기룡, 대들보를 붙들고 욕지기를 하고 있던 모용상아까지 설마 그와 이렇게 다시 마주치게 될 줄은 꿈에도 몰랐다.

객잔에서의 대화는 그렇게 끝이 났다. 용호는 자신이 원하는 것을 얻어내고는 자리를 털고 일어서 버렸다. 범인의 용모파기. 그가 원하는 것은 그것뿐이었다. 외형이나 체구, 병기나 기타 사항들은 이미 무창에서 만난 파락호들에게서 모두 건져 낸 후였다. 그들 중에는 용호 객잔 근처에 있었던 자도 있었고, 금화장을 지나던 자들도 있었다. 한이 벙어리라는 것도 이미 알고 있었다. 설기룡이 직접 나와 가패의 앞에서 사정 이야기까지 했었으니……. 문제는 그의 인상착의. 우습게도 그의 검은 방갓 밑의 얼굴을 본 자가 없었다. 대신 그 얼굴을 본 자가 누구인지 말해 준 자가 있었다. 용호가 설기룡과 모용상아에게 접근한 것은 당연한 일이었다.

한데, 이건 또 무슨 운명의 장난이란 말인가? 이른 아침 인근의 관아에 들렀더니 간밤에 일어난 살인 사건 이야기가 그를 기다리고 있었다. 흥수는 검은 방갓을 쓴 흑의인. 반가워 미치는 줄 알았다. 게다가 사건이 일어난 곳이 바로 모용세가가 찾아온 무창의 바로 그곳이란다. 재미있었다. 이야기가 정말로 재미있게 돌아가고 있었다.

"보자… 증인들이 많으니 시반 따위는 확인할 필요도 없고… 사후강직이 이렇게나 두드러지다니… 제법 이름있는 무인이었나 보군요."

용호의 말에 장안호가 고개를 끄덕였다. 일반인보다 배는 단단하게 굳은 시체. 시신이 단단하다는 것은 평소의 건강 상태를 가늠하는 척도와 같았다. 그의 경험상, 시신은 무인이었다. 가슴에 좌우 사선의 긴 자상을 입은 채 죽은 이. 분명 자신과 함께 무창으로 온 유강(劉鋼)이란 자였다. 모용세가의 무사이지만, 외부에서 영입된 외당의 무사였다.

"흠……."

용호는 다른 두 구의 시체를 확인하고 나서야 자리에서 일어섰다. 무창 관아의 포쾌들이 아무 말도 못하는 것을 보면, 이미 상부에서 어떠한 언질이 있었던 모양이다. 포쾌들은 용호가 고개를 끄덕이고 나서야 시신들을 수습하기 시작했다.

"그놈이 맞군요."

"확실한 것이오?"

"물론입니다. 그의 앞을 막아섰다던 저 두 사람이 살아 있다는 것만큼이나 믿기 힘든 일이긴 하지만……."

용호의 시선이 모용상아와 함께 있던 두 사람의 청년을 가리켰다. 모용정과 모용준은 잠을 설친 탓인지 보기에도 안쓰러울 정도로 핼쑥해져 있었다. 모용상아는 그런 그들과 밝지 않은 표정으로 대화를 나누고 있었다.

"정말 그 사람이 그렇게 생겼었어?"

"허, 거참. 넌 몇 번이나 말해 줘야 믿을 테냐? 검은 방갓! 검은 장포! 말도 못하게 큰 검! 휴우… 정말 꿈에 볼까 겁나는 모습이니까 계속 상기시키지 말아다오……."

모용준이 부르르 떠는 시늉까지 해가며 앓는 소리를 냈다. 모용상아의 눈이 모용정에게 향했지만, 그 역시 별다른 이야기를 해줄 것은 없었다. 그런 그들의 등 뒤로 용호의 목소리가 들려왔다.

"오랜만에 만나서서 그런지, 할 말씀들이 많으신 모양입니다?"

"아… 별로……."

모용상아가 흠칫 놀라며 한 발 물러섰다. 그런 그들의 틈 사이로 용호가 입을 열었다.

"두 분 중 어느 분이 그 흉수의 어깨에 화살을 쏘셨습니까?"

"쏘기는 제가 쐈지만, 화살이 아니라 철마시라는 물건입니다."

"아, 그러시군요. 혹시 그 철마시라는 것에 독이 발라져 있지는 않았습니까? 아니면 화살촉이 특별해서 상처를 잘 아물지 못하게 하는 효능이라던지……."

용호의 물음에 모용정이 고개를 저으며 말했다.

"아니오, 독이 발라져 있지는 않습니다. 그리고 철마시는 촉이 없습니다."

"흠… 그렇다면 그의 걸음을 늦추지는 못했다는 말이군요. 어쩌면 벌써 무창을 빠져나갔는지도 모르겠는걸……."

용호가 아쉽다는 표정으로 혼잣말을 중얼거렸다. 하나 이내 주위에 있던 포쾌들을 불러 몇 가지 지시를 내리기 시작했다. 얼핏 들으니 곳곳에 방을 붙이고 기찰을 강화하라는 이야기인 것 같았다. 다른 사람들이 보기에도 당장은 그것밖에 할 일이 없어 보였다.

"이것 참… 안타깝게 되었습니다. 하필이면 흉수의 손에 기술들이 변을 당하였으니……."

장안호의 안색은 딱딱하게 굳어져 있었다.

"그자가 노린 것이 초가장의 장주가 확실하오?"

"글쎄요… 그거야 더 조사해 봐야 알겠지만, 일단은 초왕기를 노렸다고 보는 것이 맞겠지요."

"그럼… 초왕기 역시……."

"글쎄요… 저는 그렇게 짐작하고 있습니다만……."

장안호와 용호의 대화 내용을 짐작치 못한 사람은 모용준과 모용정뿐이었다. 모용상아와 설기룡은 용호와 장안호가 초왕기라는 사람 역시 구양문의 문하였을 것이라 짐작하고 있음을 알 수 있었다. 지금까지의 일들을 알고 있는 사람이라면 누구라도 그렇게 생각했을 것이고.

"증거를 찾을 수 있겠소?"

"이런 일은 역탐을 해보는 것이 가장 빠릅니다. 초왕기의 과거를 되짚어 나가다 보면 분명 어느 곳에서는 현실과 엇갈린 곳이 나오지요. 어찌 보면 이것은 초왕기가 그의 문하였느냐는 것보다, 그의 몇 번째 문하였느냐를 따지는 작업입니다."

"몇 번째? 그럼, 당신은 이미……."

장안호의 눈에 작은 놀람이 일었다. 용호는 아차 하는 표정으로 고개를 젓고 있었다. 하지만 그의 눈에 걸린 미소는 그것이 절대 실수를 한 것이 아니라 말하고 있었다.

"이런, 수사상의 비밀을… 하하, 죄송합니다. 더 이상은 알려 드릴 수가 없군요."

"으음……."

장안호는 눈꼬리를 매섭게 치켜뜨고 있었다. 아무리 관원이라고 해도, 명색이 강호의 명숙 소리를 듣는 자신에게 이따위 장난질을 칠 수는 없다. 그런 장안호의 불편한 심정은 다른 이들이라 하여 못 느낄 리 없는 것이었다. 하나…

"잠시 이야기 좀 합시다."

장안호는 용호의 대답도 듣지 않고 성큼 걸음을 옮겼다. 사람들은 그 모습에 다소 어리둥절해했지만, 당사자인 용호는 그런 장안호의 뒤로 유유자적하게 걸음을 옮기고 있었다. 사람들의 시야를 벗어난 곳까지 간 장안호가 굳은 목소리로 입을 열었다.

"원하는 게 뭐요."

"무슨 말씀이신지……?"

용호가 능글맞은 웃음을 지으며 장안호의 물음에 반문했다. 하나 뒤이은 장안호의 말에는 그도 감히 쉽게 답할 수가 없었다.

"…이제는 나의 일이오."

장안호의 목소리에는 단호함이 깃들어 있었다. 외부에서 영입한 무사라고는 하지만, 어찌 되었든 모용세가에 적을 두고 있던 사람들이었다. 그것도 자신과 함께 세가를 나왔던 사람들. 그런 사람들이 객지에서 비명횡사를 하였다. 분명한 모용세가의 문제였다. 용호는 그를 바라보며 잠시 시간을 끌고 있었다. 하나 그것 역시 그의 계산 하에서 비롯된 것이었다.

"좋습니다. 그렇게 여기신다니… 한 가지만 약조해 주신다면 제가 알고 있는 사실을 모두 말씀드리도록 하지요."

"무엇을 약조해 주면 되겠소?"

용호의 시선이 잠시 전각 앞에 모여 있던 사람들에게 향했다. 모용상아와 설기룡, 모용준, 모용정 형제가 잔뜩 불편한 표정으로 이야기를 나누고 있었다. 그들을 바라보며 용호가 입을 열었다.

"모용준, 모용정 형제 분들은… 거의 무공을 익히지 않으셨더군요."

"……?"

장안호는 느닷없는 모용 형제의 이야기에 의아해하고 있었다. 하나…

"저들은 죽었어야 했습니다."

"뭣이?"

장안호의 입에서 작은 노성이 튀어나왔다. 하나 되돌아온 용호의 눈은 그런 노성에 개의치 않고 자신의 판단을 쏟아내고 있었다.

"저들이 살아 있어야 할 이유가 없습니다. 하나… 저들이 살아 있다면… 그것에는 분명한 이유가 있을 것이란 생각이 드는군요. 그저 운이 좋았다는 핑계가 아니라……."

용호의 눈은 다시금 사람들에게 향해 있었다. 정확히 말하자면, 그 사람들 속에 있던 한 여인에게.

'설명할 순 없지만… 그 이유가 너라는 것은 확실해. 내기를 걸어도 좋아.'

그는 모용상아를 바라보며 미소 짓고 있었다. 그는 냄새를 맡고 있었다, 그와 그녀 사이에 존재하고 있는 희미한 흔적의 냄새를.

'…도와달라고?'

걸음이 멈췄다. 한편으론 어이가 없고, 한편으론 노기가 일었다. 하나 그런 감정들만으로 그의 제의를 걷어차 버리기엔 그가 말한 이야기들이 허투루할 내용이 아니었다.

"제 제의는 간단합니다. 그를 잡는 일을 도와주십시오."

"…이유가 뭐요."

"저 혼자서는 그자를 잡지 못합니다. 무창에 와서 확실하게 깨달았지요."

의외의 일들이었지만, 많은 것을 생각하게 만드는 일들이었다. 흑룡채라는 수적의 무리 서른 명을 하룻밤 새 없앨 정도의 잔혹하리만치 고강한 무공. 도움을 바라는 첫 번째 이유였다.

"시신은 많은 것을 말해 주지요. 특하나 오늘처럼 살해당한 지 만하루가 지나지 않은 시신은 더욱더. 관부에서는 금창(金瘡:창, 칼 등에 의한 자상)을 절창(切創), 자창(刺創), 할창(割創)의 세 가지로 나눕니다. 절창은 매우 예리한 것에 베인 상처. 자창은 날카롭고 뾰족한 것에 의한 상처, 할창은 면이 넓은 병기에 의한 상처. 절창은 예리한 만큼 베이는 면이 적고, 할창은 베이는 면이 넓어 치명적인 상처이기는 하나 예리함이 절창보다 떨어져 베어진 단면이 투박하지요. 한데… 이자는 할창이면서 절창만큼 예리한 흉터를 남겼습니다. 흉수의 무기가 천하에 이름난 보검이거나 검기 이상의 경지에 다다른 고수라는 뜻이지요."

"검기를 다룰 정도의 고수?"

흥미로운 이야기였고 썩 기분 나쁜 이야기는 아니었다. 용호의 말처럼 흉수가 검기를 다룰 수 있는 자라면, 결코 쉽게 볼 수 없다. 검기라는 것을 형(形)을 가진 기운의 발산이다. 그만한 경지의 고수는 어지간한 군소방파에서라면 한 손을 채우기도 힘들다. 자신에게 도움을 청한다는 것은 자신의 무공을 그만큼 높이 사고 있다는 뜻. 기분이 나쁠 리가 없었다.

"저 혼자의 힘으로는 그자를 잡지 못합니다. 더욱이 지금은 한시라도 빨리 그자의 뒤를 쫓아야 하는 상황. 장 대협이 도와주신다면 그자와 대면한다 하더라도 충분히 승산이 있다고 봅니다. 다급한 마음에 드리는 제의이니 거절치 말아주십시오."

"그것뿐이오?"

"물론 아니지요. 음……."

말하기를 주저하는 용호의 모습에 오히려 장안호가 신기하다는 듯한 반응을 보였다. 지금껏 한 치의 빈틈도 보이지 않았던, 얄미울 정도로 계산된 반응만을 보였던 용호였기에 장안호가 느끼는 이질감은 그 깊이가 더했다.

"이건 제 개인적인 생각이니, 오해하지 마시길 바랍니다."

"말씀해 보시오."

마지막으로 한발을 더 물러섰다. 용호가 하려는 말이 무엇인지는 몰라도 장안호의 호기심을 증폭시키는 데에는 충분해 보였다. 그리고 장안호의 노기를 순화시키는 데에도.

"저는 모용 소저가 의심스럽습니다."

"뭣이?! 그게 무슨 소린가!!"

장안호는 얼굴이 붉어질 정도로 노기를 드러내고 있었다. 그 목소리가 얼마나 컸는지, 멀리 떨어져 있던 모용상아 일행의 시선이 단박에 그들에게 향했을 정도였다. 하나 용호는 태연히 고개를 가로저었다.

"…제 말은 아직 끝나지 않았습니다."

그 태도가 너무나 태연했기에, 금방이라도 검을 뽑을 것처럼 노기를 뿜어내던 장안호도 크게 한숨을 몰아쉬며 그의 다음 말을 기다렸다.

언제든지 검을 뽑을 수 있다는 듯, 두 눈에 노기를 품은 채로.

"말씀드렸다시피, 제 개인적인 생각입니다. 아까 말씀드렸었지요? 모용정, 모용준 형제는 죽었어야 했다고. 그 생각에는 아직도 변함이 없습니다. 그들은 충분히 죽을 수 있는 자리에 있었고, 그는 충분히 죽일 수 있는 시간이 있었습니다. 세 사람이 대치하고 얼마 뒤 사람들이 몰려들고 나서야 그가 달아났다고 했지요? 그 얼마라는 시간… 두 사람의 수급을 취하는 데에는 충분한 시간이라 생각이 되는데… 제 생각이 어떻습니까?"

"계속… 이야기해 보시오."

맞장구쳐 줄 마음도 일지 않는다. 아직 모용상아에 대한 이야기는 나오지 않고 있었으니.

"그가 달아나기 전… 그러니까, 철마시에 어깨를 관통당하고 달아나기 직전의 그 순간까지. 그들이 살 수 있었던 이유가 없었습니다. 단 한 가지만 빼놓는다면요."

"…그게 무엇이오?"

장안호의 노기는 처음의 절반도 채 남아 있지 않았다. 그것은 용호의 이야기를 장안호 자신이 인정하고 있기 때문이기도 하였고, 뒤이을 이야기 역시 자신이 인정하게 될 것이라는 예감이 들었기 때문이다.

"모용정의 마지막 말… 모용세가……."

"……?"

"저는 아직도 황학루에서 모용 소저가 보여준 모습을 잊을 수가 없군요."

깨어진 찻잔, 당황과 경악을 오가던 질녀의 두 눈. 장안호는 반박하지 않았다. 아니, 지금 당장은 반박할 수 없었다. 그 역시 평소와 다른 질녀의 반응을 이상히 여기고 있었는데 무엇을 따져 반박할 것인가.

"모용 소저는 분명 그자와 어떤 식으로든 인연이 닿아 있습니다. 그 인연이 아직 이어져 있는지, 이미 끊어졌는지는 잘 모르겠지만… 적어도 두 사람의 목숨 정도는 살려줄 수 있을 정도의 인연인 것만은 분명합니다. 모용 형제가 죽지 않은 이유… 저는 그 이유를 모용 소저에게서 찾고 싶군요. 이것이 제가 드린 제의의 두 번째 이유입니다."

용호의 입은 가정을 말하고 있었지만, 그의 눈은 확신에 차 있었다. 그리고 장안호는 그 확신을 부정할 수 없었다. 한편으론 어이없고, 한편으론 노기가 일었지만.

장안호의 말에 모두들 놀라고 있었다. 어찌 보면 그리 놀랄 일이 아니었지만 그들은 놀라고 있었다.

"호법께서 직접 그자를 찾아내겠다는 말씀이십니까?"

"그렇네."

설기룡은 쉽게 납득하기 어려웠다. 모용세가의 무인 둘이 죽었다. 원한은 갚아야 한다. 하나 그들은 좋게 말해 외당에 편입된 외부 고수들이고, 조금 나쁘게 말하자면 돈으로 사들인 자들이었다. 물론 그들의 복수를 하지 않아도 된다는 뜻은 아니었다. 그들의 복수를 하겠다고 공언한 이가 모용세가의 호법이라는 것이 문제라면 문제였다.

"일단 세가에 전서를 넣어 추적대를 부르는 것이……."

"아니, 괜히 일을 크게 벌일 필요는 없네. 어차피 초가장에서의 일정이 있었으니, 내가 얼마간 세가로 돌아가지 않는다 하더라도 큰 문제는 없을 것이야. 뭐, 이번 무창행도 바람이나 쏘일 겸 따라나선 것이니, 가주께서도 크게 나무라시진 않을 것이네."

그 말은 맞았다. 무창의 초가장이 무에 대수라고 모용세가의 호법까지 필요했겠는가. 단지 세가 안에서 유유자적하던 노강호의 허파에 봄바람이 들어 겸사겸사 따라나섰던 것뿐이었다.

"본가에서 무사를 차출할 만큼 큰 사단도 아니고, 그들이 도착할 때쯤이면 흉수는 이미 사라지고 없을 터. 가까이에 있는 칼을 두고 어찌 멀리 있는 칼을 들고 오겠는가."

"하나, 아무리 그래도 본가의 호법께서……."

장안호의 말이 논리적인 것처럼 설기룡의 반박도 이치에 어긋나지는 않았다. 무사 둘이 죽었다고 호법이 흉수를 쫓는다? 아무리 좋게 생각해도 모양이 좋지 않았다. 소 잡는 칼로 닭을 잡는 꼴이라고나 할까. 하나 설기룡이 강하게 반박하지 못하는 것도 크게 잘못된 것은 아니었다. 어쩌면 장내의 그 누구보다도 흉수의 무위를 잘 알고 있는 사람이 바로 그였으니까.

'소 잡는 칼만으로 모자랄 수 있다.'

장안호의 의견에 강하게 반대하지 못하는 이유였다. 자신이 지켜본 바가 맞다면, 자신의 눈이 다른 이에 비해 유독 삐뚤어진 것이 않았다면 한은 분명 장안호와 비견될 정도의 고수다. 물론 세가의 호법인 장안호의 경지를 가늠한다는 것이 불경한 일일 수도 있다. 하나 이런 것은 감정에 치우칠 일이 아니었다. 어쩌면 생사를 가름해야 할 일이 벌어질지도 모른다. 냉정하게 판단했고, 이러한 결과를 얻을 수 있었다.

'생사를 가름해? 그는… 사매의 은인이 아니던가?'

설기룡은 화들짝 놀라 생각을 멈춰야 했다. 그의 손속이 잔혹하기는 했다. 한두 명도 아니고 수십 명의 인명을 해한 것도 사실이다. 세가에서 파견된 호위 무사 둘을 죽인 자이기도 하다. 모르는 타인이 듣는다

하여도 손가락질할 만큼 흉악한 자였다. 그럼에도 그는 쉽게 은원의 무게를 저울질하지 못했다.

‘그는… 우리와 다르지 않은가…….’

초가장의 장주가 복수의 대상이었다는 것은 이미 기정사실이 되어 버렸다. 호위 무사들의 죽음? 아마도 그들은 한의 앞길을 막아섰을 것이다. 초가주를 호위한 것은 아니었지만, 어찌 되었거나 눈앞에서 사단이 났으니 보고 있을 수만은 없었을 테지.

‘휴우… 어찌 보면 당연한 결말일지도…….’

설기룡은 어느새 그의 입장에 서 있는 자신을 보게 되었다. 세가의 호위 무사들이 죽은 것은… 사고였다.

‘문제는 누구에게도 이런 생각을 말해서는 안 된다는 거겠지…….’

그래서는 안 된다. 그런 눈치조차 보여선 안 된다. 그는 모용세가의 대제자. 자기 가문의 무사가 죽었는데 흉수를 두둔하는 듯한 행동을 해서는 절대 안 된다. 팔이 안으로 굽어야지, 밖으로 굽어버린 팔은 병신 소리를 들을 수밖에 없다. 안타까웠지만… 현실에서 눈을 돌릴 수는 없었다.

“그럼 용 대인과 함께 행동하시는 것입니까?”

설기룡의 말에 장안호가 고개를 끄덕였다. 모용상아가 눈을 동그랗게 뜨고 설기룡을 바라보았지만, 설기룡은 그런 모용상아의 시선을 외면해 버렸다.

“아무래도 그래야 할 것 같아. 일단, 모두 함께 움직이는 게 어떨까 생각 중이다. 호위 무사들이 죽고 없으니…….”

모용정과 모용준의 행동이 자유롭지 못했다. 호위 무사들도 없는 지금, 백면서생이나 다름없는 두 사람을 따로 움직이게 할 수는 없었다.

물론 꼭 누군가가 그들을 노린다는 장담은 할 수 없었지만, 그렇지 않다는 보장도 할 수가 없었다. 어찌 되었든 그들은 모용세가의 지낭들이었으니까.

"용 대인은 우리의 결정을 기다리고 있다. 너희의 생각은 어떠한지 말해 보거라."

장안호는 모두에게 말하고 있었지만, 모용상아에게 말하고 있는 것과 진배없었다. 설기룡은 반대의 뜻을 비치지 않았고, 모용정과 모용준은 선택하고 말고 할 것이 없었다. 장안호와 함께 왔으니, 장안호가 가는 길을 함께 가면 그만이었다. 문제는 모용상아. 반대할 사람이 있다면 흉수에게 은혜 입은 바가 있는 그녀뿐이었다. 하나 그녀는 반대하지 않았다.

"좋아요. 그렇게 하세요. 단."

역시 쉽게 허락하지는 않았다. 장안호도 그럴 것이라 예상하고 있었다. 은혜가 있다 하더라도 세가의 무사가 둘이나 죽은 이상 막무가내로 반대할 수는 없다는 것을 깨달았을 테니까. 조건도 예상할 수 있었다. 아마도 생포해 달라는 조건을 걸겠지. 하나 장안호는 눈을 크게 뜨며 모용상아의 대답을 확인해야만 했다.

"뭐? 지금 뭐라고 했느냐?"

"그를 사로잡아 자백을 받아내겠다 약조해 주시면 저도 따라가겠어요."

"자… 백?"

장안호는 모용상아의 말에 난감한 표정을 지었다. 흉수가 벙어리라는 것은 이미 모두가 다 아는 사실. 사로잡는 것이야 그렇다 치더라도, 무슨 수로 자백을 받아내겠다는 것인가? 하나 모용상아는 대차게 자신의 생각을 이어나갔다.

"숙부, 설마, 무조건 그의 수급을 취하겠다 생각하신 것은 아니셨겠지요?"

"물론 그야 그렇다만… 하나, 그자는 벙어리라고."

"그건 제가 알아서 할게요. 자백은… 제가 받아내요."

장안호는 쉽게 답을 하지 못했다. 무작정 그러마라고 대답하기엔 질녀의 당당함이 오히려 걸림돌이 되었다. 그녀의 당당함이 자백을 받아내겠다는 의지가 아니라, 그를 살려내겠다는 의지로 비춰진 것은 장안호 혼자만의 느낌이 아니었다.

'사매… 그 정도였느냐?'

설기룡의 심장이 요동을 치고 있었다. 두 눈을 부릅떠 노기 가득한 자신의 마음을 보여주고 싶었지만, 함부로 그러하기엔 보는 사람들의 눈이 너무 많았다.

장안호 역시 씁쓸한 마음에 입을 열지 못하고 있었다. 아무리 외부에서 영입된 무사들이라지만, 엄연히 세가의 일원. 그들의 목숨이 그자의 목숨보다 값어치없을 리 없건만…….

"좋다, 약속하마."

"……."

"용 대인도 국법을 수행하는 관리. 너의 뜻에 크게 반하지는 않을 것이다."

장안호가 용호를 찾아 자리를 떠났다.

함께 있던 네 사람 중 어느 누구도 쉽게 입을 열지 못했다. 장안호는 그런 그들을 남겨둔 채 걸음을 옮기며 생각에 잠겼다.

'그의 말이 옳았던 것인가? 상아와 그자가…….'

장안호는 애써 고개를 가로저으며 상념을 털어내었다. 아직 확실한 것은 아무것도 없었다.

'일단은 용호 그대의 뜻대로 되었다. 나도 그대를 돕기로 했고… 상아도 함께 가게 되었다.'

모용상아의 동행을 원한 것은 용호였다. 장안호는 펄쩍 뛰었지만, 그의 뜻을 거부할 수 없었다. 그녀야말로 흉수를 잡을 수 있는 기회가 될 것이라는 이야기와 그가 내건 또 하나의 제안. 장안호는 그의 제의를 받아들이지 않을 수 없었다. 장안호는 용호를 떠올리며 쓴웃음을 지었다. 도저히 예측할 수 없는 자. 관원임이 분명하지만, 그자의 행동을 보면 일반의 관원이라고는 생각하기 어려웠다. 이미 삼 개 성(省)에 걸쳐 흉수를 쫓았다고 했으니 관부에 몸이 매인 포쾌(捕快)나 순검(巡檢) 따위는 아니었다. 아니, 어쩌면 추관(推官)이나 검찰관(檢察官)일지도 모른다. 추관 정도라면 특별한 경우 범인의 추적을 위해 부주(府州)를 넘나들기도 하니. 하나 그것도 의심스럽다. 무창의 관원들이 그에게 편의를 보여주는 것이 가장 좋은 예다. 원래 각 지방마다 어느 정도의 텃세는 있는 법이다. 그런데 용호는 마치 자기 집 안방 드나들 듯 현장을 돌아다니면서도 단 한 번도 관원들의 제지나 핀잔을 들은 적이 없다. 핀잔이 다 무엇이란 말인가? 그가 내린 지시에 기찰을 강화하고 주변을 탐문하는 충성스런 모습까지 보여준 마당에. 아무리 무창의 포쾌들이 사람이 좋아도 다른 부주에서 온 추관에게 고개 숙일 이유가 없었다.

'그러한 행동에 조심스러움도 없었다. 잘 보고 알아서 판단하라는 뜻인가?'

도저히 용호의 내심을 짐작할 수 없었다. 그는 자신의 말처럼 평범한 관리가 아니었다. 결코 평범하지 않았다.

'일단은 넘어가 준다. 하나… 나와 모용세가를 가지고 놀 생각은 하지 마라. 너의 머리가 얼마나 비상한지는 모르나 내가 몸담고 있는 곳은 모용세가다.'

장안호는 모용준과 모용정을 돌려보내지 않았다. 백면서생이나 다름없는… 어쩌면 추적에 짐이 될지도 몰랐지만, 장안호는 그들을 일행에 포함시켜 버렸다. 용호의 상대역으로.

'네가 건 약조이니… 반드시 지켜야 할 것이다.'

용호가 보이고 있었다. 모든 일이 자신의 뜻대로 될 것이라는 것을 이미 알고 있었다는 듯한 미소를 지은 채, 느긋한 표정으로 장안호를 기다리고 있었다.

第十章
수전

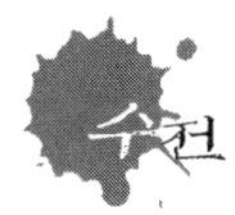

배는 말 그대로 강물을 따라 유유히 흘러가고 있었다. 배 위를 오가는 선원들도 느긋하게 자신의 할 일을 하고 있었고, 뱃전에 나와 있던 승객들도 삼삼오오 짝을 짓고 앉아 이야기꽃을 피우기에 여념이 없었다. 너무나 평화로운… 나른하게까지 여겨지는 평범하기 그지없는 모습이었다.

"어이! 오늘은 출발이 늦었네?"

"어~! 오전에 실을 짐이 많아서~! 이제사 가는 길이야~!"

"어이! 그럼 잘 다녀오게~!!"

강 위를 오가던 두 배가 가까워질수록 뱃전의 사람들은 불안해했지만, 정작 배 위에 있던 선원들은 서로의 안부를 묻기 위해 고래고래 악을 질러야 할 만큼 거리가 있었다. 한 번에 이백여 명을 태울 수 있는 배라면 양자강에서는 제법 큰 편에 속하는 배다. 그런 배 두 척이 금방이라도 부딪칠 듯 스쳐 지나갔으니, 뱃길이 처음인 사람은 두 근 반 세 근 반 뛰는 심장을 붙잡아놓느라 제법 고생해야 했을 것이다.

무창을 떠난 배는 양자강의 물결을 따라 동으로 흘러가고 있었다. 물살이 그리 빠르지 않음에도 무창을 벗어나는 데에는 반나절도 걸리질 않았다. 이대로만 바람이 불어준다면 오전에 축난 시간을 메우는 것 정도는 일도 아닐 거란 선원들의 말도 엿들을 수 있었다.

"이봐, 그 이야기 들었나?"

"엉? 무슨 이야기?"

장사치로 보이는 두 사내가 뱃전에 주저앉아서는 마른 건포를 꺼내 씹으며 입을 열었다. 이대로 해질 무렵까지는 배가 멈출 일이 없으니, 건포로라도 허기를 채워놓는 것이 상수라는 것을 오래전에 터득한 사람들이었다.

"아, 그 왜 있잖아, 무창에서 흑룡채랑 칼부림했다는 그 미친놈."

"아! 나도 얘기 들었네. 완전 미친놈이었다면서?"

두 사람의 이야기에 몇몇 사람이 귀를 세웠지만, 아직은 이렇다 할 관심을 보이지는 않고 있었다.

"캬! 거 정말, 하룻밤에 서른 명을 베었다더구먼?!"

"무슨 소리? 염장사 오가가 그러는데 그날 밤에 벤 사람만 오십이라던데?"

"그래? 이햐… 정말 인간 백정이 따로 없구먼."

두 사람의 장사치 주위로 하나둘 사람들이 모이기 시작했다. 물론 두 사람은 그런 움직임에 상관없이 이야기를 계속 이어나가고 있었다.

"아, 글쎄 흑룡채의 부채주, 흑룡조 황달이 몇 번 부딪쳐 보지도 못하고 죽었다지 뭐야……"

"무슨 소리? 염장사 오가가 그러는데 거기 채주인 흑룡왕 가패가 단 일 수에 나가떨어지고 말았다던데?"

염장사 오가라는 자의 허풍에는 당해낼 자가 없을 성싶었다. 하나 사람들의 이목을 끌기에는 충분한 이야깃거리였으니, 자리에 없는 오가만 탓할 일도 아니었다.

"아니, 무창에서 그런 일이 있었소?"

은근슬쩍 다가온 중년인 하나가 말을 건넸다. 그러자 장사꾼들은 더욱 신나 하며 자신들이 들은 이야기를 자랑스레 떠벌이고 말았다.

"아 글쎄, 그런 살귀가 없었다고 합디다. 세상에, 오십 명이 죽었는데 온전히 죽은 사람이 하나도 없었대요. 게다가 흑룡조 황달이란 자는 몸이 두 토막이 났고, 흑룡왕 가패란 사람도 겨우 목숨만 부지했는데……."

사람들은 장사꾼들의 이야기에 치를 떨었다. 듣기만 해도 소름이 끼칠 정도로 흉측스러운 이야기들이 너무도 자연스럽게 흘러나오고 있었다.

"인간 백정이로구먼… 세상이 어찌 되려고 그런 자들이 생겨나는지."

"그러게 말이오. 관아에서는 뭐 하고 그런 회자수(劊子手)가 활개 치도록 내버려 두는 것인지… 쯧쯧."

사람들은 저마다 한마디씩 던져 미친놈 욕을 하고 있었다. 아무리 흑룡채가 수적이라 해도, 하룻밤에 오십 명씩 죽이는 살인귀에게 죽는다면 죽어서나마 동정 어린 시선이라도 받게 되는 모양이었다. 사람들의 목소리는 대부분 바람을 타고 날아가거나 강물 속으로 녹아들어 버렸지만, 몇몇은 갈 곳을 찾지 못하고 사람들이 밟고 서 있던 갑판들의 틈새로 흘러들고 있었다. 그들의 발아래 웅크리고 있는, 인간 백정이라 불리던 살인귀의 귓전으로.

'살인귀… 인간 백정……'

한은 잠에서 깬 지 오래였다. 원래 잠이 많은 성격도 아니었을뿐더러, 무창을 벗어나기 전까지는 제아무리 안락한 침상 위에 누워도 잠을 잘 수 없었을 것이다. 하물며 강물에 흔들리는 배에 몸을 싣고 있다면야. 자신이 말을 할 수 없어서인지, 유난히 청각이 발달해 버린 한이었다. 그런 한의 귀는 머리 위에서 들린 사람들의 목소리를 어렵지 않게 잡아챌 수 있었다. 인간 백정이란 말에도 그의 표정은 덤덤할 뿐이었다.

'어울려… 너에게……'

한은 스스로에게 말하고 있었다. 사람들과의 소통이 단절된 이후, 자기 자신과 이야기하는 일이 잦아졌다. 자기 자신에게는 말할 수 있었고, 자기 자신은 그 목소리를 들을 수 있었으니까.

'회자수… 인간 백정……'

백정이라는 직업은 비천한 직업이었다. 본래 백정이라는 말은 평범한 일반 백성을 이르는 말이었으나, 당금에 이르러서는 가축을 도축하는 자들을 일컫는 말로 바뀌어 예인, 거지와 마찬가지로 천하게 여겨지고 있었다. 그런 백정 중에서도 가장 천대받는 백정이 바로 사람 잡는 백정, '회자수'들이었다. 한에게 붙여진 섬뜩한 외호. 강호인으로서는 최악의 별호를 가지게 된 셈이었다.

'…마음에 드나?'

자신이 자신에게 물어왔다. 비웃는 것 같기도 하고 즐거워하는 것 같기도 했다. 하나 한은 함께 미소 짓지 않았다. 그리고 대답할 가치도 없다는 듯 대답을 던져 놓았다.

'회자수는… 인간이 아니던가?'

그는 인간임을 잊어야 했다. 회자수라는 외호조차 그에겐 너무나 과분했다.

뱃전 위로 노닐던 백구조(白鷗鳥:흰 갈매기)들이 별안간 사방으로 비산하기 시작했다. 무언가 이상한 기운을 느낀 것은 좌우로 스쳐 가던 배들이 보이지 않는다는 것을 확인한 후였다. 이미 배는 무창을 거의 벗어난 상태. 이대로 조금만 더 강물을 따라 이동한다면 무창 관선들의 시야마저 벗어나게 된다. 관군이 미치지 못하는 곳. 바로 동정수로채의 영역이었다. 그리고…

"어? 저 배들은 왜 저러고 있는 거지?"

"이런, 선주님! 동정수로채입니다!"

선원 하나가 다급한 목소리로 선주를 찾았다. 수적을 대하는 일은 당연히 선주의 몫이었으니.

"한데… 저 깃발은 흑룡채가 맞는데, 가운데 있는 구염채(耈鯰寨)의 깃발은……."

제법 장강 밥을 먹은 선원 하나가 이상하다는 듯 입을 열었다. 사람들의 시선은 물결 위로 출렁이는 세 척의 배에 집중되고 있었다. 드넓은 장강을 막아보겠다는 듯 서 있는 세 척의 거선. 고작 세 척의 배로 장강을 막을 수 있을 리가 만무했지만, 적어도 장강을 오가는 배들을 막기에는 부족해 보이지 않았다. 좌우에 포진한 배는 하얀 바탕에 검은 용이 그려진 흑룡채의 기를 달고 있었고, 중간에 포진한 배는 황색 바탕에 검은 메기가 그려진 구염채의 깃발을 달고 있었다. 서로 상대의 영역을 침범하지 않는다는 불문율이 있는 동정수로채였기에 각기 다른 기를 달고 있는 세 척의 배가 더욱 이상히 여겨질 수밖에 없었다.

"뭐, 별일이야 있겠소? 아마 무창에서 날뛰었다던 그 미친놈 잡겠다고 저러는 모양인데."

염장사 오가의 이야기를 사람들에게 들려주던 장사치가 아무 걱정 말라는 듯 손을 휘저었다. 설마 그들이 무창과 이렇게 가까운 곳에서 수적질을 할 리는 없었다. 수채의 창고가 바닥이 나도 관군들 체면이 상하지 않을 정도의 거리는 두는 것이 관례였다. 선원의 외침을 들은 선장이 은자가 담긴 주머니를 꺼내 오는 것이 관례이듯이.

그들이 타고 있던 배는 그리 오래지 않아 그들과 조우하게 되었다. 선주는 그들이 시키지 않았어도, 알아서 수적들의 배 사이로 배를 몰도록 했다. 그리고 그들과의 거리가 가까워지자 돛을 내리라 지시했다. 무저항의 표시였다.

"무창 강접포구의 신 모(愼某)올습니다."

수적들이 던진 갈고리들이 요동치려는 배를 억누르고 있었다. 선주는 배가 완전히 포박당한 것을 확인한 후에야 앞으로 나가 인사를 올렸다. 어느새 자신의 배 위로 올라와 있던 십수 명의 수적들 앞에.

"나는 구염채의 부채주인 여붕(余鵬)이오."

"신 아무개가 장강의 물길을 다스리시는 영웅호걸들께 인사 올립니다."

선주는 자신을 여붕이라 밝힌 장한에게 공손히 예물을 바쳤다. 다분히 가식적이고 의식적인 행동이었지만, 그것이야말로 장강을 오가는 데 필요한 필수 예절이었다.

여붕은 수하에게 눈짓하여 그가 내민 주머니를 건네받았다.

"선주의 아량은 장강을 보살피시는 본 수채의 채주께서도 잊지 않으실 것이오. 한데……."

여붕의 말에 선주는 그제야 고개를 들었다. 굽실거리던 모습은 사라지고 어느새 배를 지휘하는 선주의 모습으로 돌아와 있었다.

"무슨 일이십니까?"

"얼마 전 무창에서 우리 수채의 형제들에게 큰 해악을 끼친 자가 있었소. 그자를 찾기 위해 배를 잠시 살펴보고자 하는데, 허락해 주시겠소?"

과례를 받을 때와는 전혀 다른 모습. 여붕 역시 자신을 신가(愼哥)라 밝힌 선주에게 정중히 부탁했다. 이것이 그들의 예절이었다. 선주는 잠시 뒤를 살펴보고는 고개를 끄덕여 그들의 수색을 허락했다. 적어도 자신이 확인한 바로는 무창의 살인귀와 비슷한 용모를 가진 자가 배에 오른 적이 없었으니.

"수색해라."

몇몇 수적이 배를 돌아다니며 사람들의 얼굴을 확인하기 시작했다. 배에 타고 있던 사람들 중 경험이 있는 자는 알아서 갓을 벗거나 얼굴을 내밀어 확인이 편하도록 해주었다. 거친 손이 얼굴을 매만지는 것보다야 확인하기 편하도록 해주는 것이 조금이라도 덜 기분 나쁜 일일 테니까. 그들이 수색을 하던 와중에도 선주와 여붕은 대화를 나누고 있었다.

"한데, 이런 말씀 드리기 뭣하지만, 구염채의 영웅께서 이곳 무창엔 어인 일로……."

여붕은 잠시 선주를 바라보았다. 선주는 제법 나이가 많아 보였다. 환갑을 넘겼을 것으로 보이지는 않았지만, 그리 오래 걸릴 것 같지는 않았다. 장강에서 배를 모는 사람 중 환갑에 가까운 사람은 몇 되지 않는다. 그들은 장강에서 잔뼈가 굵었고, 수로채의 형편도 충분히 파악하고 있을 것이 뻔했다. 나중에 헛소문이 나는 것보다야 이런 사람에게 이야기해 주어 공연한 소문이 나지 않도록 하는 편이 나았다.

"흑룡채의 채주가 병환 중이시오. 나는 총채주님의 명을 받고 흑룡채의 채주님을 대신해 수로채의 우환을 걷어내기 위해 파견된 것이고."

노선주는 고개를 끄덕였다. 흔히 있는 일은 아니었지만, 이전에도 몇 번인가 있었던 일이었다. 동정수로채는 그 유대가 유난히 돈독하다. 동정호를 중심으로 열여덟 개의 수채가 뭉쳐 있기에 긴밀한 연락은 물론, 상호 간의 지원도 여느 세력 못지않게 빠르고 확실했다. 안휘를 경계로 상해까지 이어진 지역을 주 무대로 삼는 장강수로채와는 질적으로 달랐다.

"배 위에는 없습니다."

한 수적의 보고에 여붕은 고개를 돌려 선주를 바라보았다. 짐칸의 수색을 허락해 달라는 표시였다. 만에 하나 귀한 물건이나 공개하기 꺼려지는 물건이 있다면 선주가 거부할 수 있었다. 사람들은 이러한 관계를 쉽게 이해하지 못한다. 수적은 도적이다. 귀한 물건이 있다면 빼앗는 것이 당연하지 않는가라고 생각한다. 하나 실은 그렇지 않다. 강을 오가는 배에는 선주들이 있다. 그리고 그런 선주들 역시 그들의 연합이 있고. 만에 하나 무턱대고 노략질을 일삼았다간 관병들의 대대적인 토벌을 감수해야만 한다. 그보다는 당장 선주들과 대립하게 된다. 선주들에겐 돈이 있다. 그들이 강호의 무사들이라도 고용하는 날에는 장강에 피가 마를 날이 없을 것이다. 그래서 그들은 묵시적으로 서로를 인정하고 양보할 수 있는 선에서 양보하며 살고 있다. 적당한 수준의 통행료. 서로에 대한 예의. 이것이 그들의 생활 방식이었다. 짐칸의 수색을 허락하는 것은 어디까지나 선주의 몫이다.

"음… 그렇게 하시지요."

선주는 여붕의 청을 수락했다. 공공연히 얼굴 붉힐 필요는 없었다. 그저 서로 원하는 일을 끝내고 가던 길을 가는 것이 서로에게 편한 일이었다. 한데 그의 바람이 틀어져 버리는 외침이 들렸다.

"저, 저놈입니다!"

흑룡채의 수적 하나가 놀라 뒷걸음치며 소리쳤다. 물론 선주의 놀란 눈에 비하자면 어림도 없었지만. 여붕의 눈매 역시 날카롭게 빛나고 있었다. 선실로 이어져 있던 문이 열리며 한 사람이 걸어 나오고 있었다. 검은 방갓과 검은 장포보다 사내의 허리에 메어진 거대한 검이 먼저 눈에 들어왔다. 하루 온종일 오십여 척이나 되는 배를 수색하고 나서야 만난 반가운 얼굴이었다.

"수색을 허락해 주어… 고맙소."

사내의 등장에 놀라 물러선 선주였지만, 여붕은 장강의 예의를 갖추어주는 것을 잊지 않았다. 그 정도 예의는 차려주어야 피로 물든 갑판에 미안하지 않을 테니까.

"나는 구염채의 부채주 여붕이라 한다."

여붕의 말에도 사내는 대답이 없었다. 하나 여붕은 사내의 침묵에도 노하지 않았다. 그가 침묵하는 이유를 이미 알고 있었으니까.

"소문대로 말을 못하는 모양이로군."

여붕은 지금까지의 무표정을 버리고 잔혹해 보이는 미소를 입가에 그려 넣었다.

"잘되었어, 변명 따위를 들어줄 시간이 필요없게 되었으니."

배 위로 넘어오던 수적들의 손에는 제각각 새파랗게 날이 선 병기들이 들려 있었다. 분수자, 분수도, 당파는 물론 물과는 어울리지 않는 대감도까지, 어느 하나 한의 피를 바라지 않는 물건이 없었다. 수적들의 눈에는 원독에 찬 살기가 흘러내리고 있었다. 대부분이 흑룡채의 수적들이었다.

"네놈이 무공으로 흑룡왕을 제압했다고 들었다. 흑룡왕은 동정수로채의 열여덟 채주 중에서도 다섯 손가락 안에 꼽히는 무공을 소유한 사람. 하나… 이곳은 장강의 위. 살귀가 설치기엔 적당치 못하지."

배 위의 사람들은 이미 배의 후미로 모두 물러선 뒤였다. 사방 삼 장도 되지 않는 좁은 갑판 위. 이십여 명의 수적이 한을 포위하고 있었다. 그들이 서 있는 곳은 장강 한복판. 빠져나갈 곳은 없었다.

"이젠 네 차례다. 죽어라, 수귀들의 손에……."

여봉의 말이 끝나자 수적들의 병기가 강바람을 가르고 날아들기 시작했다. 그들의 도광 속에 한의 신형이 파묻히는 것을 보면서 여봉은 잔인한 미소를 짓고 있었다.

'빠져나갈 길 따윈 없다, 수귀들을 모두 물리친다 해도 나까지 뿌리칠 순 없을 테니. 나의 검 역시 동정수로채에서 다섯 손가락 정도에는 들거든…….'

수적들은 당파를 휘두르고 있었다. 이미 한 번 겪어보았던 공격. 하나 뭍 위에서 날아드는 당파와 배 위에서 날아드는 당파는 천양지차였다. 어느새 뽑힌 한의 검이 크게 원을 그려 일차로 날아든 다섯 개의 당파를 쳐냈다. 하나 뭍에서와는 달리 위에서 내려치던 당파는 검을 들어 막아낼 수밖에 없었다. 첫 번째 당파들을 처리하지 못했으니 두 번째 당파를 튕겨내는 것은 허점을 보일 수밖에 없었다. 한은 위에서 떨어져 내린 다섯 개의 당파를 막으며 무릎을 굽히곤, 일어서는 반동으로 당파들을 튕겨내었다. 신속한 반응이었지만, 부러진 당파는 한 자루도 없었다.

'중심을 잡는 것에 신중해야 한다. 내가 밟고 서 있는 것은 무른 흙보다도 못한 널빤지 조각들.'

한이 펼치는 무공은 탄력과 함께 무게 중심이 필수적이었다. 전광석화 같은 반격을 하려면 그런 움직임을 뒷받침할 만한 도약이 필수. 하나 땅이 아닌 배의 갑판이 그런 도약을 견뎌줄지 의문이었다.

'검을 바꾼다.'

다시금 날아드는 당파들을 바라보던 한의 눈빛이 빛났다. 한의 검이 일변한 것도 바로 그 순간이었다.

휘이잉!

섬전 같던 검이 강물을 따라 부유하듯 흐름을 타기 시작했다. 일격에 공세를 무마시키던 이전의 공세가 아니었다. 당파들을 막고 피하는 모습이 한결 가벼워진 듯했다.

'아니?'

여붕의 눈빛이 흔들렸다. 사내의 검이 일변한 것을 그도 느낀 것이다. 사내는 당파들과 어울리고 있었다. 찌르면 막고, 베면 피하고. 자신이 들었던, 처음의 공세에 마주하던 모습과는 전혀 다른 모습이었다.

'보법! 보법이 바뀌었다!'

여붕의 눈은 한의 발을 주목하고 있었다. 여붕의 판단처럼 한은 갑판 위를 누비고 있었다. 일격필살의 기세는 사라지고 없었다. 함께 어울린다는 말이 떠오를 정도로 당파의 공세에 유연히 대처하고 있었다.

'한 사람이 저렇게 상이한 검을 동시에 지닐 수 있다니……'

여붕의 시선을 받고 있던 한의 두 발이 빠르게 앞으로 나아갔다. 당파가 지나간 자리를 비집고 들어간 한의 검이 당파를 휘두르던 한 수적의 하체를 훑고 지나갔다. 검이 변했다 하여 검이 지나간 자리까지 변하는 것은 아니었다.

"끄아악!"

허벅지에서 피분수를 뿌리며 한 수적이 뒤로 누워버렸다.

한은 수적이 사라진 자리의 우측을 파훼해 나가기 시작했다. 당파는 장병기였다. 공세의 선기를 차단하는 데에는 유리하였으나 접근을 허용한 이상 재빠른 대처는 불가능했다. 게다가 그들이 서 있는 곳이 비좁은 배의 갑판 위라면 더욱더.

"크허억!"

"끄르륵."

한이 스쳐 지나간 자리에 남아 있는 수적들은 없었다. 당파를 들었던 수적 중 다섯이 피를 뿌리며 쓰러진 것은 순식간에 벌어진 일이었다. 한의 좌측을 공격하던 수적 다섯이 놀라 배의 측면에 다다른 한에게 당파를 휘둘렀다. 앞에는 당파, 뒤에는 장강. 피할 곳이 없는 상황이었지만, 한은 그들의 기대를 너무나 간단히 무너뜨려 버렸다. 배의 난간을 밟고 도약한 한이 크게 몸을 날리며 내질러진 당파의 위로 몸을 뒤집었다. 미처 회수되지 못한 당파들 중 하나를 밟고 다시금 날아오른 한의 검이 바닥으로 내리 꽂히며 수적들의 수급을 베어나갔다. 현란한 검무를 따라 다섯 개의 수급이 허공을 날고 있었고, 바닥에 떨어진 열 자루의 당파만이 핏물 속에 잠겨 있었다.

"쳐라! 반격할 틈을 주지 마라!"

여붕의 외침에 그의 앞에 대기하고 있던 수적들이 일제히 달려들었다. 십여 명의 수적이 분수도를 휘두르며 갑판을 메워 나갔고, 또 다른 수적들이 이어진 밧줄을 타고 꾸역꾸역 배를 넘어 밀려들고 있었다. 방위 따위를 따질 수가 없었다. 등을 지고 있는 상태에서 좌우의 반경은 고작 삼 장. 한의 시야에는 떼로 밀려오는 수적들의 모습만 가득했다.

'바람을 막는 방법은 없다. 오직 가르고 나아갈 뿐.'

한의 검에서는 주저함이란 것을 찾을 수가 없었다. 그를 노린 수적들이 거센 파도처럼 밀어닥치고 있었지만, 한의 검은 그 파도를 양단한 채 파도 속으로 몸을 날리고 있었다. 한의 검이 종으로 솟구치며 전면으로 다가오던 한 수적의 몸을 양단해 버렸다. 그 참혹한 모습에 달려들던 수적들마저도 두려워 몸을 피할 정도였다. 하나 한은 그들의 주저함을 철저히 이용했다. 수적의 몸이 갈라지자 그 사이로 몸을 날리며 좌우로 난입했던 수적들의 틈을 파고들기 시작했다. 거의 밀집하다시피 공격해 들어오던 수적들이었기에, 자신들과 근접해 있던 한의 검을 피해 달아날 수가 없었다. 한이 지나간 자리는 떨어진 팔다리와 흘러내린 내장들이 쌓여만 갔다. 검의 흔적이 너무도 참혹해 배의 뒤편으로 몰려갔던 사람들 중 그 모습을 제대로 지켜보는 자가 없을 지경이었다.

'세상에… 무창에 살귀가 나타났다는 이야기는 들었지만, 설마 저 정도일 줄은…….'

장내를 바라보던 선주의 이마엔 식은땀이 흐르고 있었다. 육십 가까이 살아오며 별의별 꼴을 다 보고 살아왔지만, 눈앞에 펼쳐진 참혹한 광경은 난생처음이었다. 한 폭의 지옥도라는 것이 어떤 것인지 이제는 알 것 같았다.

'고, 고수다!'

여붕의 눈에도 두려움이란 감정이 생겨나고 있었다. 핏기가 가신 얼굴만큼이나 새하얀 이가 보기 민망할 정도로 굳게 다물려 있었다. 가패가 패했다는 소식을 들었을 때만 하더라도 제법 쓸 만한 자라 생각했었다. 하나 이내 가패의 어리석음을 비웃으며 흑룡채를 지원하는 일을 자원했다. 가패는 멍청하게 놈과 대결을 펼쳤다. 주위에 가득한 수하들이 있음에도 전혀 써먹지를 않았다. 어리석었기에 패한 것이다. 놈의 진을 빼놨어야 한다. 힘들고 지치게 만들어 자신의 검으로 죽일 수 있을 때를 만들었어야 한다. 수하들은… 생각할 필요도 없다. 고수를 지치게 만들 정도의 수하는 얼마든지 있으니.

'흠… 흑룡채를 온전히 접수하기가 쉽지 않겠어.'

여붕의 눈에 살기가 일었다. 자신이 비록 구염채의 부채주이긴 하지만, 평범한 방법으로는 채주라는 자리에 오르기 힘든 상황이었다. 적어도 구염채의 채주는 급살을 맞지 않는 한 십 년 안에는 죽을 걱정을 하지 않아도 좋을 사람이다. 흑룡채라면… 좋은 먹이다. 무창을 구역으로 하는 노른자위 중의 노른자위다. 그런 흑룡채의 복수를 하며 전공을 세운다면… 흑룡채의 다음 채주로 자신이 지목될 수 있다. 물론 가패가 죽는다는 가정 하에서.

'가패는 죽었으니… 저놈만 없애면 흑룡채는 내 것이 된다.'

여붕은 자객을 보냈다. 제법 많은 은자가 들었지만, 호광에서 손꼽히는 자객을 고용했고, 손가락 하나 까닥할 힘도 없는 가패이니, 그를 죽이는 것은 여반장이다.

'젠장… 쉽지 않군.'

몇 명이 죽어나갔는지 세기도 힘들다. 사내가 서 있던 곳에서는 아

직도 피보라가 뿜어지고 있었고, 그런 사내의 주위에 널려진 시신만 해
도 벌써 이십여 구가 넘어 보였다. 그럼에도 수적들은 꾸역꾸역 몰려
들고 있었다. 두 척의 배에 나누어 타고 온 흑룡채의 수적은 근 일백
오십 명. 자신이 데리고 온 구염채의 수적 서른 명까지 합하면 일백팔
십에 달하는 대인원이다. 하나 지금 사내의 모습을 보니 그중 반이 죽
어도 사내를 제압할 수 있다 장담키 어려워 보였다.

'…하는 수 없지.'

수적들이 죽는 것은 문제가 아니었지만, 그래도 제대로 모양을 갖춘
흑룡채를 가지는 편이 나았다. 수하들이 모두 죽고 빈 껍질만 남은 흑
룡채는 구미가 당기지 않으니. 여붕은 고개를 돌려 신호를 보냈다. 구
염채의 배에 타고 있던 사내 하나가 고개를 끄덕이더니 양쪽의 배로
신호를 보냈다. 배 위에서는 아직도 이십여 명의 수적이 한을 공격하
고 있었다. 물론 반 각이나 버틸지 의문이었지만. 여붕은 그들의 모습
을 보다가 몸을 돌려 자신의 배로 건너갔다. 그가 건너가자 신가의 배
를 묶고 있던 밧줄들이 하나둘 풀리기 시작했다.

'놈… 보기 좋게 죽어주었으면 좋았을 것을… 네놈 때문에 애꿎은
사람들이 죽어나가게 되었지 않느냐……'

점점 멀어지던 배를 바라보던 여붕의 입가에 잔인한 미소가 피어올
랐다. 난전이 벌어지고 있던 배와 십 장 정도의 거리를 격하게 되자 미
소 짓던 여붕이 명을 내렸다.

"…가라앉혀."

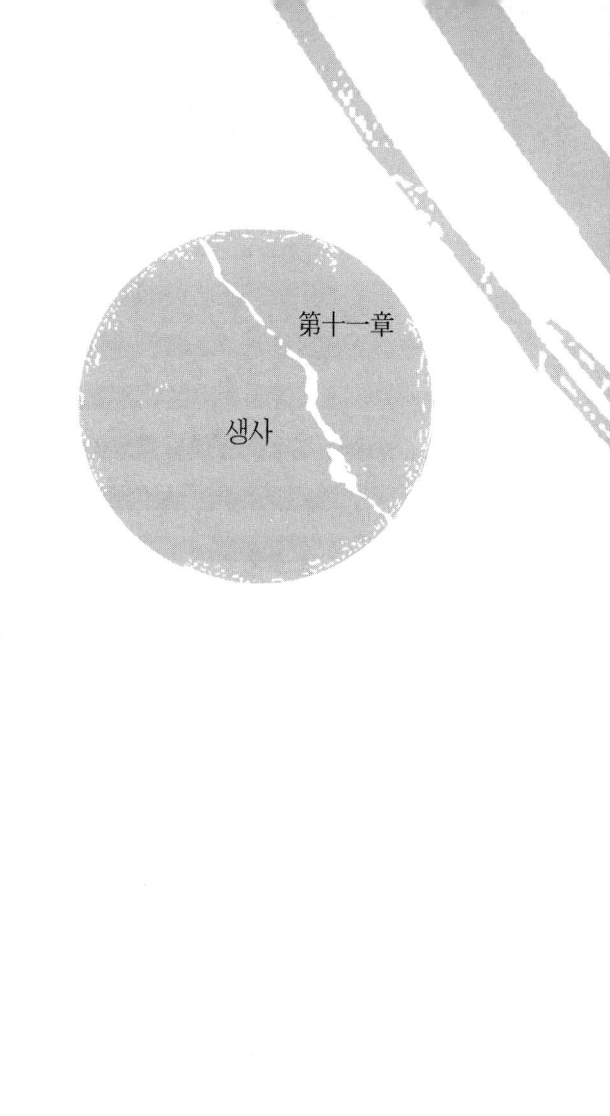

第十一章

생사

한과 수적들이 싸우고 있는 사이, 구염채의 배에서 십수 명의 수적이 물 위로 떨어져 내리기 시작했다.

풍덩!

이번에는 사내들이 떨어져 내린 옆으로 십수 개의 물통들이 떨어져 내렸다. 물 위에 떠 있던 수적들은 그 물통을 메고 헤엄치기 시작했다. 물통을 밀고 나가던 수적들의 몸놀림은 마치 먹이를 향해 모여드는 물고기들처럼 조용하고 조심스러웠다.

한은 다가오는 수적들을 인지하지 못한 채 검을 휘두르고 있었다. 이제 갑판 위에 남은 수적은 고작 열 명 정도. 그들의 눈에는 하나같이 두려움이 짙게 떠올라 있었다. 그러던 한순간 피를 뿌리던 한의 검이 더 이상 움직임을 멈췄다. 수적들은 겁에 질려 뒷걸음질치고 있었고, 한 역시 그들을 쫓지는 않았다. 침묵을 인지하자 그제야 코끝으로 비릿한 혈향이 전해져 왔다.

'…무창은 악연으로 남을 곳이구나.'

한의 눈에는 감정의 변화가 없었다. 가슴속 감정의 변화를 눈으로 드러내지 않는 것이야말로 검을 처음 쥐었을 때부터 귀에 못이 박히도록 들어온 이야기였다. 하나 눈앞의 처참함은 그런 한의 가슴에도 작은 파문을 만들고 있었다. 주저하지 말라 배운 검이었건만…….

'…잡념은 잊자. 죽어달라 하여 죽을 수는 없는 법이다.'

한은 남아 있는 수적들을 훑어보고 있었다. 또다시 덤벼온다면 벨 수밖에 없지만, 솔직한 심정으로는 이대로 달아나 주었으면 했다. 검날이 무뎌졌을 정도로 많은 사람을 베었다. 손끝으로 전해지는 감촉에 검의 무뎌진 요철이 느껴질 정도로 많은 뼈를 갈라냈다. 배의 선두는 쌓인 시체로 가득해 싸울 공간마저 협소해 있었다. 피라면 정말 원없이 본 것 같다. 이제는… 그만 해도 좋겠다 싶을 만큼.

한이 말없이 서 있자 수적들은 서로를 바라보며 의견을 교환했다. 배 위에 널브러진 시신만 마흔 구가 넘는다. 남은 것은 고작 자신들 열 명뿐. 오십 구를 채워줄 마음은 털끝만큼도 없었다. 동료들의 시신을 넘어 배의 가장자리로 물러서는 수적들의 행동이 무엇을 뜻하는 것인지 모를 수가 없었다. 하나 한은 도주하려는 수적들을 그저 바라보고 있을 뿐이었다. 어쩌면 서둘러 달아나라 재촉하고 있는 것일지도 몰랐다. 배의 난간을 붙잡자 그제야 수적들은 마음이 놓이는 것 같았다. 이대로 몸을 날리기만 하면 이 지옥 같은 곳을 벗어날 수 있다는 안도감이 얼굴 전체로 퍼져 나갔다. 그러나…

화르르륵!

"끄… 끄아아악!"

등 뒤로 솟구친 화마에, 난간을 붙잡고 몸을 날리려던 수적 하나가 잡아 먹히고 있었다. 그 수적을 시작으로 배의 사방에서 불길이 치솟아 올랐다. 배의 난간 근처에 다다라 있던 수적들 중 절반이 불길에 휩싸여 갑판을 굴렀고, 나머지 절반은 불길에 휩싸인 채 물 위로 떨어져 내렸다.

"이, 이런, 이놈들이 내 배에 불을……."

선주가 당황해하며 난간에서 물러서고 있었다. 몇몇 승객이 재수없게 불길에 휩싸여 바닥을 뒹굴었고, 몇몇 사람이 그들의 몸에 옮겨 붙은 불길을 잡느라 호들갑을 떨고 있었다. 대부분의 승객들은 겁에 질려 배의 중앙으로 모여들고 있었다. 그나마 그런 와중에도 정신은 있었는지, 피가 흥건히 고여 있는 한의 주변으로는 다가오는 사람이 없었다.

사방으로 치솟던 불길은 배와 장강을 완전히 격리시켜 버렸다. 보이는 것이라곤 온통 시뻘건 불꽃들뿐, 푸른 장강의 물결은 어디에도 보이지 않았다. 구염채의 장기라 불리는 수중화공이었다.

"아악, 어떻게 이럴 수가 있소! 우리는 무고한 양민들이란 말이오!"

"꺄악! 살려주세요!!"

공포에 질린 사람들의 고함 소리가 여기저기서 터져 나왔다. 아수라장. 피와 시신이 가득한 배 위의 전경과 배를 집어삼키려는 듯 붉은 혀를 날름거리는 화마. 사람들의 두려움 가득한 비명이 어우러지며 배는 삽시간에 아수라장이 되어가고 있었다. 한은 그런 아비규환 속에 서 있었다.

'…여붕이라 했던가?

불꽃의 여울 너머로 그의 모습이 작은 점으로 화해 있었다. 자신을 바라보며 비웃고 있을 모습이 눈에 선했다. 한의 눈에 감정이라 불릴 만한 것이 나타나고 있었다.

'…이렇게까지 나를 죽이고 싶은가?

살기. 사십여 명의 수적을 베어 넘길 때도 보이지 않았던 살기였다. 한은 사람을 해치며 살기를 일으킨 적이 없다. 살기란 죽이고 싶어 하는 마음. 한에게는 죽여야 하는 목적은 있으되 죽이고 싶어 하는 마음이 없었다. 인간임을 잊는 작업은 감정을 잊는 것에서 시작한다는 가르침 때문이었다. 살기 역시 마음에서부터 이는 것. 한에게는 복수의 대상 이외의 사람을 죽여야 할 이유도, 미움도 없었다. 오히려 불필요한 마찰은 그 역시 피하고 싶어 했다. 한데… 지금 그의 눈은 살기로 물들어가고 있었다.

'죽고 싶다면… 죽여주지.'

한은 걸음을 내딛고 있었다. 그자의 배와는 이십 장 남짓. 도약 따위로 닿을 수 있는 거리가 아니었건만 한은 움직이려 하고 있었다. 그런 한의 발목을 붙잡은 것은 다름 아닌 사람들의 비명이었다.

"아악! 사람 살려!"

"엄마!"

사람들은 불길 속에서 당황하며 비명을 질러대고 있었다. 이미 배의 후미가 타 들어가고 있는 상황. 내버려 둔다면 배의 상판이 전부 불에 타고 나서야 배가 가라앉게 생겼다. 배 위의 사람들이 모두 불에 타 죽고 난 뒤에야. 한은 잠시 걸음을 멈췄다. 그리고 이내 뒤를 돌아 사람들에게 걸어갔다.

쾅!

"뭐야?! 무슨 소리야!"

갑자기 들려온 굉음에 사람들은 또다시 혼비백산했다. 소리가 들려온 곳. 온몸에 피를 뒤집어쓴 살귀가 거세게 검을 휘두르고 있었다. 살귀의 검이 스칠 때마다, 불타던 배는 요란한 소리를 내며 박살이 나고 있었다. 마치 분노를 못 이겨 마구잡이로 휘두르는 것 같았다.

"저, 저자가?! 죽으려면 저 혼자 죽을 일이지 왜 애꿎은 배를……."

몇몇 사내가 화난 목소리로 한마디씩 내뱉었지만, 감히 그가 휘두르는 검을 막아서지는 못했다. 그러는 사이 갑판과 선실 등이 수백 개의 나뭇조각으로 변해 있었다. 사내는 휘두르던 검을 멈추고 그 나뭇조각들을 바라보았다. 그리고 걸음을 옮겨 이번에는 불길이 치솟고 있는 배의 후미로 향했다. 사람들은 불길을 피해 몰려 있는 와중에서도 몸을 밀착시켜 살귀의 길을 터주었다. 불에 타 죽는 것도 두려웠지만, 사내의 검이 그보다 백배는 더 두려웠으니. 사내는 말없이 걸어가 또다시 검을 휘둘렀다. 불길이 거세게 반항했지만, 사내가 검을 휘두르자 타오르던 나무판자들과 함께 장강으로 날아가 버렸다.

콰지직! 콰직!

가까이서 보니 사내의 거검은 그 살벌한 모습만큼이나 괴력을 뿜어내는 듯 보였다. 장정 허벅지만한 나무들이 반듯하게 잘려 나가고, 한 자는 되어 보이던 갑판들도 일검을 막지 못해 박살이 나고 있었다. 사내의 검에 노기를 느끼지 않는 사람은, 우습게도 사내의 칼에 산산이 부서지고 있던 배의 선주 하나뿐이었다.

'…설마?

사내는 완전히 박살난 배의 후미에서 한 걸음 물러섰다. 그리고 다시 몸을 돌려 걸음을 옮겼다. 사람들이 만든 길을 따라서. 그리고 조용히 선실이 있던 자리에 나 있는 구멍 속으로 들어가 버렸다. 잠시 후

다시 나타난 사내의 등에는, 사라진 장포 대신 봇짐 하나가 매달려 있었다. 사내는 자신들에겐 일별도 하지 않았다. 그리고 잠시 선두의 불길을 바라보다가 전력으로 질주하기 시작했다. 불길이 기다리고 있었지만, 사내의 발은 갑판을 밟고 날아올라 선두의 불길을 가볍게 뛰어넘어 버렸다.

풍덩!

배가 휘청거릴 정도의 도약. 불길을 뛰어넘은 사내는 장강의 물결 속으로 사라져 버렸다. 사람들은 근 이 장여를 도약한 후 불길 너머로 사라진 사내의 모습을 넋을 잃고 바라보고 있었다. 하나 그런 사람들의 고막으로 선주의 고함 소리가 날아들었다.

"죽기 싫으면 아무 널빤지나 잡고 뛰어내리시오!"

선주의 목소리에 사람들은 두려움 속에서도 어이없다는 듯 그를 바라보았다. 도대체 어디로 뛰어내리라는 것인가? 사방이 불꽃인데… 사방이… 그 순간 사람들은 불꽃이 사라진 곳이 있다는 것을 깨달았다. 그리고 자신들의 몸을 의탁할 널빤지가 있다는 것도 함께 깨달았다. 눈치 빠른 장사치 하나가 배의 중앙에 널려 있던 나무판자 하나를 잽싸게 낚아챘다. 그리고 뒤도 돌아보지 않고 배의 후미로 달려나갔다. 그리고 유일하게 불길이 사라진 그곳으로 몸을 날렸다.

풍덩!

사람들은 그제야 선주의 말뜻을 알아챘다. 너도나도 널빤지를 잡기 위해 배의 중앙으로 달려나갔다. 서로 큰 널빤지를 잡겠다고 소리치는 사람들도 있었지만, 부러진 갑판의 조각들은 사람들의 몸을 싣기에 충분한 크기였고, 충분한 양이었다. 사람들이 하나둘 장강으로 뛰어내리기 시작했다. 아이가 있는 사람들은 제법 크게 바수어진 널빤지에 아이를 태웠다. 수십 개의 널빤지가 장강 위에 떠올랐다. 배가 불타고 있던 곳은 장강의 중심. 아무리 헤엄에 능한 자라도 널빤지의 도움이 없이는 살아남기 힘들어 보였다.

"흩어지지 마시오! 가능하면 사람들과 뭉쳐서 이동하시오!"

선주의 고함 소리가 장강의 물결 위로 메아리쳤다. 사람들은 한 떼의 무리를 이루며 장강의 강변으로 헤엄쳐 나가기 시작했다. 마지막으로 선주가 배를 버리고 장강 위로 몸을 날렸다. 선주가 배에서 멀어지고 난 얼마 후, 배는 매캐한 연기와 함께 장강의 밑바닥으로 가라앉아 버렸다. 그 모습을 바라보던 늙은 선주의 노안에는 아쉬움보다는 분노가 자리하고 있었다.

"동정수로채… 네 이놈들……!"

선주는 이를 바드득 갈며 고개를 돌렸다. 일단은 살아야 했다. 살아야 관아에 고발도 하고, 선주들을 연합할 대책도 세울 수 있었다.

늙은 선주의 배를 삼켜 버린 장강은 선주의 노기 따위에는 관심도 없었다. 살기를 흘리며 구염채의 배로 향하는 사내와 그 사내를 맞이하러 나오는 수십 명의 수적이 벌일 싸움이 늙은이의 분노보다는 훨씬 구미를 당기는 일이었다.

평범한 사람은 호흡을 멈추고 백(百)을 헤아리기 힘들다. 무공을 익힌, 토납법을 배운 무인의 경우는 이백 가까이 헤아리기도 한다. 범인들과는 다른 호흡이기 때문이기도 하고, 심폐의 기능이 강화된 까닭이기도 하다. 하나 아무리 심폐의 기능이 강인한 무인이라 하더라도 물속에서라면 이야기가 달라진다. 물이 주는 압력은 평소의 심폐 기능을 절반으로 떨어뜨려 버린다. 평범한 사람은 물속에서 오십을 헤아리기가 쉽지 않고, 강호인이라 하여도 일백을 헤아리기가 어렵다. 장강의 수적들처럼 물에서 나고 자란 이들이 오히려 무인들보다도 자맥질에 능숙하다. 제법 오래 버틴다 하는 자라면 수면의 삼 장 밑에서도 능히 이백을 헤아릴 수 있다. 환경에 적응한 결과다. 장강의 수적들이 바로 그런 이들이었다.

물속으로 뛰어든 살귀를 찾기 위해 흑룡채의 수적들이 움직이고 있었다. 분수도를 끈으로 허리에 묶고 유영하는 수적들의 움직임은 수적이라는 말에 어울리게 빠르고 민첩했다. 토사와 불순물들이 떠다니는 장강의 물속에서 시야를 확보하는 것이 쉽지는 않았지만, 그래도 팔 척에 달하는 살귀를 찾는 데에는 그리 큰 장애가 되지 않았다.

'이놈!'

흑룡채의 진철(眞鐵)은 자신의 배 밑을 스치던 그림자를 놓치지 않았다. 장강의 수심은 깊다. 진철의 고개 위로는 물고기 비늘까지 볼 수가 있지만, 고개 아래로는 칠흑을 방불케 하는 어둠이 존재한다. 장강이 허용한 밝음은 고개 위까지다. 저 살귀는 장강의 어둠 속을 부유하고 있었다. 진철은 품에서 작은 대나무 통을 꺼냈다. 마치 불을 붙일 때 쓰는 화섭자처럼 생긴 원통. 그 쓰임도 화섭자와 별반 다르지 않았다.

화아악!

진철은 주저하지 않고 대나무 통을 반으로 쪼개어 버렸다. 그러자 놀랍게도 쪼개어진 대나무 통 속에서 밝은 빛이 뿜어져 나오기 시작했다. 동정수로채에서 수중 신호를 보내는 데 사용하는 폭광(爆光)이라는 물건이었다. 흔히 인광(燐光), 혹은 시광(尸光)이라 부르는 물건을 대나무 통에 집어넣은 것으로, 물속에서도 밝은 빛을 태우는 참으로 신기한 물건이었다. 한 번 쓰면 무용지물이 되고, 한 개에 은자 한 냥은 주어야 살 수 있는 값비싼 물건이지만, 지금은 은자 한 냥 값을 톡톡히 해내고 있었다.

주변에서 부유하던 수적들이 빛을 향해 모여들고 있었다. 진철은 폭광을 들고 자신의 발밑을 스친 그림자를 쫓고 있었다.

한 역시 폭광의 불꽃을 보았는지, 유영하던 몸을 바로 세우며 다가오는 수적들을 맞이할 준비를 하고 있었다.

'위험하다…….'

한은 조금씩 답답해져 오는 숨을 외면한 채 불꽃을 향해 몰려드는 수적들을 주시하고 있었다. 한이 쓰고 있던 방갓은 장강으로 몸을 던졌을 때 이미 벗겨져 버렸다. 말렸던 게 풀렸는지, 장강의 물결을 따라 나풀거리는 머리카락이 검은색의 의복과 함께 음산한 느낌마저 들게 하고 있었다. 수적들은 저마다 분수자와 분수도를 손에 쥔 채 거리를 좁히고 있었다. 과연 물귀신들답게 한을 포위하는 동작들이 자연스러워 보였다. 뭍에서였다면 코웃음이 날 만큼 느리고 조심스러운 움직임이었지만, 물속에서 그것이 얼마나 빠른 움직임인지는 설명할 필요도 없었다. 수적들은 한을 포위하며 다가오고 있었다. 주변을 돌아보는 것조차 힘이 들 만큼 장강의 수압은 한의 움직임을 철저히 가로막았다.

'…움직임이 자유롭지 못하다면, 필요한 움직임에 힘을 집중한다.'

한은 검을 뽑았다. 매우 느린 동작이었지만, 그 한 동작만으로도 다가오던 수적들은 주춤했다.

저 칼에 죽어나간 동료가 몇인가.

하나 이내 수적들은 눈가에서 두려움을 지웠다. 지금은 어머니 품과 같은 장강 속에 있었다. 상대가 살귀라면, 자신들은 수귀였다. 한의 뒤에서 다가서던 수적 하나가 자맥질을 하며 접근했다. 포위하던 동작과는 달리 믿을 수 없을 정도로 빠른 움직임이었다. 순식간에 한과의 거리를 좁힌 그의 손에는 날카로운 분수도가 들려 있었다.

분수도는 기형도다. 도첨은 좁고 뾰족한 모양에, 도올로 내려갈수록 도신이 넓어진다. 고동이 없어 도신과 도파를 나누는 경계가 없다. 마치 주둥이가 좁은 물고기와 같은 모습. 수압을 견디며 물속에 찌르고 베기에 안성맞춤이었다. 한의 등 뒤로 파고드는 분수도는 그 생김만큼이나 빠르고 날렵했다. 전면만을 주시하고 있던 그였기에 지척까지 이른 분수도를 피할 길은 없어 보였다.

취리릭.

수적의 분수도가 물살을 갈랐다. 알아차렸다 해도 피할 수 없을 만큼 빠른 공격, 사내의 검은 분수도를 막지 못했다. 하나 그 모습을 바라보던 수적들의 눈이 눈앞에서 벌어진 광경에 경악했다.

우두두둑.

소리와는 거리가 있어 보였던 물속이었지만, 동료의 팔이 부러지며 나는 소리는 수적들의 귀에 생생히 들려오고 있었다. 한은 분수도가 등을 찌르려는 찰나 허리를 비틀었다. 분수도를 등 뒤로 흘리는 듯한 동작이었고, 의도대로 분수도는 한의 등을 찌르지 못했다. 당혹한 수적이 몸을 내빼기 위해 몸을 움직였으나 분수도를 찌른 수적의 팔 위로 한의 왼팔이 감긴 것이 먼저였다. 한은 수적의 팔을 감아 끌어 앉았다. 그리고 한 점 망설임도 없이 잡았던 팔에 힘을 줘 수적의 팔을 분질러 버렸다. 고통에 몸부림치던 수적의 입에서 수천, 수만 개의 기포가 피어오르고 있었지만, 한은 수적의 팔을 놓아주지 않았다. 부러진 어깨뼈가 살을 찢고 나왔는지, 수적의 주위로 핏빛의 기포들이 수면을 향해 끓어오르고 있었다.

수적들은 그 모습을 보면서도 다가서지 못했다. 한의 품을 벗어난 수적이, 전신을 늘어뜨리고 눈을 까뒤집은 채 수면 위로 떠오르고 있었음에도.

수적들은 그 광경에 놀라 말을 잃었지만, 이내 신색을 회복하고 일제히 한에게 달려들었다. 저런 식의 공격이라면 두 팔만 봉쇄하면 되다. 한두 놈은 더 죽겠지만 그 정도로 충분하다, 저 원수 놈의 배에 칼을 꽂아 넣기에는.

수적들은 빠른 동작으로 달려들고 있었다. 한은 사방으로 몰려드는 수적들을 바라볼 뿐 이렇다 할 동작을 하지 않고 있었다. 다섯 명의 수적이 분수도를 휘두르며 달려들었다. 앞뒤의 개념이 없었다. 날아드는 분수도들은 수평과 수직으로 나누기 힘든 방위를 점한 채 한의 전신으로 쇄도했다.

한은 이번에도 움직이지 않았다. 검을 휘둘러 싸울 생각이 아니라면 방금 전의 방법은 소용이 없을 것 같았다. 그의 팔은 두 개였고, 날아오는 분수도는 다섯 개. 몸을 움직여 피할 수도 없는 상황. 그의 몸에서 뿜어질 피를 기대하며 분수도가 물살을 갈랐다.

슈슈슉.

다섯 자루의 분수도를 막아선 것은 갑자기 나타난 수만 개의 기포였다. 수적들을 바라보던 한이 한순간 몸을 회전시키며 입과 폐에 물고 있던 숨을 내쉬어 버렸다.

시야가 잠시 흐려졌으나 수적들은 개의치 않고 분수도를 휘둘렀다.

기포들이 분수도에 갈렸지만, 바라던 핏물은 보이지 않았다. 한은 그
곳에 없었다. 무언가를 눈치챈 수적 하나가 다급히 발밑으로 시선을
옮겼지만, 그 수적은 자신의 발목에서 느껴진 고통에 두 눈을 질끈 감
고 몸부림쳐야만 했다.

　부글부글부글.
　한은 몸을 회전하며 폐 속에 있던 숨을 모두 내쉬어 버렸다. 그의 의
도대로 몸 안에서 숨이 빠지자 몸은 급히 가라앉았다. 한은 뿜어대던
숨을 다시 멈추고 바닥으로 검을 휘둘러 반탄력을 얻었다. 한은 다급
히 몸을 부상시키며 검을 휘두르기 시작했다. 한을 베기 위해 다가왔
던 수적들은 너무나 가까이에 있었다. 회전하며 부상하던 한의 검은,
수적들의 발목과 허벅지, 배와 가슴 등을 훑고 지나갔다. 다섯의 수적
이 몸부림을 치며 물러섰다. 그들의 몸에서 뿜어지던 피로 인해 장강
의 물살은 금세 붉은색으로 물들며 수적들의 시야를 가려주고 있었다.
　그것으로 충분했다. 수적들을 죽이진 못했지만, 더 이상 그들은 자
신을 향해 무기를 들이대지 못할 테니. 물속에서의 상처는 뭍에서의
상처와는 결과와 위험도가 다르다. 베인 상처에서 나오는 피는 물속에
서 멎지 않는다. 발목과 팔에 부상을 입었다면 움직임이 둔해지고, 가
슴을 다치게 되었다면 호흡이 곤란해지게 된다. 물속에서는 굳이 죽이
지 않아도 위협이 되지 않는다. 일견 무모하다랄 수 있는 방법이었지
만, 어쩔 수 없는 선택이었다. 한의 호흡 역시 이미 한계에 다다른 상
태였다. 이대로 있다가는 수적들의 칼이 아니라 숨이 막혀 죽는 것이
먼저일지도 몰랐으니.
　"파하!"

수면으로 튕겨져 나온 한은 가쁜 숨을 몰아쉬고 있었다. 가슴은 터질 것 같고 머리 속은 멍해져 있었다. 하나 한은 다시금 다급히 숨을 몰아쉬고는 물속으로 자맥질해 들어갔다. 잠시 고개를 내밀었던 그의 눈에, 고작 오 장여 남짓한 거리를 두고 있는 구염채의 배가 보였기 때문이다.

"저기 있다!"

구염채의 한 수적이 한을 발견하고는 소리쳤다. 그 소리에 몇몇 수적들이 긴 당파를 들고 달려왔지만, 이미 그의 모습은 사라진 후였다.

그가 사라지고 잠시 후, 수적들의 머리가 물 위로 하나둘 떠올랐다. 그들 역시 가쁜 숨을 몇 번 몰아쉬고는 다시금 물속으로 사라져 갔다. 아직 싸움은 끝나지 않은 것 같았다.

"제법이군. 그새 여기까지 헤엄쳐 온 건가?"

여붕은 재미있다는 표정을 짓고 있었다. 놈이 처음 물속으로 몸을 던진 것이 삼십여 장 떨어진 곳이었고, 다시금 머리를 내민 곳은 자신의 배와 불과 십여 장 떨어진 곳이었다. 한 번의 호흡으로 물속을 자맥질해 근 이십여 장을 왔다는 소리다. 그것도 수적들의 공격을 피해. 물 위로 떠오른 수적의 시체도 있었고, 피를 흘리며 흑룡채의 배로 돌아온 수적도 다섯이나 되었다. 물속에서 여섯이나 상대했다는 소리다. 단 한 호흡 동안.

여붕은 생각을 고쳐먹었다. 불타는 배 위에서 자신을 바라보던 살귀. 그놈의 목표는 자신임에 틀림이 없었다. 배와 함께 태워 죽이려 했으니 자신에게 화가 단단히 났겠지. 놈을 물속으로 끌어들였으니, 죽이려면 물속에서 죽여야 했다. 배 위로 오른다면… 승산이 없었다.

"……폭뢰를 준비해라."

여붕은 물속에서 끝장을 볼 생각이었다.

여붕의 명에 수적들의 움직임이 분주해지고 있었다. 선실에서 들려 나오던 커다란 나무 궤짝의 무게가, 궤짝의 양쪽을 들고 있던 수적들의 표정에 고스란히 나타나고 있었다.

쿵!

내려진 궤짝의 양쪽으로 대감도를 박아 넣자 밀봉되어 있던 궤짝의 주둥이에 틈이 생겼다. 수적들은 궤짝의 상판을 거칠게 뜯어내 버렸다.

"야! 이 미친놈아! 살살 다루란 말이야, 살살!"

거칠게 상판을 뜯어내는 모습에 늙은 수적 하나가 고래고래 악을 썼지만, 젊은 수적들은 귓구멍이 막힌 것인지 콧방귀도 뀌지 않았다. 하나 거칠게 나무 궤짝을 개봉하던 손길과는 달리 그 안의 물건을 꺼낼 때는 동녀 옷고름 풀러내듯 조심스럽기만 했다. 수적들의 손에 들려 나온 것은 사람 머리통보다 조금 큰 거무튀튀한 색의 철구였다.

"몇 개나……?"

늙은 수적 하나가 조심스레 물었다. 여붕은 그를 바라보지도 않으며 짧게 답했다.

"여섯 개 전부."

늙은 수적의 얼굴에 너 혹시 미친 것 아니냐고 묻는 듯한 표정이 지어졌지만, 혹여 그 표정을 여붕이 보기라도 할까 싶었는지 재빨리 고개를 돌리며 젊은 수적들에게 소리를 질렀다.

"뢰신(雷神)! 육두(六頭)! 등후(等候)!"

늙은 수적의 외침에 수적들은 두 팔로 조심스레 철구를 안아 뱃전으로 향했다.

수적들이 조심스레 철구를 내려놓자 그 모습이 확연히 눈에 들어왔다. 둥글게 생긴 철구의 위쪽에는 어른 주먹 하나 크기의 구멍이 뚫려 있었다. 입구는 깎아 만든 나무로 봉해져 있었고, 다른 수적 하나가 화섭자를 들고 무언가를 준비하는 모습이었다.

"놈의 흔적이 보일 때까지 기다려."

여붕의 말에 늙은 수적이 눈을 크게 뜨며 장강의 수면을 살피기 시작했다. 기왕 저 위험한 물건을 꺼냈으니, 빨리 놈의 흔적을 찾아 던져 버리고 싶은 마음이 컸던 탓이었다.

한은 또다시 장강의 물결 속으로 깊이 헤엄쳐 들어갔다. 장강의 흐름은 수면 위의 움직임과는 확연히 달랐다. 다 같은 물이고, 한 방향으로 흐르는 것 같아 보여도 내젓는 손에 와 닿는 물살의 방향과 세기가 전부 제각각이었다. 장강의 밑바닥에서 느껴지는 물살의 요동은 어지간한 바람의 흔들림보다도 변화무쌍했다. 그나마 다행한 것은 큰 줄기를 이루는 흐름이 한이 가고자 하는 곳으로 흐르고 있다는 점이었다.

'앞으로 오 장…….'

한의 검에는 피가 묻어 있지 않았다. 오 장을 전진하기 위해 또다시 두 명의 수적을 베어냈지만, 장강은 그들이 흘린 피를 한 방울도 남김없이 빨아들여 버렸다. 바싹 마른 한지 위로 먹물이 퍼져 나가는 듯한 움직임이었지만, 오랜만에 피를 맛본 장강은 그 비릿한 맛에 취한 탓인지 수적들의 등을 떠밀어 한에게 흘려보내고 있었다.

'등 뒤.'

물속에서는 수적들의 움직임을 떨쳐 낼 수가 없었다. 하나를 베고

일 장을 전진하면 어느새 또 하나가 그의 앞에서 기다리고 있었다. 만약 장강의 물살을 등으로 맞지 않았다면 앞으로의 전진은 꿈도 못 꿀 상황이었다. 그나마 다행한 것은, 물속이라 하여 기감의 전달이 그리 큰 차이가 나지는 않았다는 것이었다. 아니, 오히려 물속에서의 기척은 뭍보다도 더 빨리, 더 확실한 형태를 이루며 전달되고 있었다.

"끄르륵……."

조심스레 다가서던 수적 하나가 한의 등 뒤로 휘둘린 장검에 어깨를 베이고 말았다. 고개조차 돌리지 않고 휘둘린 검이었기에 어찌할 도리가 없었다. 게다가 한의 장검도 큰 장애였다. 사 척이 넘는 길이. 팔 척 장신의 타고난 신력 탓인지, 어설픈 수영 솜씨에 비해 휘둘리는 칼의 위력은 결코 만만치가 않았다. 게다가 분수도의 길이는 고작 이 척. 이대로는 저자의 발목을 잡기가 요원했다. 상처를 입고 수면으로 올라가는 수적의 뒤로 어느새 수적들이 다가서고 있었다. 핏물을 헤치며 다가선 수적들이 눈짓을 교환했다. 한의 앞을 가리키며 휘젓는 손길. 한을 앞질러 앞을 가로막자는 뜻이었다. 일곱에 달하는 수적들의 눈빛이 동시에 끄덕여졌다. 그리고 조금의 거리를 두고는 한의 상하 좌우를 스치며 빠르게 나아갔다.

'앞을 막겠다는 것인가?'

한도 그들의 모습을 볼 수 있었다. 확실하지는 않지만, 자신의 앞으로 헤엄쳐 가는 수적들의 앞에 거대한 그림자가 어렴풋이 보이고 있었다.

거리는 고작 삼 장. 한의 앞에는 어느새 수적들이 자리를 잡고 기다리고 있었다. 이들을 베지 않고는 그자에게 다가갈 수가 없었다. 한은 손에 쥔 검을 움켜쥐었다. 저들도 이제는 자신들이 해야 할 일을 확실히 깨달은 모양이었다. 어설픈 포위는 명을 재촉할 뿐이라는 것을. 전면으로 부딪치는 것만이 승산이 있음을.

한은 장강의 물살에 떠밀리며 수적들과 가까워지고 있었다. 뭍 위에서는 결코 일어날 수 없는 일. 수적들은 원과 같은 형태로 벽을 형성하고 있었다. 뚫고 지나가기가 쉽지 않아 보였다.

'일곱… 저들은 수가 많고 나보다 빠르다. 셋 이상은 동시에 베기가 힘들다……'

난감했다. 저들이 의도한 것인지는 모르지만, 저들의 포진은 어떤 식으로 검을 뿌려도 일검에 셋 이상을 베기가 힘들었다. 셋을 벨 시간이라면… 저들의 공격을 허용하기에 충분한 시간이었다.

'그래도 죽을 수는 없지.'

한은 수적들에게 다가서던 그 순간에도 저들을 상대할 방법을 찾고 있었다. 물론 잠시 후 그의 머리 위로 떨어질 재앙을 미리 알았더라면 싸우는 방법보다는 달아날 방법을 먼저 찾았을 테지만.

"저기!"

수적 하나가 소리를 질렀다. 여붕의 시선이 수적이 가리킨 곳으로 향했다. 물 위로 떠오른 수적이 어깨를 부여잡은 채 헤엄쳐 다가오고 있었다. 배와의 거리는 고작 삼 장 정도. 여붕은 의미심장한 미소를 지으며 명령했다.

"폭뢰를 던져라."

늙은 수적이 놀란 눈으로 여붕을 바라보았다. 아직 물 밑에는 흑룡채의 형제들이 있었다. 어깨에서 피를 흘리며 헤엄쳐 오는 동료도 있었다. 하지만 여붕은 폭뢰의 투하를 명령했다. 지체할 시간이 없음을 알고 있었지만, 마음이 내키질 않았다. 하나 늙은 수적이 이를 악물고 다른 수적들에게 눈빛을 보냈다. 어쩔 수 없었다.

"뢰신 개문(開門)!"

늙은 수적의 외침에 폭뢰를 잡고 있던 손길이 빠르게 나뭇조각을 떼어냈다. 폭뢰의 구멍을 막고 있던 나무가 빠지자, 어른 주먹 하나가 들어갈 정도의 공간이 눈에 들어왔다. 수적들은 그 안에서 긴 심지를 끌어냈다. 그리고 다시 눈을 돌려 늙은 수적을 바라보았다.

"목표(目標) 전(前) 삼 장(三丈)! 투하(投下) 전(前) 이 장(二丈)! 구 촌(九寸) 전(前) 점화(點火)!"

늙은 수적이 다시금 외쳤다. 그 외침을 들은 수적들은 심지를 꺼내 구 촌만큼의 길이만을 남기고 잘라내 버렸다. 그리고 들고 있던 화섭 자로 심지에 불을 붙이곤, 다시금 폭뢰의 입구를 나뭇조각으로 단단히 막았다.

"투하!"

늙은 수적은 지체하지 않고 투하를 명했다. 점화를 했으니 던질 수밖에. 한눈에 보기에도 역사라 불릴 만한 장정들이 폭뢰를 집어 들었다. 그리고 두 팔로 폭뢰를 안아 들고는 앞뒤로 그네를 태우다 시퍼런 장강의 물결 위로 폭뢰를 내던져 버렸다.

휘이익! 풍덩!

여섯 개의 폭뢰가 배 앞 이 장 정도의 거리에 떨어져 내렸다. 폭뢰가 제대로 떨어진 것을 확인한 늙은 수적이 다시금 소리쳤다, 이전까지보다 조금 더 다급해진 목소리로.

"몸을 의지해라!"

늙은 수적의 외침에 코웃음을 치던 수적들까지 다급히 배의 난간과 같은 것에 몸을 맡겼다. 오직 여붕만이 뱃전에서 난간을 잡은 채 폭뢰가 떨어진 자리를 주시하고 있었다. 폭뢰가 입수하며 일었던 파문은 이미 사라지고 없었다. 미동도 하지 않은 채 그곳을 바라보던 여붕의 입가에 미소가 지어졌다. 그리고 기대감에 부푼 목소리로 낮게 속삭였다.

"…펑."

여붕의 말이 끝나기가 무섭게, 폭뢰를 삼킨 장강이 요동을 치기 시작했다. 장강의 깊은 곳에서 인 섬광을 시작으로, 기괴한 음향과 함께 장강의 곳곳이 움푹 꺼지고 있었다. 그리고…

콰과광! 콰광!

움푹 꺼졌던 장강이 괴로운 비명을 지르며 삼켰던 폭뢰를 토해내고 있었다. 폭뢰의 폭발에 장강은 만신창이가 되어버렸고, 갈가리 찢긴 수면이 갈라지며 장강이 토해낸 푸른 피가 삼 장 가까이나 솟구쳐 올랐다. 장강의 물결 위로… 때 아닌 소나기가 내리고 있었다.

"채주님, 관선들이 오기 전에 피해야 합니다."

폭뢰의 투하를 명했던 늙은 수적이 조심스레 입을 열었다. 폭뢰의 폭발 소리는 무창 성내에까지 들렸을 것이다. 아무리 제 앞가림 제대로 못하는 관원들이라 하더라도 이렇게 큰 폭음을 듣고도 모른 척하기는 힘들 것이다.

여붕은 늙은 선원의 말에도 말없이 장강만 바라보고 있었다.

'어서 떠올라라. 네놈의 시체를 거두어야 흑룡채의 복수가 끝났다 말할 수 있지 않겠느냐?'

여붕은 장강의 수면을 뚫어져라 바라보고 있었다. 이제 조금 후면 폭뢰의 폭발에 휘말렸던 시신들이 떠오를 것이다. 여붕은 그의 시신이 떠오르길 기다리고 있었다.

　한은 가물거리는 정신을 붙잡기 위해 안간힘을 쓰고 있었다. 그것이 물속으로 떨어지던 소리가 들렸지만, 한은 눈앞의 수적들 때문에 눈을 돌릴 수가 없었다. 그것은 수적들 역시 마찬가지. 아무리 물속이라지만, 눈앞에 적을 두고 한눈을 팔 수는 없었을 것이다.
　한은 물속에서 검을 수평으로 뉘이며 수적들에게 다가가고 있었다. 수적들 역시 그런 한을 조이듯, 부유하던 모습 그대로 좁혀들고 있었다. 일촉즉발의 그 순간, 한은 수적들의 등 뒤로 떨어져 내리는 그것을 볼 수가 있었다. 하나 그것이 무엇인지 확인할 겨를도 없이 한의 전신으로 수적들이 쇄도했다. 마치 먹이를 낚아채는 수리의 발톱처럼, 수적들은 온몸으로 한을 감싸고 있었다.
　엄청난 폭음과 함께 섬광이 터진 것은 바로 그때였다. 엄청난 압력과 함께 수적들의 신형이 밀려났다. 한 역시 그 폭발의 위력에서 벗어날 수 없었다. 하지만 천만다행스럽게도, 한은 수적들이 온몸을 바쳐 신형을 가려준 덕에 그것의 폭발에 직접적인 충격을 받지는 않았다. 하나 폭발이 일으킨 엄청난 위력의 수중 회오리는 팔 척 거구의 한을 바람에 날리는 가랑잎 신세로 만들어 버리고 말았다.
　순식간에 오므라드는 물살의 움직임에 한은 정신을 차릴 수가 없었다. 이리저리 휘몰아친 덕인지, 등 뒤의 폭발을 여과없이 받아들인 수적들은 형체를 알아보기 힘들 정도로 짓이겨져 있었다. 순간적인 폭풍에 말려서인지 사지가 온전한 모양으로 붙어 있는 시신이 없었다. 팔다리가 꺾인 것은 예사였고, 목이 돌아가 등 뒤에 붙어 있는 시신도 있었다. 다리가 꺾여 발바닥이 머리통과 마주하는 시신도 있었고, 허리가 꺾여 가랑이 사이로 머리를 들이밀고 있는 시신도 있었다. 하나같이 목불인견의 참혹한 모습. 폭발에 휩쓸린 수적들 모두 처참하게 죽어 있었다.

한이라고 상황이 그리 좋은 것은 아니었다. 폭발의 충격은 피할 수 있었지만 물살의 거센 요동은 피할 수가 없었다. 수적들이 들고 있던 분수자에 베인 것인지 왼쪽 복부가 길게 베어져 있었고, 칼을 들고 있던 그의 오른팔도 힘없이 늘어져 있었다.

'팔이 빠져 버렸군······.'

한의 얼굴에 고통의 기색이 일고 있었다. 검을 놓지 않기 위한 몸부림의 결과였지만, 어깨에서 전해지는 고통은 검의 무게만큼을 더하고 있었다. 하나 무엇보다도 고통스러운 것은 목전까지 다다른 숨이었다.

'더 이상은······.'

거센 폭발에 온몸이 휘둘린 탓인지 방향에 대한 감각을 되살릴 수도 없었다. 멍한 한의 눈에 물 위로 떠오르는 수적의 시신들이 보였다.

'일단은 살아야 한다······.'

한은 왼팔로 검을 옮겨 들고는 늘어진 오른팔을 허리춤에 꽂고 헤엄치기 시작했다. 물 위로 떠오르는 수적을 방패 삼아.

"저기 시신이 떠올랐다!"

한 수적의 외침에 사람들의 시선이 한데 모였다. 하나둘 떠오르던 시신. 대여섯 구의 시신이, 얼핏 보아도 살아 있다고는 보기 힘든 모습으로 강물 위를 너울거렸다. 하나 어디에도 그 살귀의 모습은 보이지 않았다.

"혹시··· 가라앉아 버린 것이 아닐까요?"

늙은 수적의 말에도 여붕은 아무 말이 없었다. 그럴 수도 있었다. 그 살귀가 휘두르던 검은 한눈에 보기에도 그 무게가 만만치 않아 보였다. 그 정도의 검이라면 충분히 시신을 물속으로 잡아끌 수도 있어 보였다. 하나 단정할 수는 없었다. 폭뢰의 폭발 속에서 살아남았다 보기는 힘들었지만, 시신을 보지 못한 이상 죽었다 단정할 수는 없었다. 누가 뭐래도 그자는 고수였으니까.

"아이들을 내려 보내서 강 밑을 수색해."

여붕의 말에 늙은 수적이 고개를 끄덕였다. 그리고 조심스레 한마디를 거들었다.

"저기… 저들은 어떻게……."

늙은 수적이 가리키고 있는 곳. 보기 흉한 모습으로 구겨진 수적들의 시신이 여붕이라 하여 보이지 않을 리 없었다.

"…끌어 올려."

그래도 한 가닥 양심은 남아 있었는지, 여붕은 제 손으로 죽인 수적들을 끌어 올리라 명하고 있었다. 늙은 수적이 서둘러 다른 수적들에게 명을 전달하기 시작했다. 몇몇 수적은 투덜거리기도 했지만, 십여 명의 수적이 이내 물속으로 몸을 내던지고 있었다. 다른 수적 몇이 긴 당파를 들고 뱃전으로 향했다. 당파의 끝에는 굵은 동아가 감겨 있었다. 시신이 상하지 않게 하기 위한 나름의 배려였다. 시신들은 물살에 밀려 점점 뱃전으로 다가오고 있었다. 이 장에 가까운 당파가 물 위로 떨어지며 시신들을 당기기 시작했다.

"어이차!"

가까이 다가온 시신을 보니 생각보다 훨씬 보기 흉한 모습이었다. 수적들은 그나마 갈가리 찢어지지 않은 것이 다행이라며 한 소리씩 내뱉었다. 몇몇 수적이 당파를 당겨 시신을 배 위로 끌어 올리고 있었다. 두 구의 시신이 끌어 올려지고 세 번째 시신에 힘을 줄 때, 당파에 걸린 시신의 무게가 묵직하게 느껴졌다.

"음? 두 명이 엉겼나?"

무슨 일인가 싶어 고개를 내민 수적이 퍼렇게 질리며 다급히 뒷걸음질쳤다.

"끄아악!"

촤아악!

수적이 물러선 순간, 물살을 뚫고 그가 날아올랐다. 사람들의 시선이 수적의 비명을 좇았다. 그리고 어느새 갑판 위에 내려앉은 그를 발견할 수 있었다.

"살… 살귀다!"

온몸에서 물이 떨어지고 있었고, 좌측 다리 밑으로는 피가 번지고 있었다. 산발한 머리가 흘러내려 얼굴을 가리고 있었지만, 그의 왼손에 쥐어진 거검은 그가 틀림없는 살귀라 말하고 있었다. 갑판에 있던 수적들이 다급히 병기를 뽑아 들고 한을 포위하고 나섰다. 그들의 뒤로 달려온 여붕이 팔짱을 낀 채 그를 바라보며 웃고 있었다.

"이런, 꼴이 말이 아니군. 오른팔은 부러진 모양이지?"

여붕은 일부러 큰 소리로 한에게 말했다. 부러진 팔, 복부의 자상. 수적들도 살귀의 낭패한 모습을 바라보며 이를 갈고 있었다. 그런 모습에 두려움은 많이 희석되어 있었다. 여붕의 한마디가 주효했다.

"내가 나설 필요도 없겠군. 저자의 목을 베어오는 자에게 은자 열 냥을 상으로 주겠다."

수적들의 눈에 불꽃이 튀었다. 어차피 녹이라는 개념이 없는 수적들이었기에, 은자 열 냥의 가치는 제법 구미를 당기는 것이었다. 농사를 지으면 일 년에 은자 닷 냥을 모으기가 힘들고, 제법 대우가 좋다는 표국의 표사라 해도 한 달에 은자 두 냥이면 후한 값이라 불리는 세상이었다. 은자 열 냥이라면…

"먼저 치는 놈이 임자다!"

주위를 살피던 수적 하나가 발 빠르게 달려나갔다. 그 뒤를 이어 돈독이 오른 수적 대여섯이 달려들었다. 검을 휘두르던 오른팔은 부러져 뒤춤에 꽂아놓은 상태였고, 왼쪽 복부에서는 쉬지 않고 피가 흘러나오고 있었다. 다 잡은 고기란 이런 걸 보고 말하는 것이었다.

'우수(右手)가 없으면 좌수(左手)로. 양수(兩手)가 없으면 양각(兩脚)으로……'

한의 검을 쥔 왼손 위로 굵은 핏줄이 솟아나고 있었다. 그는 다 잡은 고기가 아니었다. 비록 상처 입긴 했지만 그는 맹수였다.

촤악!

"끄아악!"

맨 처음 달려나갔던 수적이 맨 처음 베어져 나갔다. 그 뒤를 이었던 수적이 그 뒤를 이었고, 미친 듯이 달려나가던 여섯 명의 수적이, 달려나가던 차례대로 피를 뿌리고 있었다.

한은 좌수라는 것이 믿어지지 않을 정도로 유연하게 검을 휘둘러 갔다. 우수검을 쓰는 자에게서 흔히 볼 수 있는 어색함 따위는 없었다. 평소 수련하지 않았다면 결코 볼 수 없는 모습이었다.

'이, 이런, 양수를 모두 쓰는 자였던가?'

여붕의 눈가에서 웃음기가 사라지고 있었다. 양수를 모두 쓰는 검객은 금시초문이었다. 쌍수를 사용하는 검객이라면야 제법 찾을 수가 있었겠지만, 상대는 쌍수검을 사용하는 자도 아니었고, 쌍수검 특유의 현란한 움직임을 보이지도 않았다. 놈은 분명 우수검이었다. 하나 놀람도 잠시, 여붕의 눈가에 지워졌던 미소가 되돌아오고 있었다.

'그래… 놈은 지쳤다. 폭뢰의 폭발에 내부가 진탕되었을 것이다. 복부의 출혈도 놈의 피로를 더욱 가중시키고 있다. 놈, 악으로 버티고 있구나.'

한을 바라보는 여붕의 판단은 거의 정확했다. 폭뢰의 폭발로 인해 그의 균형 감각은 흐트러져 있는 상태였다. 검에 서린 기세도 현저히 약해져 있었다. 여섯의 수적 중 셋이나 목숨을 부지한 것이 그 좋은 증거였다. 자비를 베풀었다고 말하기엔 그가 처한 상황이 그리 좋지 않았다.

'눈앞이 혼미해진다… 진기의 소통도 원활하지 않고……'

한은 무너지려는 신형을 잡기 위해 안간힘을 쓰고 있었다. 악다문 입술 사이로 피가 물리고 있었다. 일부러 오른쪽 어깨에 힘을 주어 고통을 유발시키기도 했다.

'정신을 차려야 한다… 이대로 눈을 감는다면… 복수는… 그녀의 복수는……'

한은 이를 악물고 전면을 바라봤다. 수적들을 물리치며 그자가 걸어 나오는 것이 보였다. 자신이 살기를 일으키게 만든 사내. 한의 눈에서 또다시 살기가 뿜어지고 있었다.

'그래, 이제 알겠어……'

한은 숨을 고르며 여붕을 노려보고 있었다. 치렁하게 내려진 흑발 사이로 그의 두 눈이 불을 내뿜고 있었다. 하나 여붕은 그런 것에 아랑곳하지 않았다.

"후후, 결국 여기까지 왔군. 맹수는 죽을 자리를 찾아온다더니……."

여붕의 유들거림에도 한은 말이 없었다. 그는 여붕의 웃음 속에서 그날을 떠올리고 있었다.

'불길… 죽어가는 사람들… 그래, 너는… 그자들과 닮았어.'

숨죽이고 지켜봐야만 했던 그날. 타오르던 불길과 사람들의 비명 소리가 그날의 일을 기억나게 만들었다. 기억하고 싶지 않았던 그날을.

"더 이상 내 수하들이 죽는 꼴은 못 보겠어. 이제는… 죽으라고."

자신만만하게 칼을 뽑는 여붕의 모습에, 한은 눈빛을 완전히 굳히고 있었다. 그리고… 그만이 들을 수 있는 목소리로 조용히 뇌까렸다.

'너는 그들과 닮았다. 그게… 네가 죽는 이유다…….'

第十二章
구멍

혼미해져 가는 정신을 다잡는 데에는 고통만큼 효과적인 것이 없다. 고통은 인간의 신경을 자극해 정신의 집중을 수월히 해준다. 폭뢰의 여파로 머리가 흔들려 버렸다. 몸의 균형을 잡기가 버거울 정도로 진탕된 내부는 마음만큼 쉽사리 안정되지 않고 있었다. 한은 다시 한 번 빠져 버린 어깨에 힘을 주었다. 참을 수 없는 고통이 밀려왔지만, 참아야 했다. 아니, 지금은 그런 고통을 즐기며 감사해야 한다. 그에게 고통은 그 어떤 영약보다도 그를 이롭게 할 것이니.

"차앗!"

여붕의 검이 뱃전의 공기를 갈랐다. 두 사람의 거리는 이 장. 여붕의 빠른 신법 탓에 이 장이란 거리는 찰나지간 거리라는 개념을 상실해 버렸다.

챙!

한은 무릎을 조금 굽힌 채 여붕의 검을 맞이했다. 여붕의 검은 수적 특유의 괴이신랄한 변화를 보이며 한의 검을 내려치고 있었다. 찌르고 베는 초식의 연결이 매우 딱딱하고 단조로웠지만, 오히려 허공을 치며 방향을 꺾는 듯한 검의 변화에 이후의 움직임을 예상하지 못한다는 장점도 있었다. 복부를 노리고 들어오던 검이 '딱' 하는 소리가 들릴 정도로 급격히 방향을 바꾸며 한의 목줄을 노렸다. 하체를 막아가던 한은 다급히 검을 들어올려 가까스로 여붕의 검을 막을 수 있었다. 머리 속의 울림이 점점 심해지고 있었다. 끊어질 듯 위태로운 의식을, 고통이라는 방식으로 이어가고 있기는 했지만, 여붕의 검을 눈으로 좇는다는 것은, 감각이 무뎌진 한으로서는 요원한 일이었다. 한 가지 다행한 것은 한의 반격이 두 눈에만 의지하고 있다는 것은 아니라는 점이었다. 그의 오감이 극대화되며 살의에 직접 반응하는 단계. 한은 온몸으로 여붕의 검을 볼 수가 있었다. 몸의 반응은 평상시보다 현저히 늦었지만, 그래도 간발의 차이로나마 여붕의 검을 막아낼 수는 있었다. 한은 그런 여붕의 검을 맞아 조금씩 뒤로 물러서고 있었다. 영망으로 망가진 내부가 미친 듯이 날뛰고 있었지만, 한의 의식은 오로지 여붕이라는 존재에 집중되어 있었다.

'조금만… 조금만 더…….'

힘겹게 뒷걸음질치던 한이 스스로를 타이르고 있었다. 당장이라도 미친 듯이 검을 휘둘러 눈앞의 존재를 갈가리 찢어내고 싶었지만, 한 가닥 그의 의식은 폭주하려는 살기를 내리누르고 있었다.

한을 바라보는 여붕의 입가에는 득의의 미소가 번지고 있었다.

'크크, 그래… 발버둥 쳐라. 살기 위해 발버둥 쳐라. 악착같이 발버둥 치다가, 치가 떨릴 정도로 발버둥 치다가 환호가 터질 만큼 통쾌한

모습으로 죽어라.'

수적들의 모든 시선이 자신들의 공방에 쏠려 있음을 느낄 수 있었다. 상대는 수십 명의 형제를 베어낸 살귀 중의 살귀. 이런 자를 쓰러뜨린 자신의 이름은 장강의 역사에 남을 것이다. 수적들은 환호할 것이고, 동정수로채의 모든 이들이 자신의 이름을 달리 볼 것이다. 구염채의 부채주 여붕이 아닌, 장강의 살귀를 죽여 없앤 영웅으로.

'너는 나의 앞길을 밝힐 훌륭한 제물이고… 흐흐.'

여붕의 검에 일던 살기가 더욱 짙어지고 있었다. 한의 검과 맞부딪친 여붕의 검이 거검의 검신을 타고 흘러내렸다. 놀란 거검이 다급히 검을 튕겨냈지만, 독 오른 뱀의 독아에 한의 허벅지에선 핏줄기가 솟구쳤다.

"와아아!!"

두 사람의 공방을 지켜보던 수적들의 입에서 함성이 터져 나왔다. 살귀는 단 며칠 새 흑룡채 수적들에게 공포의 대상이 되어 있었다. 수십 명의 동료가 목숨을 잃었고, 자타가 공인하던 동정수로채의 고수인 채주마저 큰 상처를 입고 패하고 말았다. 원수를 갚아야 했지만, 장강에서 보여준 신위는 그런 마음마저 장강에 흘려 버리도록 만들었다. 한데 이제는 희망이 보이기 시작했다. 저 나찰 같은 원수의 몸에서 피가 솟구치고 있었다. 살귀의 피가 뿜어지며, 수적들의 눈에 씌워져 있던 두려움이 걷히고 있었다. 그제야 살귀의 낭패한 모습을 제대로 바라볼 수 있었다. 놈은 죽을 것이다. 장강 위에서… 자신들의 손으로.

싸움에 도취되어 있던 수적들은 자신들의 배로 접근하던 자를 알아차리지 못하고 있었다. 그리고 조용히 다가온 그가 배의 뒤편에 다다라 멈춘 채 무엇인가를 배에 매달고 있는 것 역시……

　수적들의 환호에 힘입었는지, 피를 맛본 여붕의 검은 더욱 힘차게 한을 몰아붙였다. 여붕의 눈이 빛나고 있었다. 지친 맹수를 궁지로 모는 것은 이 정도면 충분했다. 수적들의 동요를 끌어낸 이상, 제물의 효용은 충분했다. 이제 흑룡채를 접수하는 데에 아무런 장애도 없을 것이다.

　'자, 이제 퇴장할 시간이다.'

　여붕의 검이 날카롭게 쏘아졌다. 과연 동정수로채에서 다섯 손가락 안에 꼽힌다는 무공의 소유자다웠다. 여붕의 독아가 한의 오른쪽 어깨를 스치고 지나갔다. 탈골된 어깨의 고통에 불로 지진 듯한 고통이 더해졌다. 한의 눈에 잠시 사라져 있던 살기가 다시금 고개를 들고 있었다.

　'조금만… 조금만 더…….'

　한은 자신을 타이르며 여붕의 검에 힘겹게 맞서고 있었다. 물먹은 솜처럼 늘어진 전신에, 눈앞의 검이 겹쳐 보이기도 했다. 한번 울린 뇌는 좀처럼 진정되지 않고 있었지만, 한 가닥 의식은 한의 시선을 여붕에게서 떼지 못하게 하고 있었다.

　"차핫!"

　여붕이 외마디 고함을 지르며 한의 면전으로 쇄도하고 있었다. 검을 들 힘조차 남아 있지 않은 듯한 모습. 흑발 사이로 보이는 반쯤 풀린 두 눈이 여붕의 검을 유혹하고 있었다. 여붕은 그 유혹을 뿌리칠 수가 없었다. 일검이면 충분했다. 힘겹게 들려지는 거검은 자신의 검을 막지 못할 것이다. 놈은 수급이 떨어지고 나서야 검을 휘두르게 될 것이다. 여붕은 손끝으로 전해질 쾌감을 기대하며 한의 목덜미를 향해 검을 뿌렸다. 격전의 대미를 장식하게 될 멋진 일검을…….

슈각!

섬뜩한 파육음과 함께, 무창의 푸른 하늘을 덮으며 피분수가 뿌려졌다. 수적들의 눈에 놀람과 경악이 일고 있었지만, 배 위의 그 누구도 경거망동하지 못하고 있었다. 여붕의 검은 수평으로 뉘어진 채 한의 어깨 위에 놓여 있었다. 검끝이 미세하게 떨리고 있었지만, 그런 미세한 움직임만으론 배 위로 몰려든 정적을 깨뜨리기엔 역부족이었다.

여붕의 입이 살짝 벌어지고 있었다.

"…왜… 내가… 빨랐……."

말을 이어가던 여붕의 입술에 작은 혈선이 그어지고 있었다. 그 혈선의 한줄기는 코와 미간을 지나 머리 위로 이어지고 있었고, 다른 한 줄기의 혈선은 턱과 목을 지나 가슴 어림을 스치며 붉은 선을 그려가고 있었다. 그렇게 그어지던 혈선은 피로 얼룩진 여붕의 등 뒤에서 다시 만났다. 쩍 벌어진 여붕의 등에서는 쉴 새 없이 피가 흘러 바닥을 적시고 있었지만, 두 줄기 혈선이 마주친 순간 여붕의 몸뚱이가 반으로 갈라지며, 몇 덩이의 내장이 바닥에 고여 있던 피 웅덩이 속으로 떨어져 내렸다.

철푸덕!

두 여붕이 쓰러졌다. 사람을 반으로 쪼개어 버린 한의 검이었지만, 그 검 위에는 피의 흔적이 남아 있지 않았다.

'먼저 베는 검이… 살아남는 거다…….'

한은 목전으로 날아오던 여붕의 검을 바라보며 반개했던 눈을 바로 했다. 참고 참아왔던 순간, 여붕의 검이 오로지 한곳만을 바랄 그 순간을 기다리고 있었다.

여붕의 검은 검로를 짐작키 어려운 괴검. 지금의 자신으로서는 필승을 장담키 어려웠다. 놈을 끌어들여야 했다. 오로지 한 점을 노릴 때까지 기다려야 했다. 참고 또 참았다. 일검을 맞아도 참았고, 이검을 맞아도 참았다. 기회가 찾아왔다. 한은 그 기회를 잡은 것이다. 여붕의 검이 목전까지 다다랐을 때야 비로소 한은 몸을 비틀어 검을 피했다. 기회는 단 한 번뿐이었기에 전신의 감각을 극한으로 끌어올렸다. 간발의 차이로 여붕의 검을 흘리고, 한은 비틀린 몸의 방향 그대로 검을 쳐올렸다. 준비하고 준비했던 일검. 너무나 강맹하고 빠른 일검이었기에, 늦게 베어진 등에서 먼저 피가 뿜어진 것이었다. 여붕을 바라보는 한의 눈에선 이미 감정이 사라져 있었다. 살기도 없었고, 미움도 없었다.

'억울해하지 마라.'

한은 짤막한 한마디를 남기곤 고개를 들었다. 경악과 불신으로 가득한 수적들의 모습. 하나 그들의 눈에 어려 있던 살기는 쉽게 사라지지 않고 있었다.

"저, 저놈은… 지쳤다."

"그래… 서 있는 게… 죽을 만큼… 힘들 거야."

몇몇 수적이 분수도를 들고 서서히 다가오고 있었다. 갈라진 여붕의 시신과 한을 번갈아 보며 다가오는 모습. 두려움과 살기가 뒤범벅된 표정들이었지만, 한을 향해 다가오는 발걸음들은 느릴지언정 멈추진 않고 있었다. 한은 그들을 바라보고 있었다. 그것뿐이었다.

'어차피… 달아날 곳 따윈… 애초에 없었어.'

다가오는 수적들의 수가 하나둘 늘어가고 있었다. 셋이었던 수적이 다섯에서 열로 불었다. 이제는 거의 모든 수적들이 한을 에워싼 채 다가오고 있었다. 한은 길게 숨을 들이마셨다.

'벨 때까지… 벤다.'

어쩌면 마지막이 될지도 모르는 상황이었지만, 한의 눈에선 절망 따위의 감정은 찾을 수가 없었다. 물론, 애초에 감정 따위를 찾는 것이 불가능한 그였긴 했지만. 하나 수적들은 한을 향해 달려들지 못했다.

"불… 불이야! 후미에 불이 붙었다!"

수적들의 시선이 일제히 외침이 들려온 방향으로 향했다. 고함친 자가 누구인지 확인할 필요도 없었고, 그럴 경황도 없었다. 배의 후미에서부터 타오르기 시작한 불꽃이 장강의 바람을 타고 점점 더 거세어지는 모습에 경악해야 했으니.

"불길부터 잡아라!"

"이런… 관선이다!"

누구의 외침인지는 몰랐지만, 수적들은 황망한 시선으로 장강 위를 확인했다. 무창 쪽에서부터 다가오는 대여섯 척의 배. 틀림없는 관선들이었다. 그제야 자신들이 무슨 짓을 저질렀는지 깨달은 수적들의 얼굴이 흙빛으로 변하고 있었다. 무창의 코앞에서 폭뢰를 여섯 개나 터뜨렸다. 화기의 사용은 국법으로 금지되어 있었다. 게다가 자신들은 수적이었다. 아무리 관부에 찔러 넣는 돈이 수천 금이 된다 해도, 폭약을 터뜨리면서까지 눈감아주기를 바랄 수는 없었다. 민간인의 배에 불을 지른 사실도 악수 중의 악수였다. 지금은 달아날 때였다. 최대한 빨리.

수적들은 서둘러 불길이 일어난 쪽으로 달려가기 시작했다. 이미 흑룡채의 배들은 저 멀리 달아나고 있는 중이었다. 구염채의 수적들이 이를 갈았지만, 자신들이라 하여도 그리 다른 선택을 하지는 않았을 것이란 생각을 하고 있었다. 황급히 달려가던 수적들 중 하나가 아차 하는 표정으로 뒤를 돌아보았다.

"어, 없다?!"

없었다. 여붕의 시체는 있었지만, 그를 반으로 가른 그 살귀가 보이지 않았다. 수적은 이를 갈았다. 자신들이 당황한 틈을 타 배 밖으로 몸을 던진 모양이었다. 하나 지금은 이만 갈고 있을 때가 아니었다. 일단은… 자신들이 먼저 살아야 했다.

'그런 꼴로 장강에 뛰어들었다면… 십중팔구 물고기 밥이다.'

수적은 그렇게 스스로 위안하며 배에 옮겨 붙은 불을 끄기 시작했다.

하나 안타깝게도 수적의 바람만큼 한의 명이 짧지는 않았다. 한은 한 사내의 억센 팔에 목이 감긴 채 장강을 헤쳐 나가고 있었다.

"눈 감지 마… 눈 감으면 장강에 네놈을 버리고 갈 테다……."

한은 귀에 익은 목소리를 들으며 조용히 눈을 감았다.

가패는 눈 감은 한의 모습에 혀를 차면서도, 힘차게 팔을 저으며 장강 변으로 향했다.

*   *   *

무창 아문(衙門)에는 평소와 달리 사람들이 바글거리고 있었다. 용호와 장안호 등이 아문에 들어섰을 때에는 이곳저곳에서 터지는 고함소리에 정신을 차리지 못할 정도였다.

"아, 완전히 미친놈이었다니까요?"

"사람들이 쩍쩍 갈라져 죽는데… 아이고, 아직도 그 생각만 하면 오

금이 저리네……."

"아니, 한 사람이었어요. 예. 그 한 사람이 우리가 타고 있던 배에서만, 한 오십 명 베었다니까요. 아니, 그놈이 다른 배에 올라가 죽인 놈들까지 우리가 어떻게 압니까? 널빤지 하나 잡고 장강을 건넌 것만 해도 꿈인지 생신지 구분이 안 가는데."

사람들의 목소리는 중구난방으로 날뛰고 있었다. 용호는 그런 사람들을 잠시 바라보다 장안호에게 말했다.

"잠시 한편에서 기다리십시오. 사정을 좀 알아봐야겠습니다."

용호는 장안호의 대답도 기다리지 않은 채 아문의 안쪽으로 걸음을 옮겼다.

장안호와 그 일행은 사람들이 몰리지 않은 한쪽으로 옮겨 자리했다. 아문에 가득한 사람들은 어림잡아 오십여 명에 가까웠고, 그 사람들 전부 적지 않게 낭패를 본 모양이었다.

모용상아는 그들의 목소리에 귀를 기울이고 있었지만, 들려오는 소리라고는 동정수로채라는 이름과 수십 명이 죽었다는 이야기, 그리고 무창 살귀라는 생경한 이름뿐이었다.

'그 사람이… 맞구나…….'

모용상아는 사람들의 입에 오르내리던 살귀라는 낯선 이름이 낯설지 않았다.

"정말 대단한 자입니다. 확인된 시신만 육십여 구… 물속에서 죽은 자도 다수 포함되어 있습니다. 놈의 행방은 오리무중이고, 동정수로채의 추적도 실패했다고 하는군요."

육십 명. 가히 작은 군소방파 하나와 겨룬 셈이다. 장안호는 혀를 차며 고개를 저었다.

"살귀라는 이름이 정말 어울리는 자로군. 그럼 무창에서만 근 일백을 베어낸 셈인가?"

장안호의 말에 용호가 고개를 끄덕였다.

"그자가 어디로 향했을 것 같소?"

장안호의 물음에 용호가 어깨를 으쓱해 보였다. 그로서도 당장은 짐작해 내기가 힘든 문제였다. 물론 짐작 가는 곳이 몇 곳 있기는 하지만, 그중 어느 곳으로 가려 했는지는 오직 그자만이 알고 있을 테니까. 물론 그가 짐작하고 있는 곳들의 위치를 아직 장안호와 공유할 때가 아니라는 것도 대답을 피한 이유 중에 하나였고.

"무창 아문도 난리가 난 상태입니다. 관내에서 화탄이 터졌으니, 이만저만한 사건이 아니겠지요. 도지휘사사에 도움을 요청해 관병을 움직일 거라는 소문도 있고……."

화탄은 민간의 유통을 엄격히 규제하는 물건이었다. 그런 물건이 무창의 코앞에서 사용되었으니, 관병이 출동할지도 모른다는 소문을 웃어넘길 수만도 없는 일이었다.

"거참, 동정수로채를 다시 봐야겠군. 화탄이라……."

"그들이 화탄까지 사용하게 만든 그자 역시 만만히 볼 수는 없습니다."

조용히 있던 모용정이 입을 열었다.

"아마 그자는 무창을 벗어나지 못했을 겁니다."

"왜 그렇게 생각하시는지……."

모용준의 말에 용호가 되물었다. 그러자 모용준이 별것 아니라는 듯 쉽게 답했다.

"육십 명이 죽었고 화탄까지 터졌는데, 그리고도 무사하면 사람이 아니지요. 동정수로채의 수적들이 도주했다고 했지요? 그럼 적어도 그자는 그 배에 타고 있지는 않았다는 뜻입니다. 그럼 그자는 장강 위에 남았다고 보는 게 맞을 겁니다. 죽었거나 아니면 무창 인근의 어딘가에 숨어 있을 겁니다.”

일리가 있었다. 그자가 배를 탈취했을 가능성은 극히 적었다. 그자 홀로 움직일 수 있을 만큼 동정수로채의 배가 작지 않았을 것이다. 다른 두 척의 배가 그것을 그냥 보고 있었을 리도 없었다. 세 척의 배가 모두 관선을 피해 도주했다면… 모용준의 말처럼 그자는 죽었거나 장강에 남았다고 보는 게 맞았다.

‘흠, 역시 모용세가라 이건가?’

머리를 굴리는 모습이 제법 먹물 든 테가 나고 있었다. 용호도 그들과 거의 비슷한 생각을 하고 있었다. 단지 차이가 있다면…

‘그놈은 죽지 않았을 것이다. 그럼, 그리 호락호락하게 죽을 놈이 아니지.’

용호는 한이 죽지 않았다고 확신하고 있었다. 그자의 시신을 확인하지 않는 한, 용호는 그자의 죽음을 인정치 않을 작정이었다. 아니, 정말 죽었다면, 시신이라도 확인해야만 했다. 모든 일은 마무리가 가장 중요한 법이니까.

“아이고… 그 미친놈은 왜 하필 우리가 타고 있던 배에 타서 이 고생을 시킨 거야. 싸우려면 지들끼리 싸우고 말 일이지… 애꿎은 우리가 무슨 죄가 있다고……”

한 아낙이 땅을 치며 통곡하고 있었다. 그 말을 받은 한 장사치가 인상을 구기며 입을 열고 있었다.

"그러게 말이오. 그 배에 놓고 내린 물건만 은자 서른 냥 어친데…
이걸 누구한테 변상하라고 해야 하나……."

장사치가 은근슬쩍 누군가를 바라보는 모습이 모용상아의 시선에
잡혔다. 아까부터 아무 말 없이 굳은 표정으로 서 있던 노인. 모용상아
의 뒤에서 설기룡의 목소리가 들렸다.

"아무래도 저 사람이 그 배의 선주인 것 같구나."

어느 틈엔가 사람들의 시선이 선주에게 향하고 있었다. 몇몇 사람이
선주에게 소리치는 모습도 보였다.

"당신은 배에 그놈이 타고 있었다는 걸 알고 있었지?"

"맞아! 분명히 알고 있었을 거요. 모든 게 당신 책임이오. 그놈을 몰
래 태운 당신 책임이니, 우리가 잃어버린 물건을 모두 변상하시오!"

"맞소! 모든 게 그놈 때문에 일어난 일이지만, 그놈이 이곳에 없으니
선주라도 책임을 지시오!"

사람들의 고함에도 신가 선주는 아무 말이 없었다. 만약 이곳이 포
도아문만 아니었다면, 당장이라도 달려들어 멱살잡이를 할 기세들이었
다.

그 모습을 보고 있던 포쾌 하나가 미심쩍다는 표정으로 선주에게 물
었다.

"저 사람들의 말이 사실이오? 정말 그자가 배에 타고 있다는 걸 몰
랐소?"

포쾌의 질문에 선주가 고개를 들었다.

"몰랐소."

선주의 짧은 대답에 다시 사람들이 인상을 구기며 무어라 소리쳤다.
하지만 천천히 뒤로 돌아서던 선주의 모습에 사람들은 일순 입을 다물

수밖에 없었다. 노선주의 두 눈에 분노와 원망의 빛이 떠오르고 있었다. 그리고 그런 감정이 그대로 녹아나는 목소리로 사람들에게 한 자 한 자 씹어뱉듯 말했다.

"하지만… 미리 알았다고 해도 그 사람을 태웠을 것이오."

사람들이 어이없다는 듯한 눈으로 노선주를 바라보았다.

그의 말을 듣고 있던 모용상아와 장안호 등도 귀를 쫑긋 세우며 노선주의 말에 귀를 기울였다.

"내 배를 불사른 놈들은 동정수로채 놈들이지 그 사람이 아니오. 난 그 사람에게 아무런 감정도 없소. 오히려… 고맙게 생각하고 있소."

포쾌에게 말을 마친 노선주가 이번에는 사람들을 향해 고함을 지르고 있었다.

"이 못난 사람들아, 머리가 달려 있으면 생각들 좀 해라! 누가 죽일 놈이고, 누가 은인인지 생각 좀 하란 말이다! 그 사람이 없었다면, 여기에 두 발 디디고 서 있을 사람이 몇이나 될지 생각 좀 해보란 말이다!"

늙은 선주의 일갈은 매섭기 그지없었다.

"이보시오, 포쾌 양반. 나는 그 사람을 고발하지 않겠소. 그 사람이 내 배를 부숴 버렸지만, 그로 인해 나와 여기 있는 사람들이 살아난 거요. 동정수로채 중 흑룡채와 구염채는 고발하겠소. 내 배에 불을 지른 놈들은 바로 그놈들이니까. 하나 그 사람은 고발하지 않겠소."

선주의 말에 포쾌가 모여 있던 사람들을 둘러보았다. 하나 아무리 둘러보아도 더 이상 나서서 살귀와 선주를 성토하는 이는 보이지 않았다.

모용상아는 말없이 미소 지으며 고개를 끄덕이고 있었다.

'그래, 그 사람이… 맞구나.'

모용상아는 스스로의 감정 변화를 자각하지 못하고 있었다. 수십 명이 죽었다는 소식에 가슴이 내려앉는 듯했고, 수십 명이 구사일생하였다는 데에 안도하는 마음. 모용상아는 보이지도 않는 그를 떠올리고 있었다.

'…피할 수 있었다면 피했겠죠? 그렇죠?'

모용상아의 물음에 답해줄 그는 이곳에 없었다.

*   *   *

이미 해가 저물어가는 장강 변. 한은 무창에서 조금 떨어진 한 강가 움막에 죽은 듯 잠들어 있었다. 곳곳이 삭아 구멍이 뚫려 있는 모습만으론 움막이 버려진 시간을 짐작하기 힘들었지만, 벽 언저리에 걸려 있던 검은색 상의에서 떨어지는 물방울들을 보니, 한이 모옥에 당도한 지는 그리 오래되지 않았음을 알 수 있었다.

한은 상하의가 모두 벗겨져 있었다. 퉁퉁 부어오른 오른쪽 어깨에는 정체 모를 약초가 올려져 있었고, 허벅지는 피를 머금은 붕대가 감겨 있었다. 그 스스로 치료했다고 보기에는 마무리가 제법 깔끔해 보였다. 모옥의 구멍으로 들던 빛이 한의 가슴에서 복부 쪽으로 옮겨가고 있을 무렵, 모옥의 문이 열리며 한 인영이 들어섰다. 그 인영은 들고 온 보자기와 장검을 내려놓고는 모옥의 한편에 앉아 불을 피우기 시작했다.

"그냥 누워 있어."

사내는 뒤도 돌아보지 않으며 입을 열었다. 누구에게 말을 건넨 것인지는 쉽게 알아차릴 수 있었다. 사내의 말이 끝나자마자 누워 있던 한이 비스듬히 몸을 일으켜 세웠다.

"제대로 말 듣는 꼴을 못 보겠군."

사내는 연기를 내며 피어오르는 불꽃을 바라보다 고개를 돌렸다. 한은 사내를 바라보며 의문 가득한 시선을 보내고 있었다.

"왜 그렇게 쳐다봐? 살려줬으면 고맙다는 인사나 할 것이지. 말을 못하면 고개라도 끄덕이면 되잖아. 아니지, 너도 내 목숨을 한 번 보아줬으니 피장파장인가?"

사내. 가패는 혼잣말에 피식 웃으며 가져온 보자기를 끌렀다. 보자기에는 작은 단지 하나가 들어 있었다.

"마셔."

가패는 대뜸 단지를 들어 한에게 건넸다. 한은 잠시 뜸을 들이다 그에게서 단지를 받아 들었다. 따뜻한 느낌. 뚜껑을 열어보니 허옇고 멀건 죽 같은 것이 들어 있었다.

"이어탕(鯉魚湯:잉어탕)이야. 비려도 그냥 눈 딱 감고 마셔."

한은 이어탕을 바라보다 이내 죽 들이켜 마셔 버렸다. 비리다는 느낌은 없었다. 혀가 없으니 비리고 말고 할 것도 없었다. 가패는 한을 바라보다 보자기 속에서 다른 몇 가지를 꺼내어 들었다. 작은 단환 하나를 손끝으로 비비더니, 한의 어깨에 붙였던 약초를 떼어내고 단환 비빈 것을 골고루 바르기 시작했다.

"제법 아플 텐데… 잘 참는군."

빠진 어깨는 가패가 이미 접골을 했는지 붓기가 많이 가라앉아 있었다. 하나 그 어깨 위로 붉게 벌어진 상처는 쉽게 아물 것 같지가 않았다. 가패는 꼼꼼히 상처 위에 금창약을 개어 발랐다. 허벅지의 상처에까지 금창약을 바르고 나서야 가패는 한에게서 물러났다. 그리고 자리에 털썩 주저앉으며 한에게 말했다.

"그 눈은… 내가 왜 이러는지 묻는 것이겠지?"

가패의 말에 한은 천천히 고개를 끄덕였다. 다행히 가패는 그리 눈치가 없지는 않았다. 물론 어느 정도 머리가 돌아가는 사람이라면, 지금의 이 상황에 어떤 설명이 필요하다라는 것쯤은 당연히 느끼고 있었을 테지만.

한은 가패의 수하들을 도륙한 원수다. 비록 생사결의 와중에 목숨의 구원을 받기는 했지만, 그 이유만으로 수하들을 버리고 자신을 구했다는 것은 납득하기 힘든 일이었다.

가패는 모닥불을 바라보고 있었다. 꺼내기 힘든 말을 준비하는 듯, 그의 입은 달싹거리기만 할 뿐 쉽게 열리지 않고 있었다. 하나 그의 눈에 일렁이던 모닥불은, 그에게 답답한 마음을 어서 털어버리라 재촉하고 있었다.

가패는 그런 재촉에 떠밀리듯 천천히 입을 열고 있었다.

"…어차피 손 털 생각이었다, 이런 수적 생활은……."

"……?"

"한 오 년 했으면 오래 했지. 뭐, 수적질도 나름대로 재미는 있었지만… 역시 뭍에서 자란 놈과는 맞지 않았어. 나는 원래 산동에서 나고 자랐다. 제법 이름있는 문파에 몸담았던 적도 있고, 한때는 칼 좀 쓰는 무인 축에 끼기도 했었지. 그런데… 그 문파가 망해 버렸어. 못 오를 나무를 올려다본 게 죄지. 너무 강한 문파와 시비가 붙어버린 거야. 뭐… 그때는 우리도 잘못을 하긴 했지만, 그놈들도 심하긴 했어. 그래도 산동에서는 제법 이름있는 문파였는데… 그놈들 손에 하룻밤을 못 넘겼어. 나나 우리 문파의 문주나 세상을 잘 몰랐던 거지. 그때만 해도 세상에 못할 것이 없어 보였는데, 알고 보니 세상에는 못할 일투성이더라고."

자세한 이야기를 하지 않는 것을 보니 썩 내키는 이야기는 아니었나 보다.

"문파가 멸문당하고 나니, 산동에서는 이름 석 자 제대로 밝힐 수가 없었어. 멸문당한 문파의 제자는 아무 곳에서도 받아주지 않거든. 게다가 멸문시킨 놈들의 위세가 하늘을 찌를 때는 더욱더. 그 길로 산동을 떠났고, 결국 흘러든 곳이 이곳 무창이었지. 어찌어찌 해서 동정수로채와 인연이 닿기는 했는데, 수적질도 도적질인지라 영 맘이 편하지는 않더라고. 이래 뵈도 산동에서는 협객 소리를 듣고 살았었거든."

가패는 스스로 생각해도 우스웠던지 혼자 피식 웃고 나서 이야기를 이어나갔다.

"그래도 실력은 녹슬지 않아 결국 일 년 만에 흑룡채의 채주 자리까지 올라오게 되었지. 원래 동정수로채라는 곳이 고수가 흔한 곳이 아니거든. 수하라고 하는 놈들도 일 년을 버티면 준수한 거고, 삼 년만 버텨도 실력을 인정해 줄 만큼 물갈이가 심하고. 딱히 갈 곳이 없어서 머물러 있었다고 해야겠지."

가패의 말에는 쓸쓸함이 묻어 나오고 있었다. 그의 목소리에는 진한 외로움과 자조가 섞여 있었다. 적어도… 흑룡채의 채주 자리는 그의 자리가 아니었던 모양이다.

"너한테 지고 나서 곰곰이 생각해 봤어. 차라리 잘됐다 싶더라고. 이 참에 조용히 흑룡채를 빠져나올까 고민하고 있었는데… 고맙게도 등 떠밀어주는 놈이 찾아왔었어."

가패의 입가에는 미소가 지어지고 있었지만, 미소 사이로 보이는 악다문 이는 곱게도 맞물려 무언가를 갈아대고 있었다.

"내 목을 가지러 사람이 왔더군. 아마 내가 조용히 누워만 있으니 큰 상처라도 입은 줄 알고 있었나 보더군. 그놈을 처리하고 구석에 숨어 살펴보던 놈을 잡아 족쳤지. 살수 놈은 입이 무거웠는데… 확인하라고 보낸 여붕의 수하 놈은 입이 가벼웠지. 흐흐… 사실은 너를 구하러 간 게 아니라 여붕의 목을 따기 위해 찾아간 거였다. 넌 운이 좋았던 거다."

가패의 말에 한은 그제야 상황이 어찌 돌아가고 있었던 것인지 깨달을 수 있었다. 여붕 그자가 무슨 이유에서였는지 가패를 죽이기 위해 살수를 보냈고, 그 살수를 처리한 가패가 도리어 여붕에게 복수하기 위해 자신이 싸우고 있던 곳까지 찾아왔던 것이다.

"여붕을 아주 멋지게 토막 쳐놨더군. 역시 맘에 드는 솜씨였어."

가패는 모닥불의 불꽃을 뒤적이다가 다시 말을 이었다.

"무창은 난리가 난 상태다. 포도아문의 포쾌들이 무창 전역을 들쑤시고 있어. 지금 무창에서 동정수로채 사람은 코빼기도 볼 수가 없다. 무창의 코앞에서 폭뢰를 터뜨리며 발광을 했으니, 아무리 그놈들이라도 가만히 보아 넘길 수는 없었을 테지. 무창 민단도 이를 갈고 있더군. 멀쩡한 민선에 불을 질렀으니 그 작자들도 당분간은 동정수로채와 인연을 끊어버릴 태세고. 아무튼, 지금 사람들 눈을 피해 무창을 벗어날 길은 없다. 어쩌면 관병들이 이 일에 관여하게 될지도 모르고……."

가패는 무창에서 일어나고 있는 일을 제법 소상히 알고 있었다. 불과 반나절 사이에 일어난 일이었지만, 사람 많은 큰 도시의 소문이 다른 곳보다 몇 배는 빨리 퍼져 나가는 탓이었다.

"거참… 누가 보면 흑룡왕 가패가 미친 줄 알겠군. 나도 내가 이렇

게 말 많은 놈인지 미처 몰랐어. 말 못하는 놈이랑 함께 있으려니 이것
도 못할 노릇이군."

가패는 고개를 저으며 한숨을 내쉬었다.

한의 입가가 잠시 말아 올려졌다가 정상으로 돌아갔다. 그것을 눈치
못 챈 가패가 다시금 한숨을 내쉬며 입을 열었다.

"아니지, 이젠 흑룡왕이란 이름도 버려야겠군. 거참… 오 년간 써왔
던 별호지만, 사실 정말 맘에 들지 않는 별호였어. 아, 그리고 보니 네
놈도 별호가 생겼더군."

한은 무심한 시선으로 가패를 바라보았다. 하나 그의 시선이 가패에
게 향했다는 것만으로도 그가 관심을 보이는 것이라는 것을 느낄 수
있었다.

"장강 살인마, 무창 살귀, 회자수… 맘에 드는 걸로 골라봐."

한은 결국 입가의 미소를 가패에게 보여줄 수밖에 없었다. 이런 이
야기에 미소를 짓는다는 것이 어이없기도 했지만, 가패는 그런 한의 작
은 반응에도 놀라워하고 있었다.

"허, 웃을 줄도 아는군?"

가패의 말에 한의 입가에 잠시 머물었던 미소가 씻은 듯 사라져 버
렸다. 하지만 그 미소는 멀리 가지 못하고 가패의 입가로 옮겨가 있었
다.

"늦었어, 그런 식으로 피해도 너무 많은 흔적을 남겼다고."

"……?"

한은 무슨 말이냐는 듯 물었다. 가패는 한의 두 눈에 그려진 물음에
미소를 지우지 않고 답해주었다.

"불탄 민선의 선주가 너를 고발하지 않았단다. 제법이야, 죽일 줄만

아는 줄 알았는데 살릴 줄도 알고."

가패의 말에 한은 고개를 돌려 버렸다. 자신은 모르는 일이라는 듯. 하나 그 혼자 부정하기에는 너무 많은 사람들이 그 이야기를 알고 있었다. 그중에는 가패도 포함돼 있었고.

"궁금해졌어."

"……?"

한은 돌렸던 시선을 다시금 가패에게 보냈다. 가패는 한을 바라보며 의미심장한 웃음을 짓고 있었다.

"네가 누군지, 뭘 원하는지… 궁금해졌어."

"……."

한은 말없이 가패의 눈을 바라보고 있었다. 한이야말로 그가 무엇을 원하는지 알 수가 없었다. 자신을 궁금해하는 이유도. 하나 가패가 내건 조건에는 한발 물러서야만 했다.

"난 무창을 떠날 거야, 가급적 빨리. 네가 원한다면… 함께 갈 수도 있어. 그러자면 네가 누군지, 뭘 하는 놈인지 정도는 알아야 하지 않겠어?"

한은 쉽게 답하지 못했다. 가패는 손을 내밀고 있었다. 얼마나 오래 갈지는 모르지만… 함께 가자 손을 내밀고 있었다. 한은 그의 손을 잡기가 어색했다. 누군가와 함께한다는 것이 낯설기만 했다. 하지만 한은 그의 손을 잡을 수밖에 없었다. 그 역시 무창을 떠나야 했기에. 물론, 가급적 빨리.

第十三章

추적

"어찌 되고 있습니까?"

"뭐… 팔 척 장신의 사내들이 열대여섯 명 잡혀오기는 했는데……."

밭에서 소를 몰다 잡혀온 이도 있었고, 산에서 나무를 하다 잡혀온 이도 있었다고 했다. 기예단의 차력사도 있었다고 했지만, 어디에도 그 사람은 없었다.

"벌써 무창을 빠져나간 것은 아닐까요?"

모용상아의 질문에는 바람이 들어 있었다. 그러했기를 바라는. 하나 용호는 가만히 고개를 가로저으며 입을 열었다.

"아주 가능성이 없는 건 아니지만, 무척이나 희박한 가능성이오. 이미 무창 외곽에는 도지휘사사 예하의 관병들이 포위하고 있는 상태요. 물론 그들이 찾는 것은 화탄을 터뜨린 동정수로채의 잔당들이지만, 이미 널리 알려진 살귀 역시 그들의 감시를 피해 무창을 벗어나는 것은 거의 불가능하오."

　용호의 말에 사람들의 표정이 변하고 있었다. 장안호와 설기룡 등은 그 사내가 어디 있을까를 짐작해 보려는 듯한 표정이었고, 모용상아는 불안한 듯한 표정으로 입술을 깨물고 있었다. 그때 그들이 있던 객잔으로 포쾌 한 사람이 들어와 살피더니, 이내 용호를 발견하고는 다가와 손으로 입을 가린 채 무어라 속삭였다. 용호의 입가에 만족스러운 미소가 번졌다. 용호가 고개를 끄덕이자 포쾌가 낮게 고개를 숙여 보이곤 객잔을 나갔다.

　"무슨 일입니까?"

　설기룡이 궁금하다는 표정으로 용호에게 물었다. 용호는 말없이 앞에 있던 차를 비우곤 자리에서 일어서며 말했다.

　"포도아문에 다녀와야겠습니다."

　"혹시 그가?"

　"아니오. 그자를 잡았다는 소식은 아닙니다."

　"그럼?"

　"만나야 할 사람들이 아문에 도착했소."

　설기룡은 의아해하는 시선으로 용호를 바라보다가 장안호를 바라보았다. 장안호 역시 고개를 갸웃거리고 있었지만, 모용준, 모용정 형제는 가만히 고개를 끄덕이고 있었다. 마치 생각에 잠긴 모용상아처럼.

　"누구를 만난다는 것이오?"

　장안호가 묻자 용호의 시선이 모용상아에게 향했다. 모용상아는 그런 용호의 시선이 기분 나쁜 듯, 눈길을 피하며 낮게 입을 열었다.

　"…동정수로채."

용호는 모용상아의 대답에 어깨를 으쓱해 보이곤 객잔을 나섰다. 포쾌가 알려주고 간 것은, 동정수로채의 인물들이 관부의 그물에 잡혀 포도아문으로 호송되었다는 소식이었다.

"숙부, 왜 저 사람을 돕기로 하신 거죠?"

갑작스런 모용상아의 물음에 장안호의 표정이 잠시나마 굳어버렸다. 하나 이내 그런 표정은 사라지고 언제나처럼 인자한 숙부의 표정으로 입을 열고 있었다.

"너도 알다시피, 우리 세가의 무사가 둘이나 희생당했다. 게다가 우리가 하고 있던 초가장의 일도 완전히 백지가 되어버렸다. 금전적으로야 그리 손해 본 것이 없다곤 하지만, 어찌 되었든 모용세가의 일을 방해한 것만은 분명한 사실. 모른 척 넘어갈 수는 없지 않느냐?"

모용상아는 장안호의 말에 뒷말을 잇지 않았다. 다만 입술을 반쯤 내밀고 표정없이 앉아 찻잔만을 바라보고 있었다. 장안호는 내심 짚이는 것이 있어 부드럽게 모용상아를 불렀다.

"그자가 너를 구해준 은인이라 그러는 것이냐?"

"…세가의 무사들은 안됐지만, 그래도 제 입장을 생각해 주셨다면 그 사람을 쫓아선 안 되는 것 아니에요?"

모용상아는 분명 토라져 있었다. 자신을 구해준 은인. 물론 세가의 무사들이 희생당하긴 했지만 그가 무사들을 노린 것도 아니었고, 어쩌다 보니 그렇게 되었다 말할 수도 있었다. 쉽게 말하면 재수가 없었던 거지.

"하나, 그는 수십 명의 목숨을 빼앗은 살귀다. 그런 자를 잡는 일은 강호의 도리상……."

"그의 손속이 잔인하긴 했지만, 숙부도 들으셨잖아요? 그 사람이 장강에서 양민 수십 명의 목숨을 구했다는걸?"

"하나 그의 손에 죽은 사람들도……."

"그들은 수적이에요. 관에서 쫓고 있는 범법자들! 그 사람이 그들의 목숨을 빼앗은 것이 잘했다는 것은 아니지만, 엄밀히 말하면 법을 어긴 것도 아니고, 죄를 지은 것도 아니에요. 관아에서도 동정수로채와의 일로는 그 사람을 어쩌지 못하고 있잖아요?"

모용상아의 말에 장안호는 일순 답을 내놓을 수가 없었다. 틀린 부분이 있어야 지적을 하고 반박을 할 것이 아닌가? 모용상아의 말처럼 무창 포도아문에서는 동정수로채에 대한 수배령은 내렸지만 한에 대한 수배령은 내리질 못했다. 누가 보기에도 그들의 일은 강호의 시비였다. 물론 수십 명이 죽은 큰 사건이니 모른 척할 수는 없지만, 동정수로채가 저지른 화탄 사건에 비하자면 사건이라 할 수도 없는 일이었다. 화탄의 사용은 역모에 준하는 큰 범죄였으니. 게다가 수십 명의 양민을 구했다는 소문이 무창을 훑고 지난 지 오래다. 삼삼오오 짝지은 사람들은 대부분 동정수로채와 무창 살귀의 이야기로 시간을 보낸다. 살귀를 욕하는 사람들도 많지만, 이제는 동정수로채를 욕하는 사람들도 만만치 않다. 살귀인 줄만 알았던 자가 장강에서 수십명의 양민을 구했다는 소문이 그에 대한 지탄을 희석시킨 가장 큰 이유였다.

"상아야, 그 사람이 이곳 무창으로 오기 전에도 여러 건의 살인을 저질렀다고 하지 않던? 이곳에서도 초 가주를 베었고. 그의 죄가 없다고는 말할 수 없지."

보다 못한 모용정이 나서 장안호의 편을 들어주고 있었다. 모용준,

모용정 형제는 그를 코앞에서 대면한 적이 있었다. 그 사내에 대한 감정이 좋지 않은 것은 당연한 것이었다. 하나 그들보다 더 가까운 거리에서 그를 보았던 모용상아였다. 그녀는 그들과 생각이 많이 달랐다.

"아직 확실한 건 아니잖아? 그 사람이 그들을 다 죽였을 거라는 것도 심증뿐이고, 구양세가와 관련이 있을 것이라는 것도 단지 용호 그 사람의 짐작일 뿐이야. 그리고……."

모용상아의 눈빛이 조금 흔들렸다. 자신을 바라보고 있던 두 눈. 그녀는 설기룡의 눈빛에서 안타까움을 느꼈다. 자신이 그를 옹호하고 있는 것에 대한 좋지 않은 감정을…….

'미안해요, 오빠. 하지만…….'

모용상아는 애써 설기룡의 눈빛을 외면하며 자신이 생각하는 바를 마저 털어놓고 있었다.

"그 사람은 말을 하지 못해. 그가 옳은지 틀린지… 아무도 알 수가 없어……."

"그래서 그를 찾는 것 아니었느냐?"

모용상아는 놀란 눈으로 설기룡을 바라보았다. 설기룡의 눈빛은 차가웠다. 기억 속에서 그와 닮은 눈빛을 기억해 낼 수 없을 정도로 차가운 눈빛이었다. 그 눈빛이 모용상아에게 말하고 있었다.

"그를 찾아… 사매가 그에게 자백을 받아내겠다 하지 않았었나?"

설기룡의 목소리에 노기는 없었다. 무감. 공허한 것 같기도 하고 쓸쓸한 것 같기도 한 목소리. 모용상아의 주먹이 곱게 쥐어지고 있었다.

'오빠…….'

"그가 복수를 하려 한다는 것. 아니, 이미 복수를 하고 있다는 것은 사매도 알고 나도 알고 있다. 나는 그 이유가 무엇인지… 그것이 죄인지 아닌지… 사매가 알아낼 수 있을 거라 생각하고……."

설기룡의 말에 장안호가 고개를 돌려 모용상아를 바라보았다.

"기룡이의 말이 사실이더냐? 그가 복수를 하고 있다는 것이?"

이렇게 된 이상 더 숨길 수도 없었다. 모용상아는 설기룡을 바라보다 힘겹게 고개를 끄덕였다. 어색한 침묵이 흐르고 있었다. 설기룡과 모용상아 사이에 흐르는 침묵. 모용상아와 장안호 사이에 펼쳐진 침묵. 모용상아는 주변의 침묵 속에 숨이 갑갑해 온다 느끼고 있었다.

'오빠… 내가 잘못하고 있는 걸까? 숙부… 제가 정말 잘못하고 있는 걸까요?'

모용상아는 무거워진 공기 속에서 한숨조차 내쉴 수 없었다. 모용준이 때맞춰 이야기를 돌리지 않았다면, 그대로 쓰러져 버렸을지도 모른다.

"뭐, 어찌 되었든 그는 찾아야 하겠군요. 살았을지 죽었을지는 모르겠지만……."

모용준이 사람 좋은 웃음을 지으며 모용상아에게 말했다.

"은혜를 잊지 않는다는 건 칭찬할 만한 일이다, 상대가 아무리 살귀라고 해도."

"고마워… 오빠."

모용상아는 모용준의 말에 미소하며 답했다. 그리고 뒤이은 장안호의 말에는 모용상아도 어쩔 수 없이 고개를 끄덕여야만 했다.

"준이의 말처럼, 일단은 그를 찾는 것이 좋을 것 같다. 동정수로채와의 일이야 우리와 무관하다고도 할 수 있지만, 어찌 되었든 그는 살인용의자. 우리와도 관계가 적다고 할 수가 없으니, 강호의 도의상 모른 척할 수만은 없는 일이다. 그리고 상아 네 생각처럼 그가 정말 악한이 아니라면, 누군가는 그의 이야기를 들어주어야 하지 않겠느냐? 시비를 가리는 일이 쉬운 일은 아니지만, 상아 너만 괜찮다면 나는 그를 쫓고 싶구나. 기룡이의 말처럼… 그를 찾아 이야기라도 들어보려면 말이다.”

모용상아는 비로소 참았던 한숨을 내쉬며 고개를 끄덕였다. 그나마 다행한 일. 무작정 그를 잡아야겠다는 것에서, 그 사람을 잡아 이야기는 들어보겠다는 쪽으로 흐름이 바뀌었다. 그것만으로도 모용상아는 다행스러운 일이라 여기며 감사해하고 있었다. 제각각 이유는 달랐지만, 결국 그를 찾아야 한다는 것에는 의견이 모아지고 있었다.

해가 지던 무창. 모용상아는 그의 모습을 찾듯 객잔의 창밖으로 시선을 옮기고 있었고, 설기룡은 그런 모용상아를 쓸쓸한 시선으로 바라보고 있었으며, 장안호는 그런 두 사람을 안타까운 마음으로 바라보고 있었다. 무창의 하루는 또 그렇게 저물어가고 있었다.

*   *   *

포도아문에 끌려온 자들은 벌써 모진 고초를 몇 차례 겪은 듯 볼썽사나운 몰골들을 하고 있었다. 형틀에 묶여 있는 자들은 모두 다섯 명. 심문을 당해 기력이 다한 듯, 고개를 처박고 움직이지 않고 있었다.

“이들이 동정수로채의 수적들입니까?”

“그렇습니다. 작은 소선을 타고 무창에 들어오려던 것을 잡아냈습니다.”

용호의 물음에 심문을 하고 있던 포쾌 하나가 고개를 숙이며 답했다. 그리고 용호의 물음에 대한 확인이라도 시켜줄 요량이었는지, 고개를 숙이고 있던 한 수적의 어깨 자락을 찢어냈다.

찌이익!

"이것은 흑룡채의 문양입니다. 무창 일대를 무대로 하는 동정수로채의 수적들이지요."

포쾌가 찢어낸 옷자락 밑에는 검은색으로 문신된 용 한 마리가 용호를 노려보고 있었다.

"흑룡채라… 그래, 이들에게서 뭣 좀 알아낸 것이 있소?"

용호가 묻자 포쾌는 한쪽에 앉아 있던 서리를 불렀다. 서리는 한 뭉치의 종이를 들고 와 용호에게 공손히 건넸다.

"심문 기록입니다."

"흠… 흑룡채와 구염채라."

수적들의 자백 내용이 적힌 서류를 훑어보던 용호의 눈빛이 시시각각 변하고 있었다. 근 일 다경 가까이 걸려 꼼꼼히 서류를 훑어본 용호가 피식 웃으며 입을 열었다.

"이것 참, 시비가 붙은 강호인 하나를 잡기 위해 백오십에 가까운 인원이 움직였다는 건가? 그러고도 그를 놓쳤다?"

용호의 부름에 답할 수적은 없었지만, 그들의 정신을 일깨울 포쾌는 있었다. 포쾌는 다른 포쾌들과 함께 물동이를 들어 수적들의 머리 위에 쏟아 부었다.

촤아악!

"허억!"

정신을 잃고 있던 수적들이 머리 위로 부어진 날벼락에 깜짝 놀라 일어났다.

"몇 가지 물어보고 싶은 게 있는데 말이야……."

용호는 특유의 느끼한 미소를 지으며 형틀에 묶여 있는 수적들 앞에 쪼그려 앉았다. 갑자기 바뀐 풍경에 당황하던 수적들이었지만, 이내 눈앞의 사내가 주도권을 잡고 있다는 것을 깨달을 수 있었다.

"명색이 장강의 수적들이 백오십이나 출동하고 화탄까지 터뜨렸는데 그놈을 놓쳤다고? 흠… 왜 놓쳤나?"

"…그자가 너무 강했소."

용호는 수적을 제대로 짚었다. 다섯 명의 수적 중 용호가 말을 건 수적이 잡혀온 이들 중 가장 서열이 높았다. 서열이 높다는 것은 그만큼 경험이 많다는 것이고, 경험이 많다는 것은 지금과 같은 상황에서 쓸데없이 시간을 끄는 것이 얼마나 무모하고 멍청한 짓인지 잘 알고 있다는 뜻이었다. 수적은 어렵지 않게 답을 내어주고 있었다.

"흠… 수적들은 몇이나 죽었나?"

"처음 민선으로 오른 자가 오십여 명. 장강에서 그를 저지하기 위해 내려간 자가 이십여 명. 총 칠십여 명 정도가 당했소."

용호는 고개를 끄덕이곤 있었지만, 마음속으로는 혀를 내두르고 있었다. 칠십여 명? 일전의 싸움에서 그가 죽인 자들까지 친다면 기백이 넘는 수적이 한 사람에게 도륙당했다는 뜻이다. 용호는 어이가 없었지만, 눈앞의 현실을 회피할 만큼 어리석지 않았다.

"구염채의 부채주란 자도 죽었다고 하는데… 그가 너희들의 실질적 수장 아닌가?"

"…본채에서 명을 받고 내려온 자이지만… 죽어도 싼 자요."

"음?"

용호는 수적이 내보인 적의를 이상히 여겼지만, 동정수로채 내부의 일 따위에 고민할 여유는 없었다.

"그자는 어떻게 생겼나?"

"…얼굴은 보지 못했소."

혹시나 했지만 역시나 이들도 그의 얼굴을 본 자가 없다. 민선에서 살아난 자들도 그의 얼굴을 본 자가 없었다. 장강으로 뛰어들기 전까지 챙이 넓은 방갓을 쓰고 있었기에 볼 수 없었다고 했다. 물론 자신과 함께 있는 모용가의 사람들 중 두 사람이나 그의 얼굴을 알고 있었지만, 기실 일정한 거리를 두고 있는 입장이었기에 그들과는 다른 경로로 정보를 수집해야만 했다. 하나 잡아온 동정수로채의 수적들도 그의 얼굴을 본 자는 거의 없는 것 같았다.

'골치 아프군.'

안타깝지만, 서두를 필요는 없었다. 보다 확실한 정보가 필요했을 뿐, 지금의 정보만으로도 그를 찾아내기에는 충분했으니. 용호는 더 이상 그들에게서 얻어낼 것이 없음을 깨달았다. 그가 필요한 것은 그에 대한 것이지 동정수로채의 정보 따위는 아니었으니까.

"그래… 알았어. 한데… 자네들은 왜 다시 무창으로 숨어들려 한 것이지?"

중히 여기지 않은 질문이었다. 그저 던지듯 꺼낸 질문이었는데… 수적은 대답하지 않았다.

'음?'

용호는 의외라는 듯 수적을 바라보고 있었다. 용호의 답에 대답하던 수적은 입을 굳게 다물고 있었다. 그 표정에서 용호는 무언가 자신의 후각을 잡아끄는 냄새를 발견할 수 있었다. 수적에게서 시선을 돌린 용호가 포쾌를 불렀다.

"이보게."

"예, 대인."

"음… 이들의 형량이 얼마나 될 것 같나?"

용호의 말에 포쾌가 생각할 필요도 없다는 듯 쉽게 답했다.

"대명률에 따르면 법률로 인정된 목적 이외의 목적을 가지고 열 명 이상이 도당을 이루는 자들은 역모의 도당으로 간주하여 참형합니다. 또 율조(律條)에는 남의 집 대문을 부수고 침입하는 자는 잡범(雜犯)으로 쳐, 사형에 처합니다. 이들은 국법을 어기며 도당을 이루었고, 사사로이 남에 물건을 약탈하였으니……."

포쾌는 용호가 아니라 수적을 바라보며 목을 긋는 시늉을 했다. 용호는 마음에 든다는 듯한 미소를 지으며 수적을 바라보았다.

"무창에는 왜 숨어들려 했는가?"

수적의 눈빛이 암울하게 물들어갔다. 하나 용호의 눈빛에서 삶의 희망을 읽고는 떠듬떠듬 입을 열었다.

"…구염채의 여붕이… 본 수채의 채주를 암살하기 위해… 자객을 보냈습니다. 하지만 암습은 실패하였고, 그 길로 채주의 행방이 묘연해져 버렸기에……."

수적은 자신이 왜 무창으로 돌아가려 했는지를 소상히 말하고 있었다. 무슨 연유에서였는지 모르지만, 암습을 피한 채주가 감쪽같이 사라져 버렸다. 머리를 잃은 수적들은 관군의 눈을 피해 급히 몸을 숨겼고, 몇몇 수적들이 그의 행방을 수소문하기 위해 무창으로 들던 중이었다.

"아니, 사라진 수적들의 채주를 무창에서 찾는다?"

"본래 채주는 수적으로 자란 사람이 아니기에, 평소에도 무창에서 시간을 보내곤 했습니다. 해서 혹시나 하는 마음에……."

수적들은 한시가 급했다. 관군으로 인해 행동이 제약된 지금, 채주의 부재는 큰 혼란을 가져올 수밖에 없었다. 해서 몇몇 수적들이 그의 행방을 수소문하고자 무창으로의 잠입을 시도했던 것이다.

“흠… 그랬었군.”

용호는 어깨를 으쓱해 보이곤 자리에서 일어섰다. 그다지 중요한 단서는 아니라는 판단이었기에 더 이상 이곳에 있을 이유가 없었다.

대답을 하던 수적은 모른 척 일어서는 용호의 모습에 당황해하고 있었다. 이대로 아무런 언질도 받지 못한 채 그를 보낸다면, 자신들의 목은 며칠 지나지 않아 아문의 담벽 위에 내걸리게 될 것이다. 수적은 필사적이었다.

“저희는 아무 죄도 없습니다! 폭뢰는 구염채의 물건이었고, 민선에 불을 지른 것도 모두 구염채의 짓입니다! 여붕은 채주를 죽이고 그 살귀를 죽여 흑룡채를 접수하려 했던 것입니다. 채주가 소선을 이끌고 여붕이 있던 곳으로 향하는 것을 본 사람도 있습니다. 아마도 채주는 여붕을 죽이기 위해…….”

“잠깐!”

용호는 손을 들어 수적의 입을 막았다. 그리고 포쾌를 바라보며 빠르게 입을 열었다.

“접전이 일어났던 곳이 어디였지?”

“에… 무창에서 삼십여 리 떨어진 장강 한복판이었습니다.”

“당시 그곳을 지나던 배가 있었나?”

“없었습니다. 이미 수적들을 피해 그곳을 오가던 배들이 모두 자리를 피한 상태였습니다.”

용호는 시선을 돌려 수적에게 물었다.

"분명 증언에는 그자가 큰 상처를 입고 있었다고 했다."

"예? 그자라면……."

"무창 살귀."

"예… 어깨와 허벅지에 상처를 입었고, 폭뢰 때문인지 오른팔을 쓸 수 없어 보였다고……."

수적이 머리를 쥐어짜 내듯 인상을 쓰며 겨우 기억을 되살려 대답하고 있었다. 용호는 의미심장한 미소를 지으며 포쾌에게 물었다.

"접전이 일던 곳의 장강 폭이 얼마나 되지?"

"음… 대략 삼백 장(丈) 정도 될 겁니다."

용호는 고개를 끄덕이며 등을 돌렸다. 걸음을 옮기던 용호의 등 뒤로 그의 목소리가 들려왔다.

"흑룡채의 채주에 대한 수배령을 내리게. 그리고… 저들은 목만 붙여놓고."

수적들은 이제 살았다는 표정을 지으며 안도의 한숨을 내쉬고 있었고, 포쾌들은 고개를 저으며 또 하나의 명을 수행하기 위해 걸음을 옮기고 있었다.

'장강 한복판에서 사라진 자. 장강 밑바닥에 가라앉아 있거나, 아니면 어디론가 몸을 피했다고 봐야 한다. 장강 폭은 삼백여 장. 한 팔을 못 쓰고 상처까지 입은 자가 홀로 건널 수 있는 거리가 아니지. 그래… 제삼자가 있었어. 흑룡왕 가패… 재미있는 우연이군.'

아문을 나서는 용호의 발걸음이 가벼웠다. 놈은… 아직 무창을 벗어나지 못했다.

＊　　　＊　　　＊

그는 꿈을 꾸고 있었다. 기억을 거슬러 올라 멈춘 그곳에서 그 꿈이 시작되고 있었다. 그는 수많은 사람들 속에 있는 자신을 바라보고 있었다. 두 팔이 묶인 채 바닥에 뒹굴려진 자신. 온몸에 먼지를 뒤집어쓰고 있던 그 초라한 몰골의 자신이 너무도 생생히 보이고 있었다. 직접 얼굴을 마주한다는 느낌이 들 정도로 그때의 고통과 감정이 물밀듯 밀려오고 있었다.

"네놈이 감히 주제를 모르고 설쳐?"

한 사내의 외침이 그와 또 다른 그의 이목을 잡아끌었다. 분기탱천한 모습. 그와 그는 그 사내가 무엇에 노하고 있는지 잘 알고 있었다.

"감히 미천한 종놈 주제에 주인의 행사에 참견을 해?"

참견을 했다. 그러지 말라고 했었다. 그러면 안 된다고, 그러면 안 되는 것이라고 했었다.

"네 그 더러운 손으로 나를 밀쳐 내고, 그 미천한 혓바닥으로 나를 능멸했으니, 주인이 종을 벌하는 것은 누구도 나서 말리지 못할 것이다!"

그 사내는 그와 그에게 말하지 않았다. 주위에 몰려들어 안타까이 바라보고 있는 사람들. 그 동정과 연민 가득한 눈동자들을 향해 외치고 있었다.

"가져와라!"

그는 고통스러워하고 있었지만, 그를 바라보던 또 다른 그는 이후에 벌어질 고통에 진저리를 치고 있었다.

'안 돼……'

"너는 앞으로도 종으로서 해야 할 일이 있기에, 내 특별히 자비를 베

풀어 두 손의 죄악은 용서해 주겠다. 하지만!"

그를 향해 소리치던 사내의 눈에 광기가 일고 있었다. 그는 그 광기의 정체를 몰라 두려워했고, 또 다른 그는 그 광기의 결말을 알고 있었기에 두려워하고 있었다.

'안 돼… 제발…….'

"나를 능멸한 그 혓바닥만은 도저히 용서할 수가 없다."

사내의 손에는 커다란 쇠 집게가 들려 있었다. 마구간에서 편자를 갈 때나 쓰일 법한 쇠 집게였지만, 사내의 손에 들려 있는 그것은 천하의 어떤 기구보다도 잔인한 심성을 담고 있었다. 그것이 무엇을 위해 준비된 것인지는 몰랐지만, 그는 그것이 몰고 올 두려움을 직감하며 몸을 떨었다. 고개를 도리질 치며 고함을 치고 있었지만, 또 다른 그의 귀에는 그의 목소리가 들리지 않았다. 너무도 처절한 비명이었다고 기억됨에도, 정작 그 목소리는 기억에 남아 있지 않았다.

'그러지 마라… 제발 그러지 마라…….'

또 다른 그는 붉어진 눈으로 그에게 다가가는 사내를 바라보고 있었다. 공포에 질려 떨고 있던 그는 사지가 포박된 채, 비 오는 날의 토룡(土龍:지렁이)처럼 꿈틀대며 소리치고 있었다. 하나 그의 발악은 일순간 멈추어져 있었다. 그리고 또 다른 그는 그가 바라보던 그곳을 함께 바라보고 있었다. 그를 바라보던… 그녀를…….

'보지… 마세요. 고개를 돌려요…….'

꿈틀대던 그의 눈이 그녀와 마주쳐 있었다. 사람들의 틈바구니 저편, 사람들의 시선이 가 있지 않았던 그곳에 그녀가 숨어 그를 바라보고 있었다. 너무나 멀리 있었음에도 그녀의 눈에서 눈물이 흐르고 있다는 것을 그도 알 수 있었고, 또 다른 그도 알고 있었다.

‘난… 괜찮습니다.’

장정들의 손에 입이 벌어지고 있음에도 사내는 반항하지 않았다. 그의 벌려진 입으로 그 저주스런 쇠 집게가 비집고 들어옴에도 흠칫 몸을 떨어준 것이 전부였다. 또 다른 그는 그에게서 고개를 돌렸다. 고개를 돌린 그곳에 그녀가 있었다. 그녀의 눈에 흐르는 눈물의 한 방울까지도 그는 볼 수가 있었다.

‘보지 말아요… 나는… 괜찮으니……’

또 다른 그 역시 두 눈을 감거 말았다. 그녀의 눈이 감김과 동시에…….

“끄아아아아!!”

“헉… 헉… 헉…….”

한은 박차듯 몸을 일으키며 잠에서 깨어났다. 온몸을 적신 땀에 바닥에 깔아놓았던 갈댓잎들이 덕지덕지 달라붙어 있었지만, 한의 눈에서 이는 두려움은 그러한 것들을 인지할 여유를 남겨두지 않았다.

“악몽을 꾸었나 보군.”

한은 자신의 옆에서 들린 목소리에 고개를 돌렸다. 두 팔로 머리를 괴고 누워 있던 가패가 천장을 바라보고 있었다.

“무슨 꿈인지는 모르겠지만… 나는 절대 그런 꿈은 꾸고 싶지 않다는 생각이 드는군.”

근 반 시진에 걸친 몸부림. 가패는 괴로워하는 한을 깨우려다 들었던 손을 내려놓았다. 그의 표정에서 알 수 있는 고통. 그것이 귀신 나부랭이에게 가위를 눌린 것이 아닌, 고통스러운 과거의 편린이라는 것을 가패도 느낄 수 있었다. 한의 눈에서 흐른 한줄기 눈물로 인해.

"조금 더 자둬. 동이 트려면 아직 멀었으니까……."

가패는 몸을 모로 뉘이며 한을 외면했다. 그와의 대화는 생각보다도 훨씬 어려웠다. 근 한 시진에 걸쳐 알아낸 것이라곤, 그가 복수를 위해 검을 들었다는 것과 아직 복수해야 할 대상이 넷이나 남아 있다는 것. 그리고 다음 행선지가 안휘의 태호(太湖)라는 것 정도. 그나마 그의 물음에 한이 답해주는 것은 어렵지 않았지만, 태호라는 지명을 알아내는 데에만 반 시진이 걸렸다. 그래도 가패는 알고 있었다. 적어도… 한이 최선을 다해 자신과의 약속을 지키려 했다는 것을.

'그래, 무창을 벗어나… 태호까지만 같이 가자. 익숙해지면… 조금 더 많은 것을 알 수 있겠지. 무엇을 원하는지, 왜 복수를 하려는 것인지…….'

가패는 눈을 감았다. 자신이 가야 할 길을 정하는 것도 지금의 가패에겐 버거운 일이었다. 어차피 연고랄 것도 없는 그였지만, 그래도 무창을 떠나면 객지에서 두 주먹으로 다시 시작해야 하는 셈이다. 주머니 속의 은자라곤 고작 은원보 두 개. 적지는 않았지만, 새로운 인생을 살아가기엔 턱없이 모자란 돈이었다. 하지만 큰 걱정은 없었다. 가진 재주라고는 칼 부리는 재주뿐이지만, 어디 가서 밥 굶을 정도로 빈약한 재주는 아니었다. 솔직히 어지간한 문파의 문을 두드려도 한자리 꿰어 찰 실력은 충분히 되고도 남는다. 물론 썩 내키는 일은 아니지만.

가패는 등 뒤에 누워 있는 한을 생각했다. 복수를 위해 천하를 떠돌고 있는 사내. 말도 못하고 글도 못 쓰는 못난 사내. 하나 그 못난 사내의 칼에 수하였던 자들이 기백이나 떨어져 나갔고, 자신 역시 그 못난 칼에 맞은 어깨의 상처가 욱신거리고 있으니, 함부로 말할 처지는 아니다. 물론 수하들의 일은 이미 잊었다. 어차피 애정을 가지고 함께했던 자들도 아니었고, 한 줌 미련도 남지 않을 만큼 기막힌 환송연을 겪어야 했다. 여붕이 보낸 자객은 가패에게서 그나마 남아 있던 정을 깔끔하게 떼어가 버렸다. 그는 이제 혼자가 되었다. 자신의 옆에 누워 있는 한처럼.

'또다시 남의 집 개가 되는 것보다는 이놈 뒤를 봐주는 일도 재미있을 것 같고…….'

참 탈 많은 사내. 내버려 둔다면 가는 길마다 피를 뿌릴지도 모르는 사내. 자신이 조금만 도와준다면 제법 재미있는 여정이 될지도 모른다는 생각이 불쑥 들고 있었다.

'젠장… 나도 나이가 먹었나?

가패는 고개를 젓고는 다시 눈을 감았다. 밤새 고민하는 일 따위는 사양하고 싶었고, 동정심 따위로 마음이 흔들리고 싶지도 않았다. 물론 그것이 의지로 되는 일이 아니란 것쯤은 그도 알고 있었지만, 어찌되었든 일단은 이 지긋지긋한 무창을 벗어나는 일만 생각하기로 했다. 이후의 행보는 무창을 뒤로한 후 걱정해도 늦지 않을 테니.

第十四章

또 다른 추적-소림사

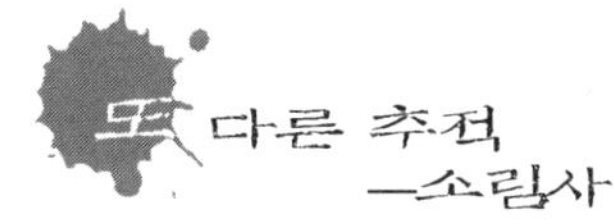

하남은 하늘의 축복을 받은 땅이다. 거대한 황하의 물줄기가 비옥한 토지를 허락했고, 그 비옥한 토지 위에서 중원의 문명이 발생하였다. 그러한 배경에 힘입어 아홉 왕조가 하남 낙양(洛陽)에 도읍을 정했었고, 그럼에도 위세를 전부 떨치기에는 모자랐는지 안양(安陽), 개봉(開封), 상구(商丘), 남양(南陽), 정주(鄭州) 등 어느 성 성도에 비견해도 모자라지 않을 큰 도읍만 스무 곳이 넘었다. 하남은 천하의 중심에 자리하고 있었고, 그 자체로 천하의 중심이었다.

모든 것은 중심으로 모인다. 천하 각지에서 몰려든 사람들. 학문에 뜻을 둔 유생들은 더 큰 학문에 뜻을 두고 하남성을 찾았고, 상도에 뜻을 둔 이들은 더 큰 이문을 남기기 위해 하남을 찾았다. 황하의 물살이 그들을 실어 날랐고, 비옥한 토지가 그들을 먹여 살렸다. 그로 인해 발전한 문물이 그들을 가르쳤고, 그렇게 모여든 이들이 흘린 은자는 마을 날이 없었다.

그런 하남을 지키는 힘이 있었다. 그들은 부처의 가르침으로 수많은 중생들을 아울렀고, 달마가 남긴 두 권의 무경으로 강호에 군림했다.

천하공부출소림(天下功夫出少林).

천하제일방파라는 수식이 허락된 단 하나의 방파이며, 하남이라는 비옥한 대지를 지키는 강호 최강의 무리들. 세속의 때를 씻어주는 불문의 독경 소리와 천하를 압도하는 사자후가 어우러지는 그곳. 사람들은 그곳을 숭산 소림사라 칭했다.

산문으로 들고 나는 사람들이 인산인해를 이루고 있었다. 숭산 소림사는 불문의 명찰이었다. 하루에도 수천 명의 향화객이 나름의 사연을 들고 소림을 찾는다. 산문에서 그들을 맞이하는 지객당의 젊은 승려들만 수십에 달했다. 간혹 날카로운 눈매의 승려들도 보이긴 했지만, 그들은 사람들의 시선에서 벗어난 자리에 서서 조용히 불경을 암송할 뿐이었다.

하나 산문을 넘고 천왕전을 지나 대웅보전에 이르면 은밀하게 숨어 있던 무승들이 한 걸음 내디뎌 사람들의 시야를 가린다. 대웅보전의 거체 뒤에 자리한 너른 연무장. 그리고 연무장과 맞닿아 있는 한 무리의 전각군. 그 전각들 중 하나가 천하불문의 보고이며 천하무공의 발원지라 불리는 소림의 장경각이다. 세인의 시선이 닿을 수 있는 곳은 이곳까지다. 장경각 너머에는 소림의 무승들이 무공을 수련하는 정식 연무장이 있고, 그 연무장을 지나면 소림사의 주지이자 장문인인 방장의 거처가 나온다.

　사방 일 장이라 알려진 소림의 방장실. 외인의 출입이 엄격히 통제되는 이곳에 속인이 자리하고 있었다.

　"아미타불. 힘든 걸음을 하였구나."

　"제자 된 자의 당연한 도리이니 너무 어여삐 여기지 마십시오."

　속세의 사내. 약관을 넘긴 지 그리 오래돼 보이지 않는 젊은 청년이었다. 이목구비가 또렷하고 눈에 흐르는 정기가 바른 심성을 드러내 주는 듯했다. 그리고 그런 외모와 어울릴 만큼 노승의 말에 겸양으로 응대했다.

　노승은 고개를 끄덕여 그의 말에 만족스러워했다.

　넓은 가사가 부담스러워 보일 정도로 왜소한 노승. 뜬 것인지 감은 것인지 구별하기 힘든 작은 눈과 주름이 자글자글한 얼굴. 이마의 흐릿한 계인과 넉넉한 미소마저 없었다면 저자에서 볕이나 쪼이고 있어도 그리 눈여겨보지 않을 법한 평범한 인상이었다. 하나 노승을 앞에 둔 사내의 몸가짐은 황제와 독대한다 하더라도 이럴까 싶을 만큼 경건하였기에, 노승의 신분이 지고함을 엿볼 수 있었다. 그리고 노승은 그러한 대우를 받기에 차고 넘칠 만한 신분이었으니, 이 평범한 인상의 노승이 바로 당대 소림사의 방장이며 전대에 불문제일고수라 칭송받았던 일우 대사였다.

　"그래, 그들의 행방은 찾았는고?"

　"죄송합니다."

　사내는 정녕 송구스럽다는 듯한 표정으로 사죄했다. 사문의 명을 받은 자로 명을 다하지 못했으니 입이 있어도 할 말이 없다는 표정이었다. 하지만 일우 대사는 가만히 고개를 저었다.

　"아니다. 네가 죄송할 일은 아니지."

"은밀한 행사이기에, 저같이 미천한 제자만 명을 받을 수밖에 없다는 것이 한스러울 뿐입니다."

"스스로를 미천하다 하지 말거라. 흙을 먹고 사는 미물조차 천하고 귀함을 따질 수 없으니……."

"하면 제자의 능력이 모자람만이라도 꾸짖어주십시오."

사내는 머리를 깊이 조아리며 벌을 청했지만, 자애로운 미소의 노승은 고개를 가로저을 뿐이었다.

"지금 몇 명의 제자가 명을 받고 있다고 했지?"

"저를 비롯해 속가제자들만 열한 명입니다. 본산의 제자 중에는 명을 받은 이가 없습니다."

"너무 적구나."

한탄은 아니었다. 하지만 노승의 단조로운 한마디가 천 근보다 무겁게 사내의 가슴을 짓눌렀다.

'삼 년… 그들의 뒤를 쫓은 지 벌써 삼 년이다. 그들의 뒤를 쫓은 우리가 무능한 것이다. 삼 년 동안 아무런 흔적도 발견하지 못했으니…….'

사내의 마음을 짐작이라도 한 듯 노승은 말머리를 돌렸다.

"그래, 무당파에서는 전갈이 없었느냐?"

"예. 비록 수색에 공조하고 있는 것은 아니나 그래도 흔적이나 징조가 보이면 서로 연락하기로 하였지만 아직 아무런 연락도 받지 못했습니다."

"무당파도 우리와 그리 형편이 다르지는 않을 터… 조급한 마음으로 이루어지는 것은 아무것도 없으니……."

"하나 그 역도들이 가지고 사라진 것은 천하제일무공이라는 구천무예의 진경입니다. 삼 년간 어떤 심득을 얻었는지도 모르고, 또 이후 언제 그들을 잡아들일지 보장도 없습니다. 만약 그들 중 하나라도 구천무예를 대성하고 강호에 출두한다면……."

사내의 말에는 절박함마저 담겨 있었다. 하지만 노승은 그의 말에 동조해 주지 않았다.

"단 몇 년의 수련으로 천하제일인이 되는 무공이 있다면 정녕 천하제일무공이라 불려야겠지. 하나 내가 알고 있는 구천무예는 그런 무공이 아니다. 이미 이백 년 전에 인정된 정종의 무공. 심득도 없이 고작 몇 년의 시간으로 대성할 무공이 아니란 뜻이다."

"하나 그것을 가져간 이들은 아무것도 모르는 촌무지렁이들이 아닙니다. 본산에서 가려 뽑은 속가제자들입니다. 그랬던 이들이 사문의 명을 어기고 살인까지 저지르며 구천무예를 탐했습니다. 그들이 강호에 출두해 정도를 걸으리라 믿기 힘듭니다."

"그들이 강호에 출두한다면 필경 우리 소림은 물론 무당과도 척을 져야만 할 터. 이 소림이 단 몇 명의 고수로 무너질 곳이더냐?"

일우 대사의 말에 사내는 꿀 먹은 벙어리가 되어버렸다. 하지만 그의 마음속에서는 불길이 끓어오르고 있었다.

'사조님, 그들이 누구인지, 그들이 어떤 경로로 그 무공을 습득하였는지가 밝혀지는 날에는 소림이나 무당이 어떤 곤경에 처하게 될지 아시지 않습니까…….'

사내의 소리없는 절규가 들렸음인지 일우 대사는 가만히 감았던 눈을 뜨며 입을 열었다.

"우리가 져야 할 책임이다. 그들을 지켜주지 못했고, 그들의 마지막 청마저도 들어주지 못했다. 오히려 그들을 보호하라 보냈던 제자들 손에 멸문한 가문… 그로 인해 받게 될 수모를 피하려 한다면, 눈도 제대로 감지 못했을 그 부녀에게 또 한 번 죄를 짓는 것이다."

일우 대사는 말을 마치고는 눈을 감아버렸다. 모든 것을 감내하겠다는 듯한 모습. 사내는 그 모습에 더욱 화가 치밀었다.

'사조님… 그들을 멸문시킨 것은 본산의 제자일지 모르나 그들이 멸문한 까닭은 자신들의 힘을 잃어버렸기 때문입니다.'

사내는 조용히 한숨을 내쉬었다. 눈앞의 노승은 감히 설득을 생각해 볼 상대가 아니었다. 자신의 사조였고, 불문 최고 고수로 추앙받는 절정의 무승이며, 천하에서 가장 높은 배분을 자랑하는 강호의 큰 어른이었다. 강호 경험이 일천한 소림의 속가제자 따위는 알현하는 것만으로도 영광으로 알아야 할 분이었다.

잠시 정적이 흐르고 있었다. 소림에 지워진 업보는 두 사람에게 서로 다른 의미로 다가서 있었지만, 그 무거운 짐을 내려놓을 방법이 하나뿐이었다. 그리고 공교롭게도 그 업을 지워낼 실마리를 가진 이가 그들을 찾아왔다.

"무당파에서 손님이 찾아오셨습니다."

조용히 방장실로 들어온 중년의 승려가 일우 대사에게 다가갔다. 그리고 귀엣말로 찾아온 이의 신분을 전했다.

"음? 어서 모시거라."

일우 대사의 허락에 중년 승려는 조용히 합장해 보이곤 밖으로 나갔다. 사내는 일우 대사의 표정이 밝아진 것에 의아해했지만, 감히 나서 묻지는 못했다. 그리고 잠시 후 한 사람이 방장실로 들어섰다.

"아미타불. 어서 오십시오."

"무량수불. 그간 안녕하셨습니까, 대사."

검은색의 도복을 차려입은 도사. 일우 대사를 찾아온 이는 중년의 도사였다. 사내는 다급히 일어나 포권하며 인사를 올렸다.

"말학 후배 조광호(趙廣豪)가 무당파의 운경 진인(雲鏡眞人)을 뵙습니다."

사내의 경외 가득한 인사에 가볍게 마주 포권하며 미소 짓는 중년 도인. 소림을 찾아온 손님은 검호로 이름 높은 무당파의 장로인 광양검(廣陽劍) 운경자였다.

"그래, 이 먼 숭산까지 어인 발걸음이신지?"

"허허, 그저 잠시 지나던 중 들렀습니다. 이래저래 드릴 말씀도 있고……."

운경자는 미소 띤 얼굴로 잠시 조광호를 바라보았다. 조광호는 눈치가 빨랐다. 그는 운경자의 은근한 눈빛에 서둘러 자리에서 일어섰다. 한데 일우 대사가 손을 저으며 그의 움직임을 제지했다.

"허허, 혹시 진인께서 오신 이유가 그것 때문이라면 나보다는 이 아이가 듣는 것이 나을 것입니다."

"호오, 그럼 이 친구가……."

운경자는 일우 대사의 말에 다시 봤다는 듯한 눈빛으로 조광호를 바라보았다. 조광호는 그 눈빛에 자신의 얼굴이 달아오를까 겁내며 고개를 숙였다.

"허허, 무척이나 수줍음이 많은 친구로군. 자네가 그들의 뒤를 쫓는 이들 중 하나인가?"

"진인께서 말씀하시는 그들이 누구인지 잘 모르겠습니다."

조광호의 대답에 운경자가 일우 대사를 바라보며 웃었다.

"허허, 대찬 친구로군요. 생각도 깊은 듯하고."

"책임감이 무척이나 강한 아이입니다. 그러하기에 이 일도 이 아이에게 믿고 맡긴 것이고요."

일우 대사와 운경자의 농 섞인 말에 조광호는 고개를 들지 못하고 있었다. 그들의 존재는 누구의 앞에서도 함부로 발설해서는 안 된다. 그들을 함께 뒤쫓고 있는 무당파의 장로라 하더라도 쉽게 믿을 수 없었다.

"차라리 잘된 일이군요. 소림의 추적대 인물을 마주하게 되었으니 이야기가 훨씬 쉬워졌습니다. 실은… 얼마 전 그들을 쫓던 본 파의 제자가 보낸 전서가 도착했습니다."

"혹시 그들의 흔적을……."

놀란 눈을 크게 뜨며 입을 열었던 조광호가 다급히 입을 닫았다. 자신에게 정황을 전하는 이는 자신이 말을 잘라먹어도 될 만한 상대가 아니었다. 하나 운경자는 엷게 웃어 보이는 것으로 그를 탓했다.

"무당파에서는 모두 일곱 명의 제자를 풀어 그들을 찾고 있었습니다. 본산에서 사람을 뽑을 수도 없었고, 속가제자 중 고르고 고르다 보니 그 정도가 전부더군요. 부끄럽습니다."

"아닙니다. 본 사 역시 그리 많은 인원을 보내지 못했습니다. 많은 인원을 보내 해결될 일이 아님은 소림이나 무당이나 모두 잘 알고 있는 일. 어서 뒷이야기나 전해주시지요."

일우 대사의 말에 운경자가 다시 말을 이어나갔다.

"전서를 보내온 이는 호광성을 남북으로 가로지르며 수색을 하고 있었습니다. 한데 천자산(天子山)을 지나던 길에 일어난 살인 사건에 연루되었습니다. 제자가 지녔던 검이 살인 사건에 사용된 흉기와 비슷하다는 이유로요. 관부에서 조사를 받고 무고함이 밝혀지긴 했는데……."

"그런데?"

“…그 살인 사건의 피해자가 바로 도규원(到圭元)이었습니다.”

“도규원이라면…….”

일우 대사의 눈이 확인을 바라고 있었다. 그리고 운경자는 담담히 그것을 확인시켜 주었다.

“예. 구양세가에 파견했던 본 파의 속가제자. 구천무예를 가지고 사라졌던 여덟 명의 역도(逆徒) 중 한 명이었습니다. 정추강이라는 가명으로 숨어 살고 있었더군요.”

일우 대사는 조용히 불호를 외며 죽은 이의 넋을 달랬다. 삼 년간의 추적 끝에 여덟 반도 중 한 명의 흔적을 발견한 것이다.

조광호의 주먹이 불끈 쥐어졌다. 새로운 추적이 시작되고 있었다.

『정한검 비검무』 2권에 계속…